SUR TA PEAU

Délivre-moi, 2013
Possède-moi, 2013
Aime-moi, 2013

Te désirer, 2014
T'enflammer, 2014
T'envoûter, 2015

Sur tes lèvres, 2016

J. KENNER

SUR TA PEAU

Traduit de l'anglais (États-Unis)
par Valentine Vignault

Michel
LAFON

Titre original
On my knees
© Julie Kenner, 2015.

Tous droits de traduction, d'adaptation et de reproduction réservés pour tous pays.

Les personnages, les lieux et les situations de ce récit étant purement fictifs, toute ressemblance avec des personnes ou des situations existantes ne saurait être que fortuite.

Première publication en langue originale par Bantam Books, une maison d'édition de The Random House Publishing Group, une division de Penguin Random House LLC, New York.

Ouvrage publié avec l'accord de Bantom Books.

1

Jackson Steele descendit son whisky d'une traite, reposa lourdement son verre sur le granit poli du bar, et joua un moment avec l'idée d'en commander un autre.

Il en avait bien besoin – ça, c'était certain –, mais d'un autre côté il était sans doute préférable d'avoir les idées claires avant de se rendre à la convocation de son frère.

Son frère.

C'étaient des mots qu'il ne prononçait pas tous les jours. Pour être honnête, des mots qu'il avait passé toute sa vie à éviter. Pas le droit de dire une chose pareille. « Parfois, les familles ont des secrets », lui avait dit son père.

Et c'était bien la putain de vérité, non ?

Damien Stark, le brillant, le fabuleux Damien Stark, l'un des hommes les plus riches et les plus puissants de la planète, ignorait que lui et Jackson avaient le même père.

Mais d'ici une quinzaine de minutes, il l'apprendrait. Parce que Jackson allait le lui dire. Parce que Jackson *devait* le lui dire.

Putain.

Il leva la main pour attirer l'attention du barman ; merde pour la lucidité, là tout de suite, il avait vraiment besoin d'un autre verre.

Le barman hocha la tête, versa deux doigts de Glenmorangie, sec, et glissa le verre en direction de Jackson. Il semblait hésiter, son chiffon à la main, jusqu'au moment où Jackson leva les yeux pour croiser son regard.

– Autre chose ? demanda-t-il.

– Désolé. Non, marmonna le barman.

C'était un mensonge, bien entendu, et Jackson le vit rougir jusqu'aux oreilles.

Son badge indiquait qu'il s'appelait Phil ; il ne devait pas avoir plus de vingt ans, et avec ses cheveux coiffés en arrière et son costume sombre parfaitement coupé, il semblait faire partie intégrante du Gallery Bar – qui incarnait tout le glamour et l'effervescence des années vingt – au même titre que le bois poli, les lustres scintillants et les bas-reliefs qui parachevaient le décor.

Le mythique hôtel Millenium Biltmore avait toujours été l'un des endroits préférés de Jackson à Los Angeles. Adolescent, quand le métier d'architecte n'était encore qu'un rêve, il venait ici aussi souvent qu'il le pouvait, généralement en suppliant un ami pourvu d'une voiture de le conduire depuis San Diego et de le déposer en ville. Il se promenait alors dans l'hôtel, s'imprégnant des merveilles architecturales inspirées de la Renaissance italienne dont le style s'accordait si bien à celui de la Californie. Jackson vénérait les architectes du lieu, Schultze et Weaver, et il passait des heures à examiner chaque élément dans les moindres détails, depuis les élégantes colonnes des embrasures de porte jusqu'aux solives apparentes des plafonds, en passant par les boiseries savamment sculptées et les volutes gracieuses des rampes en fer forgé.

Comme pour tout bâtiment d'exception, les différentes pièces avaient chacune leur propre personnalité, malgré tout ce qu'elles partageaient. Le Gallery Bar avait longtemps été le lieu de prédilection de Jackson, avec ses musiciens, son éclairage tamisé, sa carte variée et les vins fabuleux qu'il proposait ; tout cela ajoutait encore plus de valeur à un espace qui n'avait pas de prix.

Phil se tenait derrière le long bar qui constituait l'un des points de convergence de la salle. Derrière lui, une collection de grands whiskys semblait danser dans la douce lueur du bar. Deux anges de bois sculpté l'entouraient, et Jackson eut l'impression que tous les trois − le barman et les anges − se tenaient devant lui tels des juges.

Phil s'éclaircit la gorge, s'apercevant manifestement qu'il n'avait pas bougé d'un pouce.

− Hem… Pardon, s'excusa-t-il de nouveau avant de se mettre à astiquer le bar avec une vigueur démesurée. Je me disais juste que j'avais l'impression de vous avoir déjà vu quelque part.

− On me dit souvent ça, répondit sèchement Jackson, tout en sachant pertinemment que Phil savait qui il était.

Jackson Steele, le célèbre architecte. Jackson Steele, qui avait fait l'objet du documentaire *Stone and Steele*, récemment projeté au Chinese Theater. Jackson Steele, la dernière recrue de l'équipe travaillant sur le projet du Domaine de Cortez, un complexe hôtelier de la société Stark.

Jackson Steele, libéré sous caution la veille, après l'agression de Robert Cabot Reed, producteur, réalisateur, mais principalement ordure de la pire espèce.

C'était en raison de ce dernier fait d'armes, naturellement, que Phil avait reconnu Jackson. On était à Los Angeles, après tout, et à Los Angeles n'importe quelle histoire liée à l'industrie du spectacle était traitée comme une information de première importance. Oubliée, l'économie ; balayés, les conflits à l'étranger. Dans la Cité des Anges, Hollywood prenait le pas sur tout le reste – ce qui signifiait que la photo de Jackson avait été diffusée sur les chaînes de télévision locales, dans tous les journaux, et sur les réseaux sociaux.

Il ne regrettait rien. Ni le combat. Ni l'arrestation. Et il se fichait des journalistes, même en sachant qu'ils creuseraient l'affaire. Et s'ils creusaient assez profondément, ils trouveraient une myriade de raisons qui avaient poussé Jackson à casser la gueule du pathétique M. Reed.

À vrai dire, s'il avait eu un souhait à cet instant, ç'aurait été de recommencer, car les quelques coups de poing qu'il avait pu asséner à Reed n'avaient été satisfaisants que sur le moment. Et chaque fois qu'il y repensait – chaque fois que lui revenait à l'esprit ce que cet enfoiré avait fait à Sylvia –, il savait qu'il n'était pas allé assez loin.

Il aurait dû le tuer.

Robert Cabot Reed méritait de mourir.

Elle n'avait que quatorze ans à l'époque. Une enfant. L'innocence même. Et Reed s'était servi d'elle. Il l'avait violée. Il l'avait humiliée.

Lui était photographe, et elle le modèle. Un rapport de pouvoir et de confiance, qu'il avait tordu en un jeu abject et obscène.

Il avait blessé la fillette, et il avait abîmé la femme.

Et Jackson ne parvenait pas à imaginer un châtiment à la mesure de ses exactions.

Il ferma les yeux et songea à Sylvia. Son petit corps menu qu'il aimait tant sentir se lover dans ses bras.

Les reflets dorés de sa chevelure châtain foncé, qui entouraient son visage comme un halo de lumière. Il désirait tant qu'elle soit à ses côtés. Il voulait entremêler ses doigts avec les siens et la serrer contre lui. Il voulait sentir cette force qu'elle avait en elle, et dont elle n'avait même pas conscience.

Mais ce qu'il s'apprêtait à faire, il devait le faire seul. Et maintenant.

Il se leva de son tabouret et jeta un billet de cinquante dollars sur le comptoir.

– Gardez la monnaie, marmonna-t-il tandis que les yeux de Phil s'écarquillaient.

Quittant le bar, il traversa rapidement le hall étincelant de l'hôtel pour sortir par l'entrée principale, qui donnait sur South Grand Avenue. La Stark Tower se trouvait en haut de la côte, à l'est. Par cette fraîche nuit d'octobre, la tour illuminée se détachait nettement sur le ciel d'encre. À cet instant, Damien Stark se trouvait dans son penthouse avec sa femme, Nikki, et ils étaient probablement occupés à défaire leurs valises après leur long week-end à Manhattan.

Rachel Peters, la deuxième assistante de Stark, avait téléphoné à Jackson le matin même.

– Il rentrera de New York ce soir, avait-elle annoncé. Et il veut vous voir demain matin à 8 heures précises, avant la réunion habituelle du mardi.

– Au sujet du Domaine ?

Il avait posé la question négligemment, comme s'il était impensable pour Stark d'avoir d'autres raisons de vouloir lui parler.

– Il ne m'a rien dit. Mais je pensais, je veux dire, je suppose que... (Il l'avait entendue pousser un soupir, avant de reprendre en aparté :) Vous ne pensez pas qu'il peut s'agir de l'arrestation ? Et de tout ce battage médiatique ?

En repensant à cette conversation, il secoua la tête, mi-agacé, mi-amusé. *Convoqué, putain.*

S'il s'était seulement agi de travail, il aurait attendu le lendemain matin pour se présenter. Mais c'était une affaire personnelle, et il fallait qu'il s'en occupe maintenant.

Il avait déjà appelé la sécurité et savait que l'hélicoptère de Stark avait atterri une heure plus tôt. Il savait également que Damien avait décidé de rester dans son appartement du dernier étage de la Stark Tower pour s'éviter le trajet jusqu'à Malibu, où il avait sa maison.

On était lundi soir, il était 20 heures, et pour Stark l'heure était venue de connaître la vérité.

Tandis qu'il gravissait péniblement la colline, Jackson songea à la vitesse à laquelle les choses avaient changé. Un mois plus tôt, il aurait préféré avaler des lames de rasoir plutôt que de travailler pour Damien Stark. Mais alors, Sylvia lui avait proposé le genre de projet qui aurait fait bander n'importe quel architecte. Concevoir une station balnéaire à partir de rien. Et pas n'importe où : sur une île privée entièrement dédiée au projet, vierge de toute autre construction. Et Sylvia lui donnait carte blanche.

Cette offre l'avait surpris à plus d'un titre, et notamment parce que, cinq ans plus tôt, Sylvia lui avait brisé le cœur en mettant un terme brutal à leur histoire.

Cette perte l'avait dévasté ; il avait calmé sa colère en montant sur le ring, et en s'assommant de travail. À gagner – ou à perdre – match après match. À se submerger de commandes, sa réputation grandissant à mesure que ses projets devenaient de plus en plus ambitieux.

C'est le travail qui l'avait sauvé, mais travailler pour elle – pour Stark ; ça non, il n'était pas prêt. Il savait trop bien qu'il ne pourrait pas supporter de la côtoyer de cette manière-là. De travailler main dans la main avec elle, pour ainsi dire. Ce serait trop douloureux.

Quant à Stark… eh bien, Jackson avait quantité de raisons de ne pas lui faire confiance, et aucune envie de travailler avec lui. L'une de ces raisons, et non la moindre, était que Jackson ne souhaitait pas voir son travail éclipsé par le nom et le logo de Stark.

Mais la vengeance est une motivation puissante.

Il avait donc accepté, avec la ferme intention de faire chavirer Sylvia de plaisir. De la reconquérir. De la lier à lui si intimement, si complètement qu'elle ne pourrait plus voir personne d'autre. Toucher personne d'autre. Rêver de personne d'autre. Et alors, quand elle serait prise dans sa toile, il couperait les fils et partirait, laissant le complexe hôtelier s'enliser, abandonnant Sylvia exactement comme elle l'avait abandonné, fou de douleur et misérable.

Seigneur, quel abruti il avait été.

Il avait accepté de concevoir le Domaine de Cortez pour la pire des raisons. Pour faire souffrir la femme qui l'avait fait souffrir. Pour se venger de ce demi-frère qui était à l'origine de presque tout ce qui déconnait dans sa vie. Qui avait tiré sur les fils de son existence avec assez de violence pour en défaire la trame. Éloignant son père. Déchirant sa famille.

À présent, plus rien ne comptait autant que cette femme, et il aurait pulvérisé sans vergogne quiconque cherchant à toucher à un seul de ses cheveux.

À présent, ce boulot le passionnait, et dans sa tête, dans ses croquis, le projet avait déjà bien mûri.

Au sujet de son frère, rien de nouveau : une fois de plus, Damien Stark avait le pouvoir. Il pouvait, d'un claquement de doigts, faire s'écrouler le monde de Jackson.

Tout ça parce qu'il voulait ce boulot.

Tout ça parce qu'il aimait une femme.

Tout ça parce que, non content de contrôler une bonne partie du monde, Damien Stark contrôlait aussi celui de Jackson.

Ce que Jackson redoutait ce soir, c'était la réaction de Stark quand il apprendrait cette vérité qu'on lui avait cachée pendant plus de trente ans ; se servirait-il de son formidable pouvoir comme d'une énorme massue ?

Mais Jackson était un combattant, et si on en venait à une lutte fratricide, il ferait le nécessaire pour être le dernier à rester debout.

2

– Bonsoir, Joe, dit Jackson en traversant le hall de l'immeuble en direction du poste de sécurité.

Il regarda sa montre, puis à nouveau le garde, dont le large sourire éclairait le visage buriné.

– Vous ne rentrez jamais chez vous ?

Le sourire de Joe s'agrandit encore, et de son index il tapota la casquette de son uniforme.

– Mon travail, c'est ma vie, monsieur Steele.

– Appelez-moi Jackson… Et entre nous, vous dites une connerie plus grosse que vous, là.

– C'est la vérité. Bien sûr que ma femme et mes trois petites filles comptent énormément. Mais avec Noël qui arrive dans même pas trois mois… Qu'est-ce que vous voulez que je vous dise ? J'enquille toutes les heures supplémentaires que je peux.

– Votre secret est à l'abri avec moi.

Jackson fit un geste en direction des ascenseurs.

– Je peux monter à l'appartement ? J'ai rendez-vous avec Stark demain matin, mais je pense qu'il vaudrait mieux ne pas traîner.

– Allez-y, dit Joe en pressant le bouton qui commandait l'ascenseur privé de Stark. Je vais l'appeler. S'il refuse de vous voir, le voyage sera vite fait.

Jackson s'éclaircit la gorge.

– D'accord. Très bien.

Ce n'est qu'en pénétrant dans l'ascenseur qu'il prit conscience de ses poings serrés, comme s'il s'apprêtait à cogner. Après tout, c'était peut-être le cas. Si Stark lui disait de partir et de revenir le lendemain, Jackson défoncerait probablement le panneau de bois poli de l'ascenseur.

Le magnifique lambris de chêne fut finalement préservé, car les portes se refermèrent et le voyant d'étage du penthouse s'alluma. Un instant plus tard, Jackson serrait de nouveau les poings, mais cette fois autour de la rampe ; il n'avait encore jamais emprunté cet ascenseur, et c'était assurément un modèle à très grande vitesse.

Ses portes étaient situées des deux côtés de la cabine et, en ayant repéré sa position par rapport aux autres ascenseurs, Jackson savait qu'il faisait face à celles qui donnaient sur l'espace d'accueil menant au bureau privé du penthouse.

L'appartement lui-même occupait l'autre moitié de l'étage, et tandis que l'ascenseur ralentissait Jackson pivota pour se retrouver face à l'autre porte qui, comme il s'y attendait, s'ouvrit sur le vestibule de l'appartement.

L'espace était lumineux et accueillant, simple et de bon goût. Au centre, une console de marbre supportait une composition florale de belle taille mais sans prétention, faite de tournesols et de fleurs des champs ; Jackson ne put retenir un sourire devant la fantaisie de cette composition, là où l'on se serait attendu à des variétés plus exotiques.

– Jackson !

Nikki contourna la cloison qui séparait le vestibule de l'appartement. Elle portait un jean et un tee-shirt des New York Yankees ; ses cheveux qui lui arrivaient aux épaules étaient maintenus en arrière par un bandeau. Même sans maquillage, elle était absolument sublime, et Jackson se rappela qu'elle avait écumé les concours de beauté avant de s'installer à Los Angeles.

Pieds nus, elle trottina vers lui et le serra dans ses bras avec chaleur.

– Ça me fait plaisir de vous voir !

– Je suis désolé de vous déranger. Vous devez être fatigués, après votre voyage…

– Moi, oui, reconnut-elle, mais pas Damien. Il se met à jour sur des dossiers, histoire d'être prêt pour demain, donc vous ne nous dérangez pas du tout. Par ici, ajouta-t-elle en le précédant. Voulez-vous un café ? Ou quelque chose de plus fort, peut-être ?

Il eut la tentation de prendre un autre whisky, juste pour se détendre un peu. Mais sa prudence l'emporta.

– Non, rien, merci.

Cinq secondes plus tard, il regrettait d'avoir décliné l'offre de Nikki. Stark faisait les cent pas devant la baie vitrée ; derrière lui, les lumières de la ville scintillaient.

Et Sylvia était là, assise sur une banquette, stylo en main, qui noircissait le bloc-notes posé sur ses genoux.

Elle lui tournait le dos, si absorbée dans son travail qu'elle n'avait pas encore remarqué sa présence. Pendant un instant, il fut incapable de détacher le regard de sa silhouette. Cela ne faisait que quelques heures qu'il l'avait quittée, nue dans son lit, et il n'avait pas escompté la revoir avant que cette épreuve avec son frère soit terminée. Déboussolé par sa présence inopinée, il resta planté là quelques secondes, comme un imbécile, serrant les lèvres pour s'empêcher de prononcer son nom. Bien campé sur ses jambes, pour s'empêcher d'aller à elle. Les bras plaqués le long du corps, pour s'empêcher de tendre la main et de la toucher.

Il avait dû faire un peu de bruit, ou peut-être avait-elle simplement senti sa présence, avec la même intensité qu'il sentait la sienne, car elle tourna soudain la tête, et sa bouche s'arrondit en un parfait petit O tandis que son stylo lui échappait des mains.

– Jackson ! Je ne savais pas que… je veux dire, je me demandais…

Elle s'interrompit et fronça les sourcils.

Il comprenait son dilemme. Lorsqu'il avait quitté son appartement, il lui avait dit où il se rendait. Et pourtant, elle était arrivée ici bien avant lui. Elle en avait sans doute conclu qu'il avait changé d'avis et s'attendait à ce qu'il lui en donne les raisons lorsqu'ils se retrouveraient plus tard chez elle.

Et voilà qu'il débarquait finalement ici, les laissant tous deux sans voix.

– … voudrait régler quelque chose avec toi ce soir.

Les paroles de Nikki se frayèrent un chemin jusqu'à son cerveau, et il s'aperçut qu'il avait été si absorbé dans la contemplation de Sylvia qu'il avait cessé de prêter attention au reste.

– Tu étais si occupé à rallonger la *to-do list* de Syl, poursuivit Nikki à l'adresse de Stark, que j'ai pris sur moi de le faire monter.

Stark se détourna de la fenêtre en souriant à Nikki. Mais son sourire disparut quand il croisa le regard de Jackson.

– On devait se voir demain matin.

– C'est le rendez-vous fixé, oui. Mais il y a des choses dont on doit parler maintenant.

Stark le considéra attentivement pendant quelques secondes, puis hocha la tête.

– D'accord.

Il se dirigea vers Sylvia et tendit la main avec le

geste de quelqu'un qui attend qu'on lui donne quelque chose. Sylvia croisa brièvement le regard de Jackson ; il pouvait voir à ses épaules combien elle était tendue, mais son professionnalisme ne la quitta pas une seconde, tandis qu'elle prenait la tablette posée sur la table basse à côté d'elle.

Il se demanda si Stark avait remarqué que ses doigts tremblaient un peu en naviguant sur l'écran tactile ; elle parvint cependant à rester calme.

Tout en évitant soigneusement de regarder Jackson.

Quelques secondes plus tard, elle donna la tablette à Stark. Il y jeta un œil, puis la tendit à Jackson.

– Vous avez vécu de sacrées aventures, ces jours-ci, souligna-t-il pendant que Jackson posait les yeux sur une photo de lui sortant menotté de la maison de Reed.

De l'index, Jackson fit défiler le reste des images. La couverture médiatique s'étendait sur tout le pays. Presque entièrement centrée sur lui – *Le « starchitecte » Jackson Steele arrêté !* –, mais quelques articles mentionnaient Stark et le Domaine de Cortez.

Il resta bien droit, le visage impassible. Si Stark pensait le faire sortir de ses gonds en lui agitant sous le nez des articles qu'il avait déjà vus, il se fourrait le doigt dans l'œil.

– Vous êtes venu me raconter pourquoi vous avez décidé de gâcher la belle soirée de samedi en allant casser la gueule d'un petit réalisateur de merde ?

Jackson tressaillit, mais se contenta de répondre :

– Non, pas du tout.

Stark haussa un sourcil, et Jackson se raidit, prêt à endurer une des colères notoires de son demi-frère. C'était un trait de caractère qu'ils avaient en commun, songea-t-il avec une ironie désabusée. Mais Stark avait surtout l'air intrigué, en fin de compte ; il jeta un coup d'œil à Nikki, puis hocha la tête.

– Très bien. Asseyez-vous, dit-il en désignant le fauteuil.

– Je suis bien comme ça. Merci.

– Comme vous voulez.

Stark retourna près de la fenêtre, leur tournant le dos. De là où il se trouvait, Jackson pouvait voir le visage de Stark se refléter dans la vitre, les lumières de la ville qui constellaient le paysage derrière lui. C'était approprié, songea-t-il, puisque Stark possédait la moitié de cette planète, et la plus grosse partie de Los Angeles.

– On risque de se retrouver dans une merde noire, avec vos conneries, dit Stark. C'est un cauchemar pour les relations publiques. Je suis étonné que les tabloïds ne campent pas déjà au pied de l'immeuble.

Jackson ne répondit rien ; Stark avait raison, que pouvait-il dire de plus ?

– Ils ont cherché à me contacter. Bon Dieu, ils ont cherché à contacter Sylvia !

Jackson se tourna aussitôt vers Syl. Elle ne le regarda qu'une fraction de seconde, l'air triste et un peu perdu, avant de baisser de nouveau les yeux sur son bloc-notes. Elle ne lui avait pas dit que la presse avait voulu lui parler, et il sentit son estomac se tordre à cette idée.

– « Pas de commentaires », c'est la réponse officielle de ce bureau, enchaîna Stark avant de se tourner pour faire face à Jackson, ses yeux vairons lançant des éclairs. Mais ça ne va pas aller en s'arrangeant. C'est la mauvaise nouvelle. La bonne nouvelle, c'est que le scandale ne me fait pas peur. J'ai toujours vécu avec. Les crises de rage non plus, ça ne me fait pas peur. Je le connais, Reed, il a dû bien vous chercher pour que vous vous énerviez comme ça. Ça arrive. (Un coin de sa bouche se contracta, dans ce qui était peut-être un effort pour retenir un sourire.) Une arrestation, un scandale, une couverture médiatique dérangeante – rien de tout ça ne peut m'ébranler, et votre job ne craint rien non plus. Sauf si cette histoire affecte votre travail. Alors, dites-moi, Steele, est-ce que ces conneries vont affecter votre travail ?

– Non.

Stark hésita un instant, comme s'il s'attendait à ce que Jackson développe sa réponse, avant de comprendre qu'il s'agissait d'un point final. Et après tout, pourquoi pas ? En ce qui concernait le Domaine, ce seul mot suffisait bien.

– Charles m'a dit que votre peine serait négociée. Vous ferez des travaux d'intérêt général pendant six mois et d'ici là votre casier judiciaire aura retrouvé sa virginité. Charles a parlé au procureur et avec les avocats de Reed, et tout le monde s'est mis d'accord.

– C'est exact.

Sylvia avait fait appel à l'avocat de Stark, Charles Maynard, à la minute où elle avait appris l'incarcération de Jackson ; il avait fait un sacré bon boulot, et Jackson ne pouvait que lui en être reconnaissant.

– Très bien. À moins que vous n'ayez déjà pris d'autres dispositions, vous pouvez faire vos six mois à la Stark Children's Foundation ou à la Stark Education Foundation.

Les organisations caritatives que Stark avait créées. La première proposait aux enfants victimes de maltraitance des thérapies fondées sur le jeu et le sport. La seconde offrait aux jeunes doués pour les sciences mais dont la famille était modeste la possibilité de poursuivre leurs études.

– Je… Merci.

Jackson fit de son mieux pour ne pas avoir l'air surpris. Il ne s'était attendu, de la part de Stark, ni à une telle réaction au sujet de son arrestation, ni à l'offre qu'il lui faisait pour les travaux d'intérêt général. Mais, après tout, Stark voulait que le projet du Domaine se poursuive, efficacement et sans heurts. Dans ces conditions, il était logique d'apporter de l'aide à Jackson.

– Pas de problème. J'apprécie votre souhait de parler de ça le plus tôt possible, mais vraiment ça aurait pu attendre demain. Malheureusement, je dois dire qu'on est plus habitués qu'on ne le voudrait à ce genre de publicité. Mais ça passera.

Jackson jeta un œil à Sylvia, qui s'appliquait à regarder ailleurs. Mais son soulagement était visible, dans sa posture et sur son visage.

Près de la fenêtre, Stark consulta sa montre.

– À présent, si ça ne vous dérange pas, la journée a été longue pour Nikki et moi, et j'aimerais terminer avec Syl pour pouvoir la libérer. (Il se dirigea vers Jackson en lui tendant la main.) Mais ça m'a fait plaisir de vous voir, et je sais que vous vous sortirez sans problème de cette tourmente.

Jackson hésita, puis finit par serrer la main de son frère.

– Je vous remercie. Mais il y a autre chose dont je dois vous parler. C'est personnel.

– D'accord. Sylvia ? Vous pouvez nous laisser une minute ?

– C'est bon, elle peut rester. Nikki aussi, ajouta-t-il.

Stark n'avait visiblement pas l'intention de demander à sa femme de partir.

– Très bien. (Stark considéra Sylvia un bref instant

et hocha la tête, se figurant sans doute que Jackson souhaitait lui faire part officiellement de sa relation avec elle.) Que vouliez-vous me dire ?

– Jeremiah Stark.

– Allons bon ! Qu'est-ce qu'il mijote encore, celui-là ?

– Rien, à ma connaissance. C'est mon père.

Nikki eut un hoquet de surprise. Sylvia baissa les yeux.

Stark resta figé.

Et finalement, Jackson regretta de ne pas avoir accepté de s'asseoir quand Stark le lui avait proposé, car il se sentit défaillir. Probablement parce que tout à coup l'oxygène avait quitté la pièce.

L'expression de Stark demeurait parfaitement neutre. Il n'avait pas ouvert de grands yeux. Ses mâchoires ne s'étaient pas serrées. Il n'avait pas dégluti. Il était resté calme, impassible. Et à cet instant, Jackson comprit précisément comment Stark avait pu faire fortune si rapidement. Cet homme avait des nerfs d'acier.

– J'aurais dû vous le dire avant de m'engager sur le projet. Mais les vieilles habitudes ont la peau dure, et ça fait plus de trente ans qu'on m'a dit de garder ça secret.

– Alors pourquoi en parler maintenant ?

La voix de Stark était tendue, électrique. Jackson coula un bref regard en direction de Sylvia, avant de s'en détourner.

– Parce qu'il est temps.

– Je vois.

Un ange passa. Puis un autre. Jackson tâchait de deviner les pensées de son frère, sans le moindre résultat.

– Damien ?

La voix douce de Nikki parut emplir toute la pièce. Stark ne se tourna pas vers elle. Il ne quittait pas Jackson des yeux. Et tandis que Jackson le regardait lui aussi, il vit le visage verrouillé, vidé de toute expression, redevenir peu à peu humain. Stark eut un sourire – pas un vrai sourire, plutôt celui qu'il affichait en présence de ses investisseurs. Une expression de contrôle total et entier – et qui ne laissait voir aucune réaction personnelle.

– Merci de me l'avoir dit. Maintenant, si ça ne vous ennuie pas, il faudrait que vous partiez. Comme je l'ai déjà dit, la journée a été longue pour Nikki et moi.

Jackson fit un pas en avant.

– Damien…

– Non.

Stark avait répondu sèchement cette fois, la mince trace d'émotion dans sa voix trahissant combien, en réalité, la bombe lâchée par Jackson l'avait ébranlé.

– Et il est vraiment temps que vous partiez.

3

Je dois me forcer à rester assise tandis que Jackson tourne les talons et quitte la pièce. Je croise son regard une dernière fois, mais son visage, comme celui de Damien, reste de marbre.

Malgré tout, je suis sûre que tous les deux souffrent derrière leurs masques, et j'aimerais pouvoir faire quelque chose pour améliorer la situation, aussi bien à l'égard de Jackson, que j'aime et qui m'aime, qu'à celui de Damien, qui a pour moi un respect auquel je tiens beaucoup.

Il règne un tel silence que j'entends les portes de l'ascenseur se refermer.

Comme si ce bruit était un signal, Damien se tourne alors vers moi.

– Vous étiez au courant ?

Il a posé la question d'un ton parfaitement égal, et malgré toutes ces années passées à travailler avec lui – malgré le pouvoir que je l'ai vu souvent exercer, et les accès de colère auxquels j'ai pu assister –, c'est la première fois que mon patron me rend vraiment nerveuse.

– Il me l'a dit samedi.

Je ne précise pas que c'est à cause de moi que Jackson est venu ici ce soir. Dès lors qu'il m'avait révélé son secret, il savait qu'il devait le dire à Damien, pour ne pas me faire porter ce fardeau. Et ç'aurait été très pénible de cacher une chose pareille à mon patron pendant plus longtemps.

Damien ne dit rien, et j'ai beau savoir que son silence est une technique éprouvée pour faire parler les gens, je tombe dans le piège la tête la première.

– Je l'ai vu avec votre père aux enchères caritatives de Michael Prado vendredi, dis-je, débordée par le flot de mes propres paroles. Et j'étais furieuse, parce qu'il m'avait dit qu'il ne connaissait pas Jeremiah. On a eu une grosse dispute, et… il a fini par me l'avouer.

Damien et Nikki savent que Jackson et moi sommes ensemble, mais je ne tiens pas à mettre l'accent là-dessus. En ce qui me concerne, là tout de suite, je dois être la plus professionnelle possible. Je regarde brièvement Nikki. Nous sommes devenues bonnes amies, et je vois bien qu'elle s'inquiète. Mais elle se tait et je lui en suis reconnaissante. Un jour ou l'autre, tout ce fiasco débouchera peut-être sur une soirée arrosée entre amis ; mais pour le moment, il faut seulement que je tienne le coup.

– Tout va bien, Sylvia, dit Damien, et le corset de fer qui comprime ma poitrine se desserre un peu. S'il s'était passé une semaine ou deux avant que j'apprenne la vérité, alors on aurait eu une discussion sérieuse. Mais vis-à-vis de votre travail, rien ne vous obligeait à m'en parler avant que Jackson ait l'occasion de le faire lui-même. Et clairement, il a accompli sa mission avec une grande efficacité, ajoute Damien avec juste assez d'humour pour me laisser croire que l'orage est – peut-être – derrière nous à présent.

– Merci. C'est important que vous compreniez combien la situation était délicate pour moi.

Je reprends mon bloc-notes, en espérant ne pas avoir l'air trop impatiente d'en finir avec ce sujet horriblement gênant.

– Désirez-vous qu'on termine maintenant ?

– Le reste pourra attendre, répond-il en agitant la main.

– D'accord. Parfait, dis-je en rassemblant prestement mes affaires, avant de jeter mon sac en cuir sur mon épaule. Je suis contente que vous ayez passé un bon séjour à New York.

– Oh oui, c'était vraiment super, confirme Nikki, et son enjouement semble aussi peu naturel que le mien. On a vu de très bonnes pièces de théâtre.

– Bon, à demain alors.

Je m'apprête à me diriger vers l'ascenseur, mais les paroles de Damien me figent sur place.

– Virez-le.

Le sol semble s'ouvrir sous mes pieds.

– Demain matin à la première heure, je veux que vous le viriez.

Je lui tourne le dos, et je reste pétrifiée. Incapable de bouger. Incapable de respirer. *Moi*. Il veut que *moi*, je fasse un truc pareil ? Que je retire à Jackson ce projet pour lequel il s'est pris de passion ?

Un flot de liquide aigre remonte dans ma gorge, j'ai peur de vomir pour de bon. Mais je parviens à surmonter ma nausée, et, très lentement, avec d'infinies précautions, je me retourne.

Damien a un visage dur, et l'on ne peut ignorer la fureur contenue dans son regard.

– Mais… mais le Domaine ?

Je veux crier qu'il ne peut pas me forcer à faire ça. Que je ne peux pas virer Jackson. Merde, que *lui* ne devrait pas virer Jackson.

Mais je n'en fais rien. Je me force à rester calme. À donner l'impression que je pense avant tout au travail.

– Ça va faire mauvaise impression. Il y aura des questions. Les journaux vont en faire leurs choux gras.

– Il me semblait avoir été clair sur le fait que le scandale et la presse ne me tracassent pas outre mesure. On s'en occupera.

– Vous ne voulez pas en parler ?

Je regrette immédiatement ma question. J'ai franchi la limite de sa vie privée, et à cet instant il me semble que c'est une très mauvaise idée.

– Il a été élevé par Jeremiah Stark, dit Damien en crachant presque ce nom. Vous avez oublié le sabotage ? Toutes les conneries qu'on a dû gérer rien qu'à ce stade du projet ?

– Non, bien sûr que non. Mais vous ne pensez certainement pas que...

– Je ne sais pas, me coupe-t-il. Et c'est bien ça qui compte. Je tâche de limiter les dégâts, mademoiselle Brooks. Occupez-vous de ça dès demain matin.

Je suis censée comprendre qu'il me congédie, mais je n'en fais rien.

– Alors, ça y est ? Le projet tombe à l'eau ?

– Peut-être pas. Il se trouve que Glau m'a téléphoné ce week-end. Il n'a rien demandé clairement, mais il a suffisamment tourné autour du pot pour me faire comprendre qu'il regrette d'avoir abandonné le projet. Le Tibet, apparemment, c'est très surfait.

– Mais...

– On fera tout ce qu'on peut pour que le projet continue, m'interrompt-il avec fermeté. Mais Jackson Steele n'en fera plus partie.

Je hoche la tête, me gardant bien de chercher à discuter. Bon sang, je savais que ça pouvait arriver.

Dès que Jackson m'a dit la vérité, j'ai su que Damien risquait de l'écarter de Stark International.

Seulement, je ne voulais pas me convaincre que ça arriverait vraiment.

– Bien, je marmonne. D'accord. À demain, alors.

J'ajuste mon sac et me dirige de nouveau vers l'ascenseur. Nikki se tient dans l'embrasure de la porte, entre le salon et le couloir qui mène aux chambres. Elle lève les yeux quand je passe près d'elle et parvient à m'adresser un faible sourire, de ceux qui hésitent entre aveu d'impuissance et témoignage de compassion.

Quant à moi, tout ce que je souhaite à présent, c'est sortir d'ici le plus vite possible, car d'une seconde à l'autre mes larmes vont jaillir. Quelle ironie : jusqu'à ce que Jackson me prenne dans ses bras hier, il venait de se passer plus de dix ans sans que je verse la moindre larme. Et maintenant, j'arrive tout juste à me retenir le temps de traverser une pièce.

J'appuie sur le bouton de l'ascenseur en m'attendant à ce que les portes s'ouvrent immédiatement. Quand Damien est ici, la cabine se trouve en général au même étage que lui. Mais bien sûr, comme Jackson est descendu, il me faut attendre qu'elle revienne du rez-de-chaussée.

Je me balance d'un pied sur l'autre, pressée de voir les portes s'ouvrir. Pressée d'être partie.

Pressée de retrouver Jackson.

L'ascenseur arrive enfin. Je m'y engouffre avant même que les portes soient complètement ouvertes, puis j'écrase le bouton qui commande leur fermeture. Elles sont pratiquement refermées quand Nikki arrive en courant et pile devant la cabine, forçant les portes à se rouvrir en passant la main dans l'interstice.

Elle monte dans l'ascenseur avec moi, puis se penche pour presser le bouton du rez-de-chaussée.

– Tu veux qu'on parle ?

Je secoue la tête en signe de dénégation. Je suis en pleine débandade, et bien que Nikki soit une amie, à cet instant précis j'ai du mal à ne pas l'assimiler à Damien.

– Reparle-lui demain matin. Tout ça est très… inattendu, dit-elle finalement. Donne-lui un peu de temps pour digérer, et il changera peut-être d'avis.

– Tu crois vraiment ?

– Honnêtement, je n'en sais rien.

– Tu crois qu'il devrait ?

J'ai à peine terminé ma question que je voudrais la ravaler ; j'ai l'air tellement aux abois, c'est pathétique.

– Je crois que c'est à lui de décider. Mais si c'était moi, alors, oui, je dirais qu'il doit garder Jackson sur le projet. Et même, je pense qu'il devrait essayer de mieux le connaître. De ne pas le rejeter. S'ils sont frères, peut-être devraient-ils essayer d'avoir une relation fraternelle.

Je m'adosse à la cloison et je la dévisage. Ce n'est pas bête. Pourquoi exprimer tant d'hostilité d'entrée de jeu, avant même d'avoir essayé d'être, sinon frères, au moins amis ?

– Est-ce que tu vas lui dire ça ? Ou lui suggérer de ne pas virer Jackson ?

Un petit rire lui échappe.

– Euh, non. Sûrement pas.

– Mais enfin, pourquoi ?

Je parle plus sèchement que je ne le voudrais, mais merde, je croyais avoir trouvé une alliée.

– Tu sais très bien pourquoi. Ça ne concerne que Damien, Jackson et Jeremiah. Toi et moi, on peut penser ce qu'on veut, mais ce ne sont pas nos affaires.

– Alors dis-lui ce que tu en penses.

Pendant un instant, la tristesse assombrit son visage.

– Voyons, Syl, tu sais que je ne peux pas. Si je le lui demandais, Damien garderait Jackson, bien sûr. On sait tous les deux qu'il serait prêt à le faire pour moi. Et moi, je ne pourrais plus me regarder dans la glace en sachant que je lui ai imposé une chose pareille.

Je sais qu'elle a raison. Qu'est-ce que Damien ne ferait pas pour elle ? Et le fait qu'elle soit consciente des responsabilités qui découlent de ce pouvoir témoigne de la force de leur couple.

Malgré tout, sa réponse me frustre.

– Et moi ? Si je lui demandais de garder Jackson, par amitié pour moi ?

– Tu peux essayer, mais je ne me fais pas trop d'illusions. L'amitié compte beaucoup pour lui, mais il accorde encore plus d'importance à l'honnêteté et à l'intégrité professionnelle. Jackson aurait dû lui dire la vérité depuis longtemps. Et il aurait définitivement dû la lui dire avant de prendre part au projet.

– Je sais... Et Jackson aussi le sait. Mais il s'est vraiment retrouvé dans une situation merdique.

L'ascenseur s'immobilise, et les portes s'ouvrent sur le rez-de-chaussée. Je sors de la cabine, et Nikki s'avance juste assez pour empêcher les portes de se refermer.

– En fait, si leur père n'était pas Jeremiah Stark, cette histoire pourrait vite être oubliée. Mais là... Il y a de l'orage dans l'air.

Je soupire, soudain brisée de fatigue, physique et nerveuse. J'admets à contrecœur :

– J'ai l'impression que Damien veut me punir, moi aussi, en m'ordonnant de renvoyer Jackson moi-même.

– Non, dit Nikki avec fermeté. Je ne suis pas d'accord. Je pense que c'est sa manière de s'assurer que tu tiens vraiment à ce boulot, malgré les emmerdes qui te tombent dessus quand tu es chef de projet. Il est au courant pour vous deux, autant dire qu'il sait que tu risques de ne pas vouloir rester si Jackson part. Tu voudras rester ?

Mes tripes se nouent, parce que, oui, je veux rester. Ce complexe hôtelier, c'est mon bébé – c'est *mon* projet. C'est moi qui ai eu l'idée, c'est moi qui l'ai proposé à Damien. C'est moi qui ai monté le dossier de A à Z. Et je lui suis tellement reconnaissante de m'avoir donné cette occasion de gravir les échelons dans sa société, en me laissant partager mon temps entre mes tâches d'assistante et le suivi du projet pour le Domaine de Cortez.

Alors, oui, je veux garder ce projet. Je veux le Domaine. Je veux Jackson.

Je veux le beurre et l'argent du beurre.

Et je ne sais absolument pas comment je pourrais bien avoir – ou conserver – quoi que ce soit de tout cela.

4

« T où ? »

Je jette un œil au texto que j'ai envoyé à Jackson en attendant que Joe vérifie le programme informatique du parking qui enregistre les entrées et les sorties des véhicules.

Je l'ai envoyé il y a au moins trois minutes, et je n'ai toujours pas de réponse.

Je le relance d'un « ??? » mais ne récolte qu'un silence radio. J'avise Joe :

– Alors ?

– Rien, m'avoue-t-il en fronçant les sourcils devant son écran. Il n'a pas utilisé son pass pour se rendre au parking aujourd'hui.

– C'est absurde. Je sais qu'il est venu ici.

Et je sais aussi combien Jackson aime son élégante Porsche noire de collection. J'ai du mal à croire qu'il l'aurait simplement laissée dans la rue, la nuit, en pleine ville.

– Il s'est peut-être garé à la station de métro pour descendre ici à pied, hasarde Joe.

– Qu'est-ce qui vous fait penser cela ?

– J'ai discuté avec lui avant qu'il monte voir M. Stark. L'est arrivé par là, précise Joe en désignant les portes de verre menant à l'esplanade de l'immeuble, qui elle-même donne sur South Grand Avenue.

Je rumine un instant cette information.

— Bon, mais est-ce que vous l'avez vu repartir ?

— Désolé, mam'zelle Brooks. Je ne l'ai pas revu depuis qu'il est monté.

Je fronce les sourcils : Jackson serait-il resté dans le bâtiment ? Je m'attendais à ce qu'il s'en éloigne le plus rapidement possible — en tout cas, c'est ce que moi j'aurais fait. Mais Jackson n'est pas moi, et j'inspire profondément en me demandant si je dois monter à son bureau au vingt-cinquième étage. D'un côté, il ne m'a pas attendue, et il n'a pas répondu à mes textos. Tout indique qu'il veut rester seul, ce que je peux concevoir. D'un autre côté, ce qu'il veut n'est peut-être pas l'élément à prendre en compte en priorité. Il n'y a pas longtemps, quand j'étais furieuse contre lui, je voulais être seule, moi aussi. Mais Jackson m'a suivie pour s'assurer que j'allais bien.

Et là, j'ai terriblement peur que Jackson soit loin, très loin d'aller bien.

Je remercie Joe pour son aide, puis je m'installe sur l'une des banquettes de cuir aux pieds de chrome du hall d'entrée. J'écris un autre texto encore, puis je croise les doigts, littéralement.

Ça ne m'avance à rien, et après m'être obligée à attendre sagement pendant cinq bonnes minutes je prends ma décision. C'est peut-être égoïste, mais je veux le voir. Non, j'ai *besoin* de le voir. J'ai besoin de savoir qu'il va bien.

Et surtout, j'ai besoin de savoir que nous deux, ça va. Que malgré toutes ces emmerdes, tout ira bien pour Jackson et Sylvia.

Il fait sombre quand j'arrive au vingt-cinquième ; l'étage n'est éclairé que par les lumières de la ville qui entrent par les fenêtres. Il y a très peu de bureaux, car seule la moitié de l'étage est compartimentée. Le regard ne rencontre presque pas d'obstacles dans ce grand espace aux cloisons vitrées, si bien que le tout est relativement bien éclairé, un peu comme une promenade au clair de lune.

Je traverse l'étage, jusqu'à la cloison de verre qui délimite l'espace de travail de Jackson. Il se tient debout devant la fenêtre, regardant la ville au-dehors, et je suis soudain frappée par sa ressemblance avec Damien, qui, un peu plus tôt, se trouvait exactement dans la même position.

Je ne distingue que sa silhouette. Ses épaules tendues, tous les muscles de son corps contractés. De là où je me trouve, je ne vois pas son visage se refléter dans la vitre, mais je peux le visualiser dans les moindres détails. Les reflets de la lumière dans ses cheveux noirs. La colère qui contracte ses mâchoires carrées. Et ses yeux, bleu iceberg.

Je m'apprête à m'avancer vers lui, puis je change d'avis. Encore une fois, je sors mon téléphone.

« Si tu as besoin de moi, je suis juste là, devant ton bureau. »

J'hésite, pas tout à fait sûre de faire le bon choix. Puis, encore une fois, j'appuie sur « Envoyer ».

Presque aussitôt, j'entends le bip de son téléphone. Je le regarde sortir l'appareil de sa veste. Prendre connaissance de mon message. Remettre le téléphone dans sa poche.

Mais il ne bouge pas pour autant, et tandis que les secondes s'égrènent ce satané corset de fer m'oppresse de plus belle ; j'ai peur – j'ai tellement peur – que nous ne survivions pas à cette épreuve. S'il ne peut pas venir à moi maintenant, je n'ose imaginer comment il réagira quand il me faudra lui asséner le coup de grâce.

J'attends encore, le temps d'un battement de cœur, puis deux, mais ensuite je n'ai plus le courage de rester là, et je tourne les talons, en faisant de mon mieux pour ne pas pleurer, pour ne pas m'enfuir. Pour me contenter de marcher, lentement et prudemment, comme si son silence n'avait pas transpercé mon cœur.

J'ai à peine fait deux pas que je l'entends ; il parle d'une voix si basse qu'elle se confond presque avec le ronronnement du climatiseur.

– *Si* j'ai besoin de toi ?

Je me fige, les épaules raides, et je ferme très fort les yeux pour refouler les larmes. Puis, quand je suis certaine de parvenir à rester debout, je me tourne pour lui faire face.

Il a la carrure d'un arbre, qui frémit sous la tempête de ses émotions ; c'est un miracle qu'elles ne l'aient pas encore déraciné. Malgré tout – malgré les bourrasques de colère et de frustration qui le secouent –, c'est la flamme qui semble le propulser vers l'avant. Une flamme dévorante, loin de m'être inconnue, et qui se dirige droit sur moi.

– *Si* j'ai besoin de toi ? répète-t-il en s'approchant de moi à grandes enjambées, avec une puissance phénoménale et une détermination farouche. Bon Dieu, Sylvia, tu n'as pas encore compris que j'ai *toujours* besoin de toi ?

Il n'est plus qu'à quelques centimètres de moi, mais il ne m'a pas touchée, et cette absence minuscule semble tout à coup être la chose la plus importante et la plus affreuse au monde.

Je veux le prendre dans mes bras, mais je n'en fais rien et j'enfonce mes mains dans les poches de ma jupe. J'ai peur qu'il se dérobe, et ça, je ne le supporterai pas.

– Tu n'as pas répondu à mes messages.

– Si. J'ai répondu à chacun d'eux, et j'ai effacé mes putains de réponses. Je suis dans un sale état, ma chérie, je ne pensais pas que tu voudrais me voir comme ça.

– Jackson, je chuchote en faisant un pas en avant, mue par le soulagement. Tu n'as pas encore compris que je veux toujours te voir ?

Je sens des picotements sur ma peau, comme si nos émotions respectives provoquaient des arcs électriques entre nous, chargeant l'air avant que l'éclair ne se produise. Il ne dit rien pendant quelques secondes, et je regarde sa poitrine se soulever à chaque inspiration.

– Quel salopard ! lâche-t-il enfin, et mon cœur se serre.

Il insulte l'homme qui l'a rejeté. Qui est devenu froid et distant en apprenant qu'il avait un frère. Comment Jackson va-t-il bien pouvoir réagir quand il apprendra que Damien n'en est pas resté là ? Et le fait que je sois la messagère rendra-t-il la nouvelle plus facile ou plus pénible à entendre ?

Je tends la main pour le caresser, comme pour apaiser une blessure que je n'ai pas encore infligée. Mon contact semble embraser quelque chose en lui, et il me serre dans ses bras.

– Syl… Oh, Seigneur, Syl…

Il prononce mon nom dans un murmure étouffé par le baiser qu'il me donne. Je fonds instantanément, la surprise laissant place au soulagement immense et doux d'être conquise par cet homme. D'être utilisée par lui. Désirée par lui.

D'être sienne, tout simplement.

Le baiser est brutal. Violent. Nos dents s'entrechoquent. Nos langues luttent. Et c'est bien le goût du sang, dans ma bouche. Comme si Jackson avait besoin de me consommer, de se convaincre que je suis bien réelle, bien présente, et que, quoi qu'il arrive, je ne vais pas disparaître d'un claquement de doigts.

Une petite voix dans ma tête me somme de lui dire la suite – de lui porter ce coup fatal –, mais je ne parviens pas encore à trouver les mots. Je ne peux pas risquer de me faire repousser par lui maintenant. De le voir s'éloigner de moi, les yeux emplis de dégoût au lieu du désir dont j'ai besoin.

Alors, je sors de la réalité pour me plonger dans l'illusion que nous allons bien. Que tout va bien entre nous.

Que plus rien ne peut nous séparer de nouveau. Pas même l'acharnement d'un homme comme Damien Stark.

Rompant notre baiser, il recule, le souffle court. Nos corps sont serrés l'un contre l'autre, et mon cœur cogne si fort dans ma poitrine qu'il me fait mal.

– J'ai besoin de toi, souffle-t-il, et je ne peux que hocher la tête en murmurant un oui éperdu, mon corps alangui de soulagement et de désir.

Sa bouche reprend possession de moi, mais cette fois ses mains empoignent mes hanches et me soulèvent. J'enroule mes jambes autour de sa taille tandis qu'il me porte jusqu'à son bureau. Je me sens hagarde, en apesanteur, et je n'ai jamais autant voulu être utilisée. Je veux être son amarre, son ancre – la force qui l'arrache à sa colère pour le ramener à moi.

J'ai le souffle coupé quand il se laisse tomber avec moi sur la table à dessin. Mes fesses sont posées dessus, mais la surface est inclinée, alors je serre un peu plus mes jambes autour de lui pour ne pas glisser. Je me penche en avant pour m'attaquer à sa chemise, un bouton après l'autre, en me retenant de tout arracher d'un seul coup. J'ai besoin de sentir sa peau sous ma main, la chaleur qui monte en lui, s'intensifiant jusqu'à la limite de l'embrasement.

Lui ne fait pas tant de manières. D'un coup sec, il arrache mon chemisier et en fait sauter les boutons, révélant mon soutien-gorge rose pâle. Suffoquée par sa férocité, je sens mon sexe se contracter fiévreusement, avide, animal. Je mouille, je mouille tant que mes cuisses enserrent ses hanches plus fermement, et que tout mon corps se tend vers lui, avide de sentir son sexe contre le mien, la pression de sa bouche sur ma poitrine.

– S'il te plaît, dis-je alors qu'il libère mes seins en tirant sur mon soutien-gorge.

Il se penche en avant lui aussi, sa montagne de muscles m'accule contre la table à dessin en bois dur. Ses dents effleurent mes seins. Je gémis, mes hanches ondulent avec une sensualité et une frénésie accrues à mesure qu'il me lèche et me suce, faisant durcir douloureusement mes tétons.

Chaque zone de mon corps semble être reliée aux autres par un réseau de fils chauffés à blanc. De ma nuque jusqu'à mes lèvres, mon ventre, la peau fine et douce de l'intérieur de mes cuisses, et jusqu'à ma chatte trempée, affamée.

– Jackson...

Je parviens à grogner son nom entre deux gémissements de plaisir, et m'arc-boute contre sa bouche, mes seins si réactifs à ses caresses qu'ils me font mal.

Il relève la tête, me laissant désorientée. La caresse sensuelle de l'air frais sur ma poitrine mouillée par sa langue me fait un effet incroyable, mais je veux plus que ça. Je voudrais l'implorer, mais je ne parviens qu'à gémir ; je prends appui sur la table pour presser mon clitoris contre son bas-ventre, le suppliant en silence de me prendre, enfin.

Nous sommes presque enragés. Pas question de sexe ni d'amour, ni même de passion. Il s'agit d'un besoin. D'une délivrance. Il s'agit de prendre chacun ce dont nous avons besoin chez l'autre. Rapidement, brutalement, complètement.

Ses mains retroussent ma jupe jusqu'à ce qu'elle ne soit plus qu'une ceinture de lin autour de ma taille. Il arrache ce qu'il reste de mon chemisier, et mon ventre se contracte lorsque l'air frais effleure ma chair en feu. Sa bouche revient entre mes seins, et je me trémousse sous lui tandis qu'il descend progressivement en embrassant mon ventre de ses lèvres charnues et sensuelles. Ma peau picote et frémit à chacun de ses passages.

Quand il atteint mon nombril, il plonge sa langue dedans. Ma respiration devient sifflante tandis que mon corps se cabre, saisi par la puissance érogène insoupçonnée de cette zone. Jackson poursuit sa descente, ne rompant le contact que pour franchir la barrière de tissu qui était il n'y a pas si longtemps ma jupe préférée, mais sépare à présent d'une manière intolérable ma peau de sa bouche.

Pendant un instant, je ne sens plus que la pression tendre de ses mains sur mes hanches pour me maintenir en place. Je commence à me redresser pour le regarder, mais il m'arrête d'un seul mot.

– Non.

– Je t'en prie...

– Je t'en prie, quoi ? dit-il pour me taquiner, et je ne peux m'empêcher de sourire.

– Baise-moi.

Le simple fait de prononcer ces mots me fait mouiller de plus belle. Je suis sûre que ma culotte est trempée – et qu'il peut voir combien je suis excitée. Cette seule pensée attise ma fièvre, et j'écarte un peu plus les jambes, comme un aveu muet. *Je te veux, Jackson. Oh mon Dieu, j'ai faim de toi.*

Son soupir est une confession autant qu'une provocation. Je fonds instantanément en retour, et me sens fléchir corps et âme. Il s'agenouille entre mes jambes, sa bouche à la hauteur de la table. Et de ma chatte. Son souffle me titille, comme la plus sensuelle des promesses. Et lorsque sa langue commence à courir sur la chair tendre de mes cuisses, je dois détourner le regard et me mordre la lèvre pour résister au torrent de désir qui menace de m'emporter.

Sa bouche s'affaire sur ma cuisse, et l'une de ses mains se glisse dans ma culotte. Il écarte nonchalamment la pièce de tissu qui constitue un rempart bien mince à mon intimité, puis fait glisser son pouce sur ma fente. Il ne s'enfonce pas en moi, il reste en surface, et mon corps se tortille pour protester.

Ses lèvres se rapprochent du centre de mon être, et sans crier gare il soulève mes jambes et les passe par-dessus ses épaules. J'ai un peu basculé en arrière, sa bouche est désormais tout contre moi. Contre mon sexe. Étalée sur sa table à dessin, la jupe relevée, mes mains s'accrochent aux bords de la table, dans une vaine tentative de rester maîtresse de mes sens pris d'assaut.

Je porte toujours mes chaussures, et curieusement c'est ce détail qui me rappelle brutalement ce que nous faisons. Et l'endroit précis où nous le faisons.

– Jackson… oh, Seigneur, Jackson, arrête. (Sa langue me titille savamment à travers ma culotte.) Les murs… les vitres. N'importe qui peut nous voir.

– Je m'en fous.

Il grogne plus qu'il ne parle, et à peine a-t-il terminé

sa phrase que sa bouche se recolle à moi. D'un doigt, il écarte le tissu et m'attaque avec sa langue. Je frissonne d'excitation – aussi bien à cause de son talent pour me rendre folle de désir qu'à cause du risque d'être surpris en pleine action. Ce risque est faible, je le sais, étant donné que cet étage est le domaine de Jackson et qu'il n'est même pas encore complètement aménagé. Mais à vrai dire, même s'il grouillait de monde, je ne sais pas si je serais capable de partir. Je suis déjà trop loin. Trop égarée.

Plus rien ne compte, je ne veux plus que lui. Je veux me soumettre à lui. Me donner entièrement à lui, à cet homme qui a toujours su m'emmener là où j'ignorais vouloir me rendre... Mais jamais si loin que je ne puisse ensuite retrouver mon chemin vers la vie normale.

À présent, je suis tellement à fleur de peau, si prête à succomber que j'accroche mes chevilles l'une à l'autre derrière sa nuque pour l'attirer à moi. Je veux des sensations plus fortes encore. Plus profondes.

Je suis près de chavirer – mon esprit tourbillonne, mon corps se tend –, mais il s'écarte doucement.

– Jackson... quoi, non. Ne t'arrête pas. S'il te plaît, ne t'arrête pas.

Il a un petit rire entendu, très sexy.

– Ne t'inquiète pas, ma chérie. Je ne compte pas m'arrêter là.

Il se relève en ôtant mes jambes de ses épaules avec douceur, avant de me faire signe de m'accrocher de nouveau à ses hanches. Je m'exécute, récompensée par un bruit érotique et familier, celui de sa braguette qui s'ouvre.

– J'ai besoin d'être en toi.

– Oui. Oh oui !

J'écarte les jambes pour l'accueillir. J'ai besoin qu'il m'emplisse. Qu'il me complète.

Il bande terriblement, et je suis si lubrifiée qu'il me pénètre sans difficulté. Ses mains agrippent ma taille et je me presse contre lui, les bras jetés autour de son cou pour que mon cul soit tout au bord de la table et que mes seins se frottent insolemment contre sa poitrine, tandis que nous remuons ensemble à un rythme primitif et endiablé.

Il entrouvre les lèvres, comme pour prononcer mon nom, mais je ne veux pas de bavardages. Je ne veux que lui. Je m'empare de sa bouche avec un baiser violent, le pénétrant avec ma langue au moment où il me pénètre avec sa queue.

J'ai besoin de ça, et je sais que lui aussi. Lui aussi a besoin de ce lien. De cette union, faite de pouvoir, de force et de solidarité. C'est la preuve que nous pouvons essuyer n'importe quel revers, passé ou à venir. Que nous pouvons survivre à l'orage qui approche.

C'est un supplice autant qu'un ravissement.

Et je redoute le moment où cet interlude prendra fin, et où il me faudra provoquer une tempête autrement moins sensuelle.

Il est profondément ancré en moi, la gravité jouant en notre faveur à chaque coup de reins, son pouce titillant mon clitoris au même rythme. Je m'abîme dans l'instant, et seule surnage la conscience de ce qu'il me fait éprouver – un plaisir animal, étourdissant, qui me nourrit et m'affame en même temps : je suis insatiable.

Il ne me laisse pas de répit – une vague d'euphorie gonfle en moi et m'élève de plus en plus haut, je sens que nous allons jouir ensemble, c'est ce dont nous avons besoin, terriblement besoin. Mais quelque chose ne va pas.

– Jackson, dis-je d'une voix entrecoupée. Jackson, arrête. Il faut que je… Oh, mon Dieu.

Il s'est redressé et me repousse sur la table. Il replie un de mes genoux contre ma taille, si bien que je suis encore plus ouverte, et qu'il s'enfonce encore plus profondément en moi. Il se penche sur moi, modifiant l'angle de pénétration, de sorte que son bassin frotte mon clitoris à chaque mouvement ; sa main libre empoigne mon cul pour m'immobiliser tandis qu'il me ravage de ses coups de reins inexorables, si puissants et si frénétiques.

– Jouis avec moi, gronde-t-il. Putain, Sylvia, jouis avec moi.

Je me cambre, une main agrippant son épaule, l'autre serrant le bord de la table. Il me pilonne, et son corps se raidit avec l'orgasme. Mais c'est son visage, transfiguré par son désir sans fard, qui me fait atteindre le septième ciel. Je pousse un cri à l'instant même où la jouissance s'abat sur moi comme les vagues d'une mer déchaînée sur les brisants.

Je respire toujours bruyamment, les répliques de la passion me secouent encore, quand il s'effondre sur moi, le visage contre ma poitrine. Je resserre l'étreinte de mes jambes autour de sa taille pour ne pas glisser, mais en vérité je voudrais m'écarter. Je suis nerveuse à présent. Coupable.

J'ai profité de cette jouissance sous un faux prétexte, et je ne sais pas comment faire pour me tirer de cette ornière. Ce qui est certain, c'est que j'ai besoin de bouger. Il me faut quitter cette position bien trop intime, beaucoup trop fragile pour supporter le poids de ma culpabilité.

– Jackson.

Il redresse la tête.

– Je dois me lever. Mon dos…

Le mensonge me vient sans difficulté, et j'éprouve

un nouveau tiraillement de culpabilité face au souci manifeste qu'il se fait pour moi, m'aidant à me relever, arrangeant de son mieux mon chemisier en lambeaux tandis que je tire sur ma jupe pour la réajuster.

– Je suis content que tu n'aies pas renoncé. Que tu sois venue me chercher ici.

– Je…

Les mots se coincent dans ma gorge, mais je dois les prononcer. Je dois tout avouer.

– Il y a quelque chose que je ne t'ai pas dit. J'aurais dû le faire dès que je t'ai retrouvé, dis-je piteusement, les yeux rivés au sol. Je suis désolée.

Je pédale dans la semoule. Mais en débitant ces paroles vides de sens, je m'aperçois que Jackson et moi nous trouvons dans la même situation inconfortable. J'aurais dû lui asséner la nouvelle à la première occasion. Et lui aurait dû en faire de même avec Damien.

– Eh bien ?

Délicatement, il prend mon menton pour tourner mon visage vers le sien, si bien que je n'ai qu'une alternative : soutenir son regard, ou bien l'esquiver.

– Que se passe-t-il ?

– C'est Damien… Et le Domaine.

Ses traits se durcissent face à moi. Il ne répond rien, et d'une certaine manière c'est encore plus difficile. Mais il faut que j'aille au bout, et je poursuis, prenant une grande inspiration avant de lâcher ma bombe.

– Tu es viré, Jackson. Damien a dit que je devais te retirer le projet.

*
**

L'enfoiré.

Ce putain d'enfoiré de merde qui se croit au-dessus de tout le monde.

– Viré ? répéta Jackson, bien qu'il n'y eût pas le moindre doute sur ce qu'il venait d'entendre. Ça veut dire quoi ? Le grand Damien Stark n'a pas eu les couilles de s'en occuper lui-même ? Il fallait qu'il te colle ça sur le dos ?

Elle lui tendit la main.

– Jackson, il...

– *Non.* Je ne veux pas le savoir.

Durant toute sa vie, Jackson avait vu Damien obtenir tout ce qu'il désirait. Et le plus souvent, au détriment de Jackson.

Damien avait voulu un père ? Très bien, il avait pris celui de Jackson.

Il avait réclamé du temps avec lui ? Pas de problème. Parce que Jeremiah n'allait sûrement pas s'attarder dans les parages quand le petit Damien le réclamait.

Il lui avait fallu des opportunités d'affaires ? Pourquoi ne pas tout simplement se servir, comme il l'avait fait à Atlanta ? Et si ses manipulations sournoises mettaient quelqu'un dans la merde, pourquoi en aurait-il eu quelque chose à foutre ?

Et voilà que Damien voulait le mettre à la porte, parce qu'il était intolérable que l'aveu de Jackson lui cause le moindre embarras.

– *Merde.*

Il attrapa la première chose qui lui tomba sous la main – un pot à crayons – et le lança de toutes ses forces à travers la pièce. Le pot fut projeté contre la fenêtre et les crayons volèrent, rebondissant sur la vitre comme des petits javelots.

À côté de lui, Sylvia prit appui sur la table à dessin, où il s'était blotti contre elle à peine deux minutes plus tôt. Il pouvait voir sa poitrine se soulever rapidement, et ses grands yeux alarmés qui le dévisageaient, comme si elle craignait qu'il n'explose.

N'était-ce pas ce qu'il venait de faire ?

Il poussa un grand soupir et se passa la main dans les cheveux. Quel abruti il était !

— Syl, murmura-t-il, et ses tripes se nouèrent quand une larme solitaire glissa le long de sa joue.

Oh non, merde.

C'était sa faute. C'était lui qui l'avait effrayée. Qui l'avait blessée. Et c'était lui, putain, qui avant ça s'était servi d'elle.

Et il restait planté là, à maudire ce connard de Damien ?

Mais enfin, qu'est-ce qui n'allait pas chez lui ?

— Je suis désolé. Je suis tellement désolé.

Elle sembla articuler son nom, mais aucun son ne sortit. C'était mieux ainsi ; à cet instant précis, entendre son nom dans la bouche de Sylvia aurait pu l'anéantir. Et il était déjà suffisamment dévasté comme ça.

Pendant un instant, il la contempla. Elle restait debout, la bouche entrouverte, comme si elle avait sur le bout de la langue un mot magique qui aurait pu tout réparer. Ses lèvres étaient gonflées, ses cheveux décoiffés. Elle devait retenir son chemisier d'une main, parce qu'il avait été assez con pour le mettre en pièces.

Oh putain… Bon Dieu de merde.

Il portait toujours sa veste. Il s'en débarrassa d'un mouvement d'épaules et la déposa sur le dossier d'une chaise.

— Je suis désolé pour ton chemisier. Je suis désolé pour tout.

Et puis, sans la regarder, il tourna les talons et quitta la pièce.

5

Je me retiens à la table et j'inspire à pleins poumons en tâchant de reprendre mes esprits, tandis que Jackson disparaît dans le couloir.

Une partie de moi voudrait le suivre – lui courir après, l'enlacer et le bercer comme un enfant, l'embrasser et lui murmurer des paroles apaisantes jusqu'à ce que la douleur disparaisse.

C'est ainsi que j'ai agi tout à l'heure, quand il fuyait Damien, et je sais qu'alors ma présence l'a réconforté.

Sauf que les choses ont changé depuis. Cette fois, c'est moi qu'il fuit.

Putain, putain, putain.

Je fais les cent pas dans son bureau, trop à cran pour demeurer immobile. Je vais, je viens, puis je repars, encore et encore, aveugle à tout ce qui m'entoure. Rester en mouvement. Sentir mes veines charrier mon sang, mais aussi le flot de mépris qui s'y est déversé.

Là, tout de suite, je me déteste. Je me déteste d'avoir traité ainsi cet homme qui compte tant pour moi. Et tant qu'on y est, je déteste Damien aussi, pour m'avoir forcée à jouer les tueurs à gages.

Je comprends pourquoi il a agi ainsi : je suis le chef du projet, recruter les gens et les licencier fait partie de mon boulot. Mais ce n'est pas moi qui ai décidé ce licenciement, et les deux meilleures choses de ma vie

– Jackson et mon travail – sont souillées à présent.

Et je me hais aussi parce que, malgré ce qui s'est passé – et malgré la souffrance de Jackson –, je ne veux pas démissionner de ce boulot que j'adore.

Bordel de merde.

J'attrape une gomme qui traîne sur la table et la jette rageusement à travers la pièce. Elle heurte la fenêtre à quelques centimètres de l'endroit que les crayons de Jackson ont touché. Sans un bruit, elle rebondit et tombe au sol.

Tout compte fait, ça ne me défoule guère, et je m'écroule dans le fauteuil de Jackson. Je ferme les yeux et pose le front sur son bureau.

Je suis en colère. Je suis troublée. Je ne sais plus où j'en suis.

Mais surtout, je suis incapable d'agir. Qu'est-ce que je pourrais faire ? Je ne saurais même pas par où commencer.

Tu n'as pas encore compris que j'ai toujours besoin de toi ?

Ses paroles résonnent dans ma tête, et je me demande si elles étaient vraiment sincères. A-t-il besoin de moi ?

Mais surtout : a-t-il besoin de moi maintenant ?

La question n'a pas vraiment d'importance, puisque Jackson est introuvable, et à minuit passé je ne veux plus savoir ce dont il a besoin. C'est de moi qu'il s'agit maintenant. Parce que je suis terrifiée à l'idée qu'il lui soit arrivé quelque chose, et tout ce qui compte c'est ce que *je* veux, ce dont *moi* j'ai besoin.

J'ai besoin de le retrouver.

Il ne répond pas au téléphone. Il ne répond pas à mes messages.

Je roule jusqu'à Marina del Rey pour constater qu'il n'est pas sur son bateau.

Et lorsque j'appelle le Redbury, un hôtel de charme

où je sais qu'il séjourne parfois, on m'assure qu'il n'y a aucune réservation à son nom.

Je finis par me retrouver devant la porte de mon appartement, à Santa Monica. Bien que je ne lui aie pas encore donné la clé, je prie pour qu'il se trouve à l'intérieur. Pour qu'il se soit endormi sur la terrasse et qu'au matin nous puissions rire ensemble de l'air que j'ai brassé pour le retrouver, alors qu'il était chez moi depuis le début.

Mais il n'est pas là non plus. Je commence à être à court d'idées, tandis que mes craintes gagnent du terrain. Je ne suis plus soucieuse d'apaiser sa rage ou sa douleur. Non, désormais, j'ai vraiment peur qu'il se soit fait tabasser et qu'il soit allongé Dieu sait où, en train de se vider de son sang. Il a un tel caractère…

Ne s'en est-il pas pris à Reed ?

Ne garde-t-il pas une cicatrice au front, souvenir du jour où je l'ai quitté à Atlanta, cinq ans plus tôt ?

J'ai transformé la colère en bagarres, m'avait-il dit il y a quelque temps. *Et j'ai canalisé toute cette énergie à travers le sexe. Pour garder le contrôle.*

Côté sexe, nous avons sans aucun doute bien travaillé cette question, déjà. Mais à cette seconde, je suis terrifiée à l'idée qu'il s'attaque à l'autre partie du programme : celle des bagarres.

Je m'empare de mon téléphone et je m'apprête à composer le raccourci pour joindre Cass, ma meilleure amie, mais un coup d'œil à l'horloge m'informe qu'il est plus de 2 heures du matin. Tant pis, je l'appelle quand même. Pour autant que je sache, les situations de ce genre sont prises en charge par SOS Amitié.

– C'est qui, *bordel ?*

La femme qui a décroché n'est pas Cass, et il faut quelques secondes à mon cerveau embrouillé pour réagir.

– Zee, c'est Sylvia. Désolée de te réveiller, mais c'est urgent. Tu peux me passer Cass ?

Elle soupire bruyamment, puis :

– Ouais. OK. Attends.

Du moins, ce sont les paroles qui me parviennent à travers le filtre de la connexion téléphonique. Mais je peux entendre ce qu'elle dit réellement, et ça ressemble drôlement plus à quelque chose comme « Non mais t'as vu l'heure, espèce de pouffiasse ? ».

Bien sûr, je peux me faire des idées. Cass et Zee – le diminutif pour Zelda – sortent ensemble depuis cinq minutes à peu près, et je vois ma meilleure amie déjà submergée d'angoisse et d'incertitudes. Je suis navrée, mais si Zee n'est pas capable de voir à quel point Cass est géniale, alors c'est qu'elle ne tourne pas rond.

– Qu'est-ce qui se passe ?

Cass ne s'encombre pas de préambule, et il n'y a aucune trace de sommeil dans sa voix ferme et claire. Elle assure en cas de crise – elle a toujours assuré –, et c'est dans ces moments-là que je suis encore plus heureuse de l'avoir à mes côtés.

– Jackson, dis-je, puis je lui livre un compte-rendu brouillon de la situation.

Je n'ai pas besoin de lui annoncer que Jackson est le demi-frère de Damien, car Jackson s'en est chargé lui-même. Alors qu'il cherchait par tous les moyens à me retrouver, il était venu voir Cass et lui avait tout déballé, sachant que ma meilleure amie était la mieux placée pour l'aider.

– Je sais qu'il va dans des salles de sport pour relâcher la pression, dis-je. Le genre avec des clubs de boxe, des rings, tout ça. Mais il n'y a aucune salle ouverte à cette heure-ci. Et s'il s'était mis à fréquenter un de ces clubs de combats clandestins ? Tu sais, le truc à mains nues, où les types se mettent des raclées, et où les gens font des paris sur eux.

Je ne sais absolument pas de quoi je parle, évidemment. Je mélange des bribes de fiction, de films, de télé et d'images entrevues pendant les infos. Mais l'idée que des clubs de combat secrets existent me semble tout à fait plausible. Et s'ils existent vraiment, alors je n'ai aucun doute sur le fait qu'un homme aussi déterminé que Jackson sache où les trouver.

– OK, il faut vraiment que tu te calmes, là. Tu veux que je vienne chez toi ?

– Oui. Non. Non, bien sûr que non. Mais je suis vraiment inquiète.

– Oui, ça j'ai bien compris. Attends, je réfléchis.

Elle marque une pause, et je serre mon téléphone si fort que je pourrais le broyer.

– Oh, mais qu'est-ce qu'on est bêtes toutes les deux.

Comme je suis entièrement prête à la croire, je ne prends pas la peine de relever.

– Dis-moi.

– La fois où tu t'es enfuie dans les collines au volant de sa Porsche, comment est-ce qu'il t'avait retrouvée ?

– Avec OnStar.

– Eh ben voilà ! Sers-toi d'OnStar.

Je repasse ses paroles dans ma tête, certaine d'avoir manqué quelque chose. Mais non, c'est tout ce qu'elle a dit. Alors, je me résous à poser la question la plus élémentaire de tous les temps :

– Et comment je suis censée faire ça, moi ? Je ne suis pas inscrite. Je ne connais même pas la plaque d'immatriculation.

– Oh, je t'en prie. Tu travailles pour un des maîtres de l'univers. Il y a certainement quelqu'un dans le monde merveilleux de Stark qui sait faire ce genre de connerie.

Je suis perplexe. En même temps, je n'ai pas de meilleure idée et, au moins, ce plan me donne quelque chose d'autre à faire que de me tourner dans mon lit en faisant semblant de dormir.

– OK. Super. Je vais faire ça.

– Ouais ?

– À moins que tu ne ménages tes effets et qu'il te reste une meilleure idée cachée dans ta manche ?

– Désolée, non.

– Alors, retourne dormir. Et dis à Zee que je suis désolée.

J'entends un bruissement à l'autre bout du fil tandis qu'elle remet le combiné contre son oreille.

– Elle est déjà dans les choux.

Elle soupire, et quand elle reprend la parole sa voix est douce mais ferme, teintée d'inquiétude.

– Écoute, je sais que tout a été assez perturbant pour toi ces derniers temps. Si tu as besoin d'un nouveau tatouage, je peux aller ouvrir le salon tout de suite.

Je ferme les yeux, submergée par l'émotion. De tous les humains qui peuplent cette planète, Cass et Jackson sont les deux seuls qui me comprennent, au-delà des apparences.

Je secoue la tête, même si je sais qu'elle ne peut pas le voir.

– Ça va aller, dis-je, tandis que ma main glisse au bas de mon dos, là où les initiales de Jackson sont tatouées. Honnêtement, ça ne m'a même pas traversé l'esprit.

– Vraiment ?

Je comprends sa surprise. Mes tatouages dessinent la carte de mes douleurs et de mes triomphes. Ils sont comme une transcription des événements de ma vie qui m'ont bouleversée – et un témoignage de ma capacité à y survivre.

– Je n'en ai pas besoin, dis-je d'un ton ferme. C'est rien du tout, juste un petit accroc. On a survécu à tant de choses, je sais qu'on surmontera ça aussi.

Le simple fait de prononcer ces paroles me redonne confiance, et je suis contente que Cass ait parlé de tatouage. Parce que ça m'a permis de refuser.

– C'est clair. Mais appelle-moi si tu pars en vrille. Et appelle-moi quand tu l'auras retrouvé.

– Ça marche. J'ai un plan, en fait. Ton idée, avec OnStar, là, ça m'a fait réfléchir.

– Ah ouais ? Ah là là, je suis trop forte.

– Je t'aime, tu sais.

– Alors je peux savoir pourquoi t'es pas dans mon lit ?

J'éclate de rire, et je raccroche en secouant la tête, amusée. Je suis contente d'avoir appelé Cass, parce que, au moins, je me sens un tout petit peu mieux.

Je fais défiler mes contacts pour retrouver le numéro du domicile de Ryan Hunter, le chef de la sécurité de Stark International. C'est la personne tout indiquée pour ce genre de petit boulot nocturne de détective privé.

Cette fois, la voix qui répond est parfaitement réveillée, et je peux entendre la stéréo beugler derrière.

Cette voix, toutefois, n'est pas celle de Ryan.

– Allô ? dit-elle. Hé ! Ho ! Baisse le son, tu veux ?

Je souris tandis que la musique redescend à un volume tolérable, et Jamie Archer, la petite amie de Ryan, reprend le combiné.

– C'est bon, je vais entendre maintenant. C'est à quel sujet ?

– Salut, Jamie. C'est Syl.

– Ouais, je sais. Identification de l'appelant. Bienvenue dans le XXIe siècle.

– Écoute, j'ai besoin d'un service.

– Pas de problème, ma poule. Qu'est-ce qu'il te faut ?

– En fait, c'est Ryan qui peut m'aider. Il est dans le coin ?

– Bien sûr. Attends.

J'entends le bruit du combiné qu'on se passe, puis des rires. Je sais que Ryan a posé deux jours de congé pour profiter de ses amis de fac qui sont de passage à Los Angeles, et j'éprouve un tiraillement de culpabilité à l'idée de l'interrompre. Mais pas au point de raccrocher, tout de même.

– Sylvia ? Tout va bien ?

– Non. Oui. Je ne sais pas.

Les mots sortent en vrac de ma bouche, et je lui résume tout ce qui s'est passé. Pas l'histoire des demi-frères, mais le licenciement. L'explosion. La disparition de Jackson.

– Je suis très inquiète. Je me suis dit que tu pouvais peut-être retrouver sa Porsche, comme elle est équipée d'OnStar.

– Tu as ses identifiants ?

– Non.

– Le numéro de série de la voiture ? Ou l'immatriculation ?

– Non.

– Alors je ne vois pas comment… Attends, laisse-moi cinq minutes. Tu veux attendre, ou je te rappelle ?

– Je vais attendre.

– Je pose le téléphone, me prévient-il.

Et je me retrouve seule dans mon appartement, l'inquiétude qui me dévore contrastant avec la musique et les bruits de fête à travers le récepteur.

Je l'entends finalement revenir.

– Le numéro d'immatriculation, c'était du gâteau : il a une carte pour le parking, donc on a les infos sur son véhicule.

– C'est super.

– Pister la voiture, c'est une autre histoire, soupire-t-il. Écoute, Syl. J'ai un copain aux renseignements, il me doit un service, et je pense qu'il pourrait faire ça. Sauf qu'il risque gros. Mais si tu penses vraiment que Jackson est en danger, alors il le fera. Dis-moi.

J'ouvre la bouche pour dire « Oui, oui, je t'en prie, retrouve Jackson ».

Mais les mots ne viennent pas. Ce n'est pas Jackson que je crains de savoir en danger. C'est nous deux, c'est notre couple qui m'inquiète.

Et tant que je ne l'aurai pas retrouvé – tant qu'il ne me tiendra pas à nouveau dans ses bras –, le vrai souci, ce sera moi.

6

Il est bientôt 4 heures du matin, et je commence à envisager sérieusement de rappeler Ryan pour lui demander de téléphoner à son ami aux renseignements, oui, par pitié. D'embaucher un hacker. De contacter la putain de CIA, même. De faire quelque chose, n'importe quoi, pour retrouver Jackson avant que je pète un câble.

Mais je n'en fais rien.

En revanche, j'envoie un mail à Damien pour l'informer que j'ai mis fin au contrat de Jackson. Comme il n'est pas salarié, je n'ai pas à contacter les ressources humaines, Dieu merci. J'envoie ensuite un message à Aiden, mon supérieur direct du département immobilier, pour le prévenir que je travaillerai de chez moi demain. Heureusement, j'ai déjà demandé à Rachel de prendre en charge le bureau de Damien pour le reste de la semaine. Non parce que je m'attendais à passer une nuit blanche, mais parce que j'avais prévu de passer une partie de la semaine à travailler sur des détails du Domaine avec Jackson.

Désormais, bien évidemment, ce temps-là m'est toujours indispensable, parce que le projet est un foutoir sans nom et que j'ai besoin de remettre de l'ordre dans tout ça.

Mes yeux me piquent, et malgré mon inquiétude

je ne peux réprimer un bâillement. Assise à la table de ma cuisine, j'ai posé un bloc-notes devant moi, soi-disant pour travailler sur le Domaine. La page est couverte de gribouillis.

Je me lève, prépare un café avec ma machine à expresso et me dirige vers le canapé. Bien pelotonnée dans l'angle, je m'enroule dans un plaid. Je tiens mes deux mains serrées autour de ma tasse pour ne rien perdre de la chaleur qui s'en dégage, car je suis frigorifiée. Ce froid qui me transperce les os, je n'ai pas réussi à m'en débarrasser depuis que Jackson est parti en me laissant seule dans son bureau.

Je sais qu'il me faudrait dormir, mais je ne peux pas me résoudre à rejoindre ma chambre. Tout échappe brutalement à mon contrôle, et je sais que si je dors mes cauchemars reprendront.

Mais il y a autre chose. C'est comme si laisser le sommeil me gagner revenait à abandonner la partie. Il faut que Jackson m'appelle, et vite. Il le faut, parce que j'ai besoin de savoir que ça va entre nous. J'ai besoin de voir son visage et de savoir que, même si la culpabilité me ronge comme un acide, lui ne m'en veut pas de l'avoir écarté du projet.

C'est bien de ça qu'il est question, évidemment. C'est bien pour ça que je dois le retrouver. Pour ça que je dois le voir. Pour ça que je ne peux pas dormir. Que je suis une telle épave.

C'est parce que j'ai peur.

J'ai si peur, j'ai si terriblement peur que, malgré la passion qui nous lie l'un à l'autre et malgré toutes les épreuves que nous avons déjà surmontées, les fondements de notre relation soient atteints, et que rien ne soit plus jamais comme avant.

— *C'est aussi bien qu'il reste à l'écart. Il n'est pas le seul à avoir des secrets.*

Je cligne des yeux, étourdie, et je me redresse sur le canapé. La baie vitrée de ma terrasse est ouverte, et Bob se tient sur le seuil, les yeux rivés sur moi, une main nonchalamment posée sur son entrejambe, son appareil photo suspendu à la sangle autour de son cou. Ses cheveux d'un noir soyeux sont retenus en arrière par un bandeau de cuir, et il me sourit.

— *On a beaucoup de choses en commun, toi et moi. Nous voulons tous les deux Jackson Steele.*

Il se passe la main sur la tête, et j'ai un haut-le-cœur en voyant ses cheveux glisser. C'est une perruque, qu'il laisse tomber négligemment au sol.

— *Ce n'est plus moi. Je ne suis plus du tout cet homme-là. Je suis Robert Cabot Reed, et c'est moi qui ai le pouvoir à présent. Ce n'est pas ton cas, n'est-ce pas, petite Elle ?*

Je veux lui hurler dessus. Lui dire que mon nom est Sylvia. Et que lui n'est personne. Juste un photographe à deux balles qui joue au réalisateur.

— *Il ne te reste rien du tout, poursuit-il de cette voix chantante. Pas même Jackson.*

— *Non. Ce n'est pas vrai.*

— *Tu penses qu'il voudra toujours de toi quand il apprendra ton secret ? Ma petite Elle prétend qu'elle lui a dit la vérité, mais tu ne lui as pas tout dit, n'est-ce pas ? Tu as toujours des petits secrets, non ?*

Je remonte la couverture jusqu'à mon menton. J'ai tellement froid, et j'ai peur. Je ne veux pas qu'il me touche. Je ne veux pas qu'il me regarde. Et je ne veux pas être ici.

— *Mais il faut que tu restes, dit mon père.*

Il est juste devant moi et tend la main pour me prendre le mug. Un mug rempli de chocolat chaud, avec des marshmallows à la surface. Ma boisson préférée. Je ne m'étais pas aperçue que je l'avais dans les mains. Je n'en ai même pas pris une gorgée.

Il le porte à ses lèvres et le boit entièrement, avant de reposer la tasse vide sur ma table basse.

— Tu sais pourquoi tu dois rester. Et tu es une fille sage, Elle. Tu es ma petite fille bien sage. Il faut que tu te lèves, maintenant. Il est temps que Bob prenne ta photo. Il a des tas de choses à prendre.

— Non, dis-je.

Mais ça ne change rien.

Parce que j'aperçois un double de moi-même, à l'autre bout de la pièce. Je suis appuyée contre le chambranle de la porte, mon dos cambré pour accentuer le galbe de ma poitrine, petite et ferme sous le coton fin de mon tee-shirt.

— Parfait, dit Bob en attrapant son appareil photo pour commencer à mitrailler. Il en faut juste un peu plus. Faut que tu aies l'air d'aimer ça. Faut que tu aies l'air de le vouloir.

— Non, je murmure, mais je suis tout là-bas, sur le canapé, et il ne m'entend pas. L'autre moi, celle qu'il touche, celle dont il pince et caresse les tétons, celle-là ne bouge pas, elle ferme les yeux de toutes ses forces, comme si elle voulait pleurer.

Elle ne pleure pas. Elle ne peut pas.

— C'est bien, ma petite fille, dit mon père.

— Ta petite salope, tu veux dire, rétorque Bob. Ta petite pute.

— Non.

Mon père a parlé d'un ton brusque, et il reprend le mug pour le reposer brutalement sur la table. Bam !

— Non ! répète-t-il, et il cogne à nouveau la table. Bam !

Et il cogne encore et encore, jusqu'à ce qu'il n'y ait plus dans ma tête que le bruit de la céramique contre le bois, et que je sois persuadée que d'une seconde à l'autre le mug va exploser et que je…

— Sylvia !

C'est la voix de Jackson.

Je me redresse d'un bond, le cœur battant, sans savoir si je suis encore coincée dans mon rêve.

Ma porte ! Il est à ma porte.

Je me débarrasse de ma couverture et je me rue dans l'entrée. J'arrache presque le verrou et j'ouvre la porte d'un geste brusque.

Il est face à moi, la chemise sortie de son pantalon froissé. La blessure sur sa joue qui cicatrisait est rouverte, vilaine et boursouflée. Et bien qu'il n'ait pas l'air cassé, son nez est couvert de sang séché.

– Viens, dis-je en tendant la main.

Il me la prend, et dès qu'il est entré il m'attire au creux de ses bras et penche la tête pour enfouir son visage dans mes cheveux. Je m'agrippe à lui, si bouleversée de soulagement que je crains de tomber si je le lâche, et je ne desserre mon étreinte que lorsque je l'entends aspirer brusquement une bouffée d'air.

Je le relâche pour reculer d'un pas, prenant enfin le temps de l'inspecter avec attention.

– Tu es blessé.

– Crois-moi, ça fait beaucoup moins mal à présent.

Je grimace, mais je ne fais pas de commentaires. Je sais ce qu'il veut dire – comment l'ignorer ? Il s'est débarrassé à coups de poing de la douleur causée par Damien. Des blessures que je lui ai infligées.

Je tâche de canaliser mes pensées. Il est là maintenant, et c'est tout ce qui compte.

– Laisse-moi regarder, dis-je en déboutonnant sa chemise.

Je procède par gestes lents, puis j'écarte précautionneusement le coton blanc de sa peau bronzée. Ses épaules sont larges, et sur son torse mince et musclé il pousse juste assez de poils pour donner à une femme de quoi s'occuper les doigts. Il incarne la perfection physique, mais pour le moment sa peau est ravagée de nombreuses ecchymoses aux nuances variables, qui vont du jaune au violet.

Mon estomac se tord, mais je ne détourne pas le regard. Je serre sa main et lui fais traverser le salon.

– Viens, on va t'arranger un peu.

– Sylvia, attends. Je n'aurais pas dû…

Je presse doucement mon index contre ses lèvres.

– Non. Je t'en prie. On en parlera plus tard. Là, j'ai seulement… J'ai seulement besoin de prendre soin de toi.

Les larmes me montent aux yeux. C'est ma faute. Ce qu'il s'est infligé. Et même si ça n'y changera rien, j'ai besoin d'essayer de réparer ça. Même un tout petit peu.

– S'il te plaît, j'implore en embrassant sa main. Laisse-moi faire.

Il hoche la tête et me suit jusqu'à la chambre. Je défais le lit et reviens à Jackson. J'ai laissé sa chemise au salon, mais il porte toujours ses chaussures et son pantalon. Je me penche, défais ses lacets et l'aide à soulever un pied après l'autre pour lui ôter ses chaussures. Puis je me relève, la tête légèrement penchée en arrière pour lui faire face tandis que mes doigts s'activent sur la fermeture Éclair de son pantalon que je fais ensuite descendre doucement jusqu'à ses chevilles. Puis c'est au tour de son slip. Il bande à moitié, et je pose la main sur sa queue. La peau est tendre sous ma paume.

– Pas maintenant, dis-je doucement.

– Je sais. Mais je dois te faire remarquer que c'est peut-être bien la seule partie de moi qui n'ait pas morflé cette nuit.

Pince-sans-rire, je le félicite :

– Je suis contente que tu saches préserver l'essentiel. (Je suis récompensée par l'ombre d'un sourire sur ses lèvres.) Assieds-toi maintenant.

Il s'exécute, s'installant au bord du lit. Je le débarrasse de son pantalon et de son slip, et lui retire ses chaussettes. Quand il est nu, sans un mot je lui fais signe de s'allonger.

Il n'en fait rien, cependant. Il reste assis bien droit, et me dévisage.

– Tu ne m'as rien dit. Pour les journalistes. Qui t'ont appelée à propos de moi. Tu aurais dû me le dire.

J'humecte mes lèvres et hausse une épaule, à peine.

– C'était juste deux ou trois coups de téléphone, hier matin en allant au boulot. Ils ont choisi d'axer leurs articles sur le Domaine, alors naturellement ils voulaient un commentaire du chef de projet, d'autant plus que Damien n'était pas là.

– Tu ne leur as rien dit.

Sa bouche s'étire, presque en un sourire.

– Pas le moindre mot. (C'est mon tour de sourire à présent.) Tu as entendu Damien. La réponse officielle, c'est « Pas de commentaires ».

– Et s'il n'y avait pas de réponse officielle à donner ?

Je m'avance pour prendre sa main.

– Je ne leur dirai jamais un mot sur toi. Sur rien.

Il se penche en avant et appuie son front contre ma poitrine, manifestement éprouvé par le simple fait de respirer. Sa peau est très chaude contre la mienne, et je dois résister au besoin de lui faire pencher la tête en arrière pour vérifier qu'il n'a pas de fièvre. Je sais déjà ce qui ne va pas. Il est exténué, mentalement et physiquement. Il a besoin de dormir. Mais je vois aussi qu'il a besoin de soulager son cœur.

Alors, je reste là, parfaitement immobile. Et j'attends.

– Je n'aime pas que tu te retrouves harcelée par mes propres démons. Je n'aime pas que tu te coltines ma merde.

– Ça ne me dérange pas.

Un muscle se contracte sur sa joue.

– Moi, ça me dérange.

– Ah oui ? Eh bien, c'est que tu es un crétin, Jackson Steele.

De surprise, il hausse un sourcil. Honnêtement, je suis moi-même un peu étonnée. Mais je ne me démonte pas.

– Tout ce que tu m'as dit. Sur le fait de me soutenir. Sur le fait d'être là pour m'aider à me débarrasser de toutes les casseroles que je me trimballe à cause de Reed. Tout ça est important. Et le simple fait de savoir que tu es là pour moi, ça me fait un bien fou. Non, c'est plus que ça. Ça me rend plus forte.

Je m'agenouille devant lui. Je tiens toujours sa main dans la mienne, mais je pose l'autre sur son genou.

– Tu ne piges pas ? Je veux être là pour toi, moi aussi. Je veux être celle qui t'aide à être plus fort. Qui t'aide à tout supporter.

En parlant, je m'aperçois que je ne parle même plus des appels de ces satanés journalistes. C'étaient des nuisances, tout au plus. Non, je parle de ses blessures. Des bagarres.

Je parle du fait qu'il m'a fuie au lieu de venir se réfugier auprès de moi.

Et, oui, je sais que je suis celle qui l'a viré. Je comprends qu'il ait eu envie de s'éloigner de moi après un coup pareil. Mais émotionnellement, je ne souhaite qu'une chose : tenir cet homme dans mes bras.

Très doucement, je lui caresse la joue, juste au-dessus de la blessure qui s'est rouverte.

– Quand je t'ai raconté ce que Bob m'avait fait, quand tu as compris pourquoi je t'avais repoussé à Atlanta, que tu as su pour mes cauchemars, et l'histoire derrière mes tatouages, tu m'as demandé si j'avais déjà vu un psy.

– Tu m'as dit que non.

– Et tu m'as répondu que si je ne voulais pas consulter un professionnel, alors c'est toi qui serais ma thérapie. (Du pouce, je caresse sa lèvre inférieure, et cette intimité m'est d'une douceur extrême.) Je veux être ta thérapie, moi aussi.

Il retient un gloussement plein d'ironie.

– Bébé, il fallait que je défonce quelque chose. Regarde-moi ! Tu vois bien quel genre de merde j'avais besoin d'évacuer. Tu penses vraiment que je vais t'entraîner là-dedans ?

Je promène mon regard sur ce corps parfait qui a été si maltraité. Je m'attarde à chaque marque, chaque égratignure, chaque ecchymose. Je suis responsable de chacune d'entre elles, car ce sont mes paroles qui l'ont envoyé se faire démolir de la sorte. Ce sont mes paroles qui ont déclenché l'éruption.

– Oui, dis-je. (Je relève les yeux pour rencontrer les siens.) Oui, je répète.

Son expression se durcit, et il secoue la tête. Il ouvre la bouche pour parler, mais je le coupe.

– Je te donnerai tout ce dont tu as besoin, Jackson. Je te le promets.

J'ai un poids sur la poitrine, je dois presque expulser les mots. Je veux qu'il comprenne cela. Qu'il en saisisse pleinement le sens.

– Tu penses que je ne sais pas ce que ça veut dire, partir en vrille ? Avoir besoin de se défouler ? Tu as perdu la mémoire au sujet de Louis ? De toutes les initiales que je me suis fait tatouer sur la cuisse ?

Lentement – délicatement –, j'effleure les bleus sur son torse du bout des doigts. J'observe sa peau réagir et se contracter en réaction à ma caresse. Je murmure :

– C'est moi qui aurais dû avoir ces bleus-là, Jackson.

Quel que soit le soulagement que te procure le fait de frapper un autre homme… C'est moi qui aurais dû te soulager.

Son corps se raidit sous mes doigts.

– Je ne toucherai jamais à un de tes cheveux, Sylvia.

– Ce n'est pas ce que je te demande. Pas exactement.

Je fais glisser ma main jusqu'à son sexe tendu. Je l'entends respirer plus fortement. Je reprends :

– Ce que je dis, c'est que je te donnerai tout ce dont tu as besoin. Quoi que ce soit.

Sa queue se durcit au contact de ma main, et je réprime un sourire de satisfaction.

– Tu ne te rends absolument pas compte de ce que tu proposes.

– Je crois que si, je réplique, même s'il a peut-être raison.

J'ai été témoin de son besoin de se battre. De son besoin d'ultra violence. De n'être plus qu'un corps, de s'abandonner à l'expression physique la plus primitive qui soit.

Puis-je faire face à un tel besoin converti en pulsion sexuelle ? Est-ce bien là mon souhait ?

Oui. Absolument. Une vague de chaleur me traverse, culminant entre mes jambes, et je me tortille un peu en sentant mon sexe mouiller. Car, tant que c'est avec Jackson, l'idée d'être prise sauvagement, brutalement, est indéniablement excitante.

– Tu m'as dit que je prenais mon pied en me soumettant, tant que c'était de mon plein gré. Tant que c'était moi qui choisissais de laisser les rênes à mon partenaire. Tu m'as dit que j'aimais être utilisée tant que c'était moi qui marquais le coup d'envoi. (Je lâche sa main, et me relève.) C'est tout ce que j'ai à te proposer, Jackson, mais je te le propose sans clauses, sans conditions. Utilise-moi, Jackson. Sers-toi de moi si tu en as besoin, peu importe quand, peu importe comment. Je sais que tu n'iras pas trop loin. Je te fais confiance. Et je ne veux pas, je ne veux plus que tu me fuies en cas de coup dur. Plus jamais.

Je sens bien qu'il veut me répondre, mais je ne veux pas l'écouter. Je ne veux rien entendre, pas encore. Alors, je secoue la tête et je presse mon index sur ses lèvres.

– Pas maintenant. On s'est dit tout ce qu'on avait à se dire pour le moment. Maintenant, je vais m'occuper de toi d'une autre manière. Rallonge-toi.

Il m'obéit, et je l'embrasse tendrement sur les lèvres, avant de passer ma main dans ses cheveux pour les lisser.

– Ferme les yeux. Je vais chercher une poche de glace.

– Oui, docteur.

– Oh, un jeu de rôles ? Bien sûr, on peut élargir notre répertoire avec ce numéro-là, si tu veux, dis-je pour le taquiner.

Ses paupières sont closes à présent, et son petit rire s'éteint doucement tandis qu'il commence à sombrer.

Je m'empresse d'aller chercher à la cuisine une compresse de gel froid. Jackson tressaille lorsque je l'applique sur ses bleus les plus vilains, mais il n'ouvre pas les yeux.

Je m'occupe ainsi de ses hématomes, l'un après l'autre, maintenant la compresse de froid quelques minutes sur chacun d'eux. Je ne sais pas si ce que je fais est bien utile, mais mon frère Ethan se bagarrait beaucoup à l'école, pour essayer de prouver qu'il n'était pas faible et malade, et ma mère l'a toujours soigné avec de la glace pour empêcher les contusions d'enfler.

Au bout d'un moment, j'admets enfin qu'il n'y a plus rien à traiter, et que j'ai épuisé toutes mes ressources, certes limitées, en termes de premiers soins. Je me débarrasse de mes propres vêtements et grimpe de l'autre côté du lit. Jackson dort comme une bûche et je ne veux pas le réveiller, aussi je prends mille précautions pour remonter les couvertures avant de m'allonger à côté de lui. Comme je crains de toucher accidentellement l'une de ses meurtrissures, j'évite de me coller à lui ; je me contente de rester étendue à quelques centimètres de lui, la main simplement posée sur sa hanche.

Ça ne me plaît pas beaucoup, cela dit. Même un espace aussi mince que celui-ci entre nous me semble être un fossé qui nous sépare cruellement. Et bien que j'aie fermé les yeux, et que je souhaite voir mon épuisement gagner la partie, le sommeil ne vient pas.

C'est alors que Jackson se tourne sur le côté, son bras s'enroulant automatiquement autour de ma taille. Il m'attire à lui si bien que ma croupe se retrouve nichée au creux de son bas-ventre, et mon dos pressé fermement contre sa poitrine meurtrie. Tout près de mon oreille, son souffle est léger, aussi apaisant qu'une berceuse.

Et tandis que Morphée se penche enfin sur mon cas, je songe que j'ai été bien bête. Comment ai-je pu croire un instant qu'il pouvait exister une douleur aiguë au point de m'empêcher de retrouver les bras de Jackson ?

7

En se réveillant, Jackson sentit chaque partie de son corps le faire souffrir.

Ses côtes hurlaient lorsqu'il respirait.

Sa peau était comme trop serrée, et bien trop sensible.

Ses muscles le brûlaient, ses écorchures l'aiguillonnaient de toutes parts.

Bref, il était dans un sale état. Et il ne pouvait s'en prendre qu'à lui-même.

À lui-même – et à Damien Stark.

Bon Dieu de connard arrogant. Il avait *viré* Jackson ?

Qu'est-ce que c'était que ces conneries ?

Cette idée lui donnait encore envie d'envoyer son poing dans le mur, alors qu'il était censé avoir digéré cette histoire à la con. Dieu sait si les quinze briques qu'il avait gagnées sur le ring la veille auraient pourtant dû constituer une thérapie suffisamment efficace. Il avait copieusement tabassé chacun des adversaires que Sutter lui avait envoyés, et pourtant la rage bouillonnait toujours en lui.

Pas seulement à cause de ce que Damien avait fait, mais aussi pour la façon dont il s'y était pris. À mandater Sylvia pour le faire. La forcer à trahir Jackson, alors que Damien savait qu'elle le voulait sur le projet ; sans parler du fait qu'ils sortaient ensemble.

Ils sortaient ensemble.

L'expression était bien trop fade pour décrire la profondeur et la puissance des émotions qu'il éprouvait à l'égard de Sylvia. Il était parti parce qu'il ne pouvait pas supporter l'idée de péter les plombs face à elle. Et il était revenu parce que, nom de Dieu, il avait besoin de ses mains, de sa peau pour lui permettre de se retrouver lui-même, une fois l'accès de rage passé. Lorsqu'il n'était plus que douleur et épuisement.

Elle était parfaite ; et puis, cette façon qu'elle avait eue de se donner si pleinement à lui... Se rendait-elle seulement compte de l'effet qu'elle avait eu sur lui ? De la façon dont son cœur avait pirouetté lorsqu'elle avait posé sur lui ses grands yeux couleur d'ambre, en lui disant qu'elle se soumettrait à tout ce dont il avait besoin, quoi que ce fût ?

Le dos de Sylvia était appuyé contre son torse, et il avait posé son bras autour de sa taille. Sa respiration régulière était comme un cadeau qu'elle lui faisait, une déclaration muette : tant qu'elle était dans ses bras, tout allait bien. Elle lui faisait entièrement, absolument confiance. Il ressentait vraiment cette confiance à présent ; il l'avait vue quand elle s'était offerte à lui avec tant d'assurance. Dans ses yeux, sur son visage.

Cette confiance l'avait à la fois touché et excité. Bon sang, même maintenant, sa queue – la seule partie de son anatomie qui ne semblait pas être passée sous une moissonneuse-batteuse – se dressait, aussi dure que du granit, douillettement appuyée contre son cul moelleux.

Il savait combien elle tenait à garder le contrôle. Il se rappelait avec une acuité douloureuse le soir où elle lui avait finalement avoué pourquoi. Lorsqu'elle lui avait raconté non seulement la vérité sur ce que cette raclure de Reed lui avait fait subir quand elle n'était qu'une adolescente, mais aussi comment elle avait réagi.

Comment elle avait voulu fuir, sans y parvenir. Comment elle avait cherché à s'évader dans sa tête, comment cela lui avait été interdit, là aussi. Comment son corps s'était échauffé, avait répondu. Comment Reed l'avait caressée. Lutinée. Comment il s'était amusé avec elle.

Il l'avait emmenée jusqu'à l'orgasme – et lorsqu'elle avait succombé, cette perte de contrôle l'avait humiliée, mortifiée. Pire : elle l'avait marquée au fer rouge. Elle l'avait métamorphosée.

Cette expérience l'avait imprégnée si fortement qu'il lui était resté ce besoin impérieux, presque vital, de garder le contrôle. Jackson comprenait cela – et il mesurait du même coup la valeur inouïe du cadeau qu'elle lui avait fait cette nuit.

Bien sûr, ils s'étaient déjà engagés tous deux sur cette voie. Quelque temps auparavant, il avait entrevu les ombres qui obscurcissaient son passé, et avait su détecter son besoin non de contrôle mais de soumission. D'un lieu sûr, où elle pourrait succomber à la volupté sans éprouver de honte. Où elle pourrait *donner* le contrôle, plutôt que de se le voir arraché.

C'est ce qu'il lui avait proposé, et elle avait accepté. Jusqu'ici, toutefois, ils n'y étaient allés qu'à pas comptés.

Mais là…

Elle lui avait accordé sa confiance sans retenue, entièrement. Elle lui avait abandonné le contrôle, alors même qu'elle ignorait jusqu'où il pourrait vouloir aller, ou avoir besoin d'aller.

Mais ce qui avait vraiment remué Jackson, c'était de prendre conscience que le simple fait d'en parler l'avait excitée. Il s'en était aperçu à la manière dont ses pupilles s'étaient dilatées, dont ses joues s'étaient empourprées.

Et son excitation le faisait bander.

Il bandait plus fort du simple fait d'y penser, même s'il n'avait aucune idée de la manière dont c'était physiquement possible. Son membre était si raide qu'il lui semblait avoir été taillé dans un bloc de marbre.

Sylvia s'était offerte comme alternative au ring. Cela n'arriverait jamais, bien entendu ; elle n'était pas un punching-ball, et jamais, au grand jamais, il ne se servirait d'elle ainsi. Mais il avait été scié par sa proposition, faite avec tant d'amour et de sincérité.

Il lui avait dit un jour que, plutôt que de subir les casseroles qu'il traînait depuis l'enfance, il avait décidé de s'en servir. Il avait canalisé sa colère avec les combats, et son besoin de contrôle, avec le sexe. Tout cela était vrai. Mais ce n'était pas tout. Il y avait une autre vérité là-dessous : sa colère provenait aussi du contrôle. Ou plutôt de l'absence de contrôle, en réalité. Du sentiment d'avoir été mis au rebut par son père, qui avait préféré passer son temps précieux avec son précieux fiston, ce cher Damien.

Parfois, il y allait simplement pour faire couler le sang. Pour s'étourdir de violence sur le ring et dans la rage.

Mais le plus souvent, ce qu'il lui fallait vraiment, c'était un moyen d'évacuer un peu de la pression qui l'étouffait. De riposter face à cette quelconque blague que la vie lui faisait, et de récupérer un peu de contrôle là où il le pouvait.

Avant Sylvia, il aurait appelé des amis comme Sutter, qui avait des connexions sans pareilles dans le milieu. Il se serait renseigné pour savoir quel entrepôt, quel hangar hébergeait les combats ce soir-là, et aurait fait en sorte d'y participer.

Désormais, ils pouvaient se battre ensemble contre leurs démons. Yin et yang. Contrôle et soumission. Plaisir et douleur. Et ainsi de suite, jusqu'à ce qu'ils s'envoient mutuellement tournoyer au-delà de cette ligne invisible où tout fusionnait. Où la douleur cédait le pas au plaisir, où le contrôle lui-même se révélait n'être rien de plus qu'une forme d'abandon.

C'était bien là le fond de la vérité, n'est-ce pas ? Peu importaient les jeux sexuels auxquels ils pouvaient s'adonner – peu importait qu'il prétende être celui qui détenait le pouvoir ; dans la vie, Sylvia tenait le cœur de Jackson entre ses mains, et il lui appartenait tout entier.

À cet instant précis, toutefois, c'est elle qui était à lui. Et il était trop impatient, il bandait trop fort pour décliner son offre de plaisir. Se servir d'elle ? Oh oui, et pas qu'un peu. Intimement, intensément, et très, très minutieusement.

Lentement, il retira son bras de sa taille, laissant courir ses doigts sur elle pour savourer le plaisir de caresser sa peau parfaite. Pour glisser le long de ses courbes – de sa hanche, de sa taille, de sa poitrine.

Il pressa la paume contre son sein avant de le prendre à pleines mains, et sa queue tressaillit en éprouvant la merveilleuse élasticité. Puis il ouvrit les doigts, et du plat de la paume caressa très doucement son mamelon. Elle gémit, mais ne se réveilla pas. Son corps, en revanche, commençait à répondre à ses attentions, et le mamelon qu'il avait agacé se dressait au garde-à-vous. Il le prit entre deux doigts et le fit rouler délicatement mais fermement, jusqu'à ce que l'aréole se plisse.

Tout en se baladant sur ses seins, il avait pressé ses lèvres contre sa nuque, déposant un baiser sur le tatouage qui s'y trouvait. Elle en avait tant, qui témoignaient de ses batailles contre les démons dont elle avait triomphé. *Elle en avait trop*, songea-t-il. Et il se savait responsable de deux d'entre eux. La flamme sur sa poitrine, et ses initiales dans le bas de son dos.

Son cœur se serra tandis qu'il rabattait les draps pour voir le tatouage dans la lumière de l'après-midi qui filtrait à travers la fenêtre. Il glissa plus bas dans le lit, appuyant ses lèvres sur sa peau, faisant danser la pointe de sa langue sur ses initiales. Un doux gémissement lui parvint, et il s'arrêta un instant, mais elle ne s'était pas encore tout à fait réveillée.

Bien.

Il savait à présent ce qu'il voulait. Il savait de quelle façon il avait besoin de se servir d'elle, acceptant donc qu'elle lui fasse ce cadeau d'elle-même, en échange de son plaisir et de la promesse qu'ils appartenaient l'un à l'autre.

L'heure n'était pas à une partie de jambes en l'air sauvage et brutale. Pour le moment, il avait exorcisé ses démons. Mais il crevait d'envie d'être en elle – de la posséder, d'être l'unique maître de son plaisir. Il lui fallait voir son visage tandis qu'elle s'éveillerait, le corps déjà languissant et humide de désir, et que Jackson s'enfoncerait en elle.

Doucement, il la fit tourner sur le dos, et il l'enfourcha. Sa queue effleura le ventre de Sylvia tandis qu'il se penchait au-dessus d'elle, et il lui fallut marquer une pause en contrôlant sa respiration pour ne pas jouir trop vite.

Refermant la bouche sur son sein, il caressa le téton déjà durci, puis sa main descendit lentement sur son ventre pour se ménager un accès à son intimité. Il vit sa peau se tendre à son contact et sentit son pouls s'accélérer. Elle frémit puis s'étira, empoignant les draps tandis que ses lèvres s'entrouvraient pour laisser échapper un soupir.

Il s'arrêta, un instant désolé de l'avoir réveillée. Elle avait tout de même passé une nuit blanche à se ronger les sangs pour lui, et il savait que cet épisode l'avait exténuée. Mais son sourire le rassura.

Lentement, ses doigts vagabondèrent jusqu'à son entrejambe et caressèrent l'orée de sa chatte déjà crémeuse. Il glissa doucement deux doigts en elle, et lorsqu'elle se contracta autour de lui, lui signifiant qu'il était le bienvenu, il se sentit submergé par une nouvelle vague de désir, si violente qu'elle aurait pu l'anéantir. Il avait besoin d'elle, aussi douloureusement, aussi puissamment que d'une drogue. Et le plus beau, c'est qu'elle était sienne. Résolument sienne.

Et il n'avait pas la moindre idée de ce qu'il avait bien pu faire pour la mériter.

Il fit aller et venir ses doigts en rythme dans sa chatte, les yeux rivés à son visage tandis que la pression montait, observant, sous ses paupières mi-closes, les dernières traces de sommeil se dissiper.

Puis sa bouche s'entrouvrit et il perçut son « oui », prononcé dans un souffle.

Il n'avait jamais rien entendu de plus érotique, de plus puissant que ce simple petit mot. Et il tombait très bien, parce que Jackson ne pouvait plus se retenir. Il fallait qu'il soit en elle. Il fallait qu'il la prenne, avant que la faim ne le dévore.

Il s'abaissa jusqu'à ce que son sexe appuie sur le sien. Elle mouillait tant qu'il la pénétra sans difficulté, comblé par la manière dont ses hanches se soulevèrent pour l'accueillir. Il s'enfonça jusqu'à la garde, l'emplissant au point que ses couilles frottaient contre elle, et il banda de plus belle. Encore et encore, et à chaque coup de reins il regardait son visage, éclairé par la passion.

Et puis, ô Seigneur, elle murmura son nom. À peine réveillée, et pourtant déjà vibrante de volupté.

Et tellement, tellement sienne.

8

Je ne suis pas Sylvia – je suis le plaisir incarné, qui déferle comme une vague. Qui monte avec tant de force et de perfection que je suis surprise de le supporter, et je m'attends à exploser à tout instant, réduite en cendres par la chaleur et la puissance des sensations dissolues qui me traversent.

C'est l'idée d'une telle explosion qui me fait pleinement revenir à moi. Je reprends intégralement conscience de moi-même. De mes membres. De mes seins.

De la douleur exquise qui chauffe mon bas-ventre.

Je chaloupe.

Je suis animale.

Je suis égarée, dispersée aux quatre vents par les sensations merveilleuses qui éclatent en moi. La pression qui m'emplit. Le rythme auquel mon corps ondoie. La chaleur au-dessus de moi, et son odeur musquée qui sature mes sens et me fait chavirer.

– *Jackson*.

C'est d'avoir prononcé son nom qui achève de me ressusciter. Pas le fait qu'il soit en moi ; je suis trop comblée par sa présence pour cela.

Instinctivement, j'écarte les jambes pour m'ouvrir plus largement à lui, avant même que mon cerveau puisse analyser les conséquences exquises de mon mouvement. Je murmure :

– Plus fort…

Tandis que les dernières brumes du sommeil se dissipent, je m'arque contre lui. J'en veux plus. Je suis si près. Si vivante. Si délicieusement, merveilleusement sienne. Je l'implore :

– S'il te plaît…

Il accentue ses va-et-vient. Je passe les bras autour de lui, mes mains sur son dos pour le tirer à moi, avide de tout ce qu'il a à me donner.

Je suis passée d'un état presque gazeux à une attitude offensive. De la béatitude à la sauvagerie. Je me sens d'une telle voracité, j'ai besoin de ça, et je m'entends pousser des gémissements, des cris. Son nom. Mes « Oh mon Dieu, oui, baise-moi, je t'en prie Jackson, baise-moi plus fort ! »

Il est sur moi, son corps ondule avec le mien, et dans ses yeux la passion se déchaîne comme une tempête. Il m'emplit et me bombarde d'ondes de plaisir qui se déplacent à toute allure au travers de ma chair. Je suis si proche – si prête – et je me sens plus vivante et plus éveillée que je ne l'ai jamais été.

– Tu as proposé, gronde-t-il. Je dispose.

– Oui.

Je prends une bouffée d'air tandis que des étincelles électriques cascadent tout le long de mon échine, signes précurseurs d'un orgasme qui pourrait bien me tuer.

– Jackson… oh, mon Dieu, Jackson.

– C'est ça, bébé. Jouis pour moi.

Ses mains sont posées de part et d'autre de mes épaules, mais il en lève une à présent, ne se soutenant plus que de l'autre, et referme sa paume sur mon sein. Je me soulève, mon corps en réclamant davantage, et il saisit mon téton entre deux doigts pour le pincer jusqu'à me faire mal.

Je pousse un cri – je suis surprise, oui, mais c'est surtout à cause de l'exquise brûlure qui se diffuse en moi, comme une tempête qui semble relier mes seins au centre de mon être.

Je l'entends gémir, et je sais alors qu'il a éprouvé cette nouvelle sensation aussi intensément que moi. Je le supplie :

– Encore. Plus fort.

Il ne me déçoit pas. Je mords ma lèvre inférieure tandis qu'il tourmente mon mamelon, et je me tords sur le lit, en proie aux affres d'une douleur voluptueuse qui semble mettre le feu à mon être, mon clitoris palpitant et ma chatte se serrant convulsivement autour de Jackson, chacun exigeant qu'il me baise plus fort, plus profondément, jusqu'à ce qu'enfin le monde entier paraisse exploser autour de nous.

Il me semble que je crie son nom, mais je n'en suis pas certaine. Plus rien n'est certain, à vrai dire, tant que l'univers ne s'est pas reformé autour de nous, et que je ne suis plus qu'une poupée de chiffon écrasée sous le poids de Jackson, écroulé sur moi. Son sexe est toujours en moi, son visage enfoui dans mes cheveux. Ses mains reposent sur mes seins, et même maintenant, même repue, j'en veux encore.

– Jackson… je murmure, tout en relevant l'épaule pour que mon téton toujours dressé se frotte contre sa main.

Le nez dans mes cheveux, il soupire d'aise, et pendant que le reste de son corps lessivé demeure parfaitement immobile, ses doigts jouent avec mon sein, effleurant l'aréole, et la peau se resserre et se plisse à son contact.

Je respire plus bruyamment, avec appétit, je me mords la lèvre ; mon désir pour lui semble infini. Il répond à mes appels muets mais se contente de me titiller gentiment du bout des doigts, alors que je veux cette chaleur intense. Ce choc. Cette déflagration qui me traverse de part en part.

– Tu en veux plus ? murmure-t-il.

– Oui.

– Caresse-toi.

J'ouvre les yeux, m'apercevant que je ne les avais pas encore ouverts. Son visage est face au mien, ses mâchoires sont serrées. Ses yeux sont durs, emplis de passion et d'ardeur.

– Caresse-toi, répète-t-il.

Puisqu'il me l'a ordonné, j'obéis. Je descends la main sur mon ventre et trouve mon clitoris. Je suis lubrifiée comme jamais, et mes doigts glissent sur ma chair réactive.

Mon corps lance une ruade, cherchant l'issue fabuleuse vers laquelle je le conduis, et tandis que nous nous y rendons, je suis récompensée par les doigts de Jackson qui se resserrent autour de mon mamelon, me procurant ce dont j'avais éperdument besoin. Et à présent, cette chaleur – cette connexion – semble rouler en moi comme un long coup de tonnerre, alourdissant mes seins, électrisant ma peau. M'emplissant, me chahutant.

Et tout en décrivant de petits cercles concentriques, je glisse les doigts un peu plus bas pour en faire profiter sa queue, et sentir l'endroit où nous sommes connectés l'un à l'autre. Je le sens retrouver de la vigueur en moi, et je suis abasourdie par la puissance de cet arc qui s'établit entre nos corps et nous chauffe à blanc.

– Maintenant, bébé… souffle-t-il.

Il pince mon téton au moment où un second orgasme, explosif, me secoue violemment et, contractant tous mes muscles, le fait bander encore plus fort, et, oh là là, j'en veux encore davantage. Je veux tout. Je veux Jackson.

Et lui, Dieu merci, me veut aussi.

Toujours en moi, il roule sur le dos de sorte que je le chevauche, empalée sur sa queue, toujours à fleur de peau après mon dernier orgasme.

– À mon tour, chérie.

Il empoigne mes hanches et me guide, me soulevant et m'abaissant ; il me pilonne, utilisant son emprise sur mes mouvements pour s'enfoncer toujours plus profondément, jusqu'à l'explosion finale en moi, et je le regarde jouir, émue par le plaisir et l'émerveillement que je vois se peindre sur le visage de l'homme que j'aime.

Quand les frissons du plaisir s'apaisent enfin et que son corps se détend, je me penche en avant et, la poitrine appuyée contre son ventre, je pose ma joue sur son torse. Il est brûlant, son odeur m'enivre. Je suis fourbue, rassasiée, mais je ne peux résister à l'envie de titiller son téton du bout de la langue.

Il rit, et me retourne rapidement, comme une crêpe, pour se retrouver sur moi. Je le taquine :

– Mais c'est qu'on est vigoureux, dis-moi !

– C'est qu'on a fait une bonne grosse sieste… Ça te dit de remettre ça ?

– Toujours, dis-je, et je le pense. Mais je crois qu'on devrait manger un morceau… Quelle heure est-il ?

– Tard. Tôt. Je n'en sais rien. (Il se redresse sur un coude et attrape son téléphone, posé sur ma table de chevet.) Tard. On a dormi toute la journée.

Il s'assied en s'adossant à ma tête de lit, et commande une pizza par téléphone. Il ne se préoccupe pas de se couvrir avec le drap, pas le moins du monde embarrassé par sa nudité. Pas plus qu'il ne semble conscient du fait qu'il me distrait sérieusement – constituant le plus beau morceau de masculinité qu'il m'ait été donné de voir. Ces tablettes de chocolat, ces bras athlétiques. Ces muscles secs qu'ont certains hommes, qui forment un V de la taille à l'aine, et ce sexe toujours plutôt impressionnant, même si Jackson ne bande plus complètement à présent.

Dans mon état actuel d'excitation, même les bleus qui marbrent son corps me font de l'effet, et je ne peux m'empêcher de me demander s'il n'y a pas là-dedans un truc anthropologique. La jeune femelle attirée par le mâle de la tribu qui porte les marques visibles de sa capacité à la protéger.

Jackson s'éclaircit la gorge.

Je réalise que non seulement il n'est plus au téléphone mais que pendant tout ce temps je n'ai pas quitté des yeux sa taille – d'accord, sa queue –, aussi je redresse la tête d'un air penaud.

– Tu aimes ce que tu vois ?

– Je fais simplement le tour du propriétaire, je réplique avec assurance.

– Bonne réponse. Viens là.

J'étais entortillée dans le drap, et il m'en libère pour que je vienne me pelotonner, nue, à ses côtés. Tout cela me semble décadent. Passer la journée au lit en tenue d'Adam et Ève. C'est du moins mon sentiment jusqu'à ce qu'il se penche sur moi pour m'embrasser sur le front :

– Je suis désolé de t'avoir fait passer une nuit pareille. Je n'avais pas prévu que tu t'inquièterais. Honnêtement, je n'avais rien prévu du tout.

Je me redresse pour m'asseoir puis attrape le drap et m'enroule à nouveau dedans. S'il m'en fait la remarque, je dirai que j'ai froid. Mais en réalité, je me sens simplement un peu trop nue.

Je n'avais pas l'intention de parler, mais j'entends alors une réponse, et force m'est de constater que c'est de ma bouche qu'elle provient.

– Je pensais que tu étais furieux contre moi. Je croyais que c'était pour ça que tu étais parti.

– Furieux ?

Il semble si désorienté que je me détends instantanément, car aucun démenti verbal ne saurait me rassurer davantage.

– Oh, chérie, non. J'aurais sans doute pu mettre en pièces le fantastique Damien Stark pour t'avoir forcée à faire un truc pareil – et c'est sa gueule que je voyais à chaque fois, pour chaque type que j'ai affronté sur le ring... alors j'étais furieux, oui. Mais pas contre toi.

Il tend les bras vers moi, drap compris, et m'attire à nouveau contre lui. Tout à coup, le monde semble se remettre d'équerre.

– Pas contre toi, répète-t-il. Contre Damien.

– Je sais. Je suis furieuse contre lui, moi aussi.

Je ne dis pas que je comprends pourquoi Damien a agi ainsi. Là, Jackson a besoin de solidarité. Il enchaîne :

– D'ailleurs, j'en ai après mon père, aussi. Et on peut bien ajouter ma mère sur la liste, tant que j'y suis. Même si on pourrait croire que, depuis le temps, je sais qu'être furieux n'en vaut pas la peine. Toute ma vie a été soumise au bon vouloir de Damien. Je ne vois pas pourquoi ça changerait maintenant.

– Tu ne m'as jamais vraiment parlé de ta famille, dis-je doucement. Seulement dans les grandes lignes.

– C'est une histoire tout juste digne d'un Disney, dit-il avec ironie. Mais j'imagine qu'il y a un potentiel dramatique. Je t'ai déjà dit que j'étais un bâtard ? Pas juste de la catégorie des enfoirés, hein.

Je lui fais une grimace.

– Très spirituel. Tu m'as dit que ton père était marié.

– À la mère de Damien. Mais ils n'avaient pas encore d'enfants quand Jeremiah a rencontré ma mère, à peu près un an avant ma naissance. Elle s'appelle Penny, au fait.

– Ils ont eu une liaison. Et il ne s'est pas tiré quand il a appris que Penny était enceinte ?

– Non. Et elle lui en a toujours été bien trop reconnaissante, à mon avis. C'est elle qui aurait dû se tirer, vite fait et loin. Mais elle n'avait pas fait d'études. Elle n'avait aucune compétence particulière. Elle était serveuse dans un bar quand elle a rencontré Jeremiah. Et j'ignore ce que tu as pu apprendre sur lui, mais sache qu'il n'a jamais été qu'un simple ouvrier. En tout cas jusqu'à ce qu'il rencontre la mère de Damien. Elle avait de l'argent.

– Vraiment ?

Ce n'était pas ce que j'avais entendu. D'après les histoires qui circulaient sur les débuts de Damien au tennis, j'avais eu l'impression qu'ils étaient relativement pauvres, et que l'espoir de la famille reposait sur Damien.

– Ce n'est pas complètement faux, admet Jackson quand je le lui raconte. C'est seulement que c'est arrivé plus tard dans l'histoire.

– D'accord. Continue.

– Donc Carol, la mère de Damien, avait de l'argent de sa famille, après un héritage. Ils étaient mariés. Heureux. Pourquoi ça n'aurait pas été le cas ? Tout ce que Jeremiah voulait, c'était du pognon et une jolie femme, et il avait les deux.

– Il a bouffé tout l'argent ?

D'un geste, Jackson salue ma perspicacité.

– Tout juste. Même s'il faut dire que Carol est tombée malade, et qu'au final ce sont surtout les frais médicaux qui ont tout bouffé.

Je hoche la tête, comprenant trop bien cette situation.

– En attendant, avant de tomber malade, elle avait donné naissance à Damien. J'avais deux ans à l'époque, je ne me rappelle même pas l'arrivée du divin enfant. Mais je sais que Carol et Jeremiah essayaient d'avoir un bébé depuis des années, et que tout à coup il avait ce qu'il voulait : un fils légitime.

– Et tu as commencé à voir ton père de moins en moins.

Il sourit faiblement.

– Tu es certaine de n'avoir jamais entendu cette histoire ?

– Malheureusement, c'est un peu cousu de fil blanc. Mais continue.

– C'est vraiment comme ça que les choses se sont désagrégées peu à peu. D'abord, mon père qui a simplement reporté son attention sur Damien. Sur sa petite famille de rêve. Et il fallait que je garde le secret, parce qu'on vivait avec l'argent de Carol, même si ça, à l'époque, je ne m'en rendais pas compte.

Il sort du lit, me faisant signe de ne pas bouger. Il s'éclipse en direction de la cuisine, tout en poursuivant :

– Ça a duré un moment comme ça, sans problème apparent. Je voyais mon père, je savais qu'il avait une autre famille, j'essayais de faire comme si je n'étais pas jaloux de cet abruti de demi-frère à la con, et je tâchais de vivre ma vie.

Jackson revient avec deux bouteilles d'eau gazeuse et m'en tend une.

– Et puis Carol est tombée malade.

– Damien avait environ huit ans, dis-je en me remémorant les détails des diverses biographies qu'au fil des années j'avais non seulement lues mais aussi rédigées moi-même.

Jackson hoche la tête.

– J'en avais dix. Assez grand pour saisir les conversations que je surprenais, mais pas assez pour en prendre vraiment la mesure. Et j'ai fini par comprendre qu'elle était malade depuis un moment, mais que son état avait vraiment empiré cette année-là. L'héritage diminuait, et il n'y en avait pas d'autre à espérer. Jeremiah s'était finalement décidé à prendre un boulot à l'usine, un travail à la chaîne, et avec sa famille ils s'étaient installés à Inglewood.

J'acquiesce, car je sais que ce sont là les tout premiers souvenirs de Damien.

– Mais ce que je trouve fascinant, c'est qu'à l'époque Jeremiah a dit à ma mère que Carol ne s'en sortirait pas. Et que quand elle serait morte, il se mettrait avec elle – ma mère, je veux dire. Qu'il la ferait venir avec moi dans la maison qu'il occupait avec Damien. Et qu'on formerait une seule et grande famille.

– C'est ce que tu voulais ?

Son sourire est si pitoyable qu'il me fend le cœur.

– Oui. Parce que je savais combien ma mère y tenait. Et parce que je croyais que mon père voudrait passer plus de temps avec moi si je faisais partie de sa vraie famille au lieu d'être quelqu'un qu'il voyait en coup de vent.

Je prends sa main dans la mienne, mais c'est un geste bien dérisoire pour le soulager du chagrin immense que je perçois dans sa voix. Et j'ai le cœur si serré que je crains qu'il ne se brise pour le petit garçon que Jackson a été. Comme si je craignais d'anéantir l'enfant et l'homme en parlant trop fort, je murmure :

– Pourquoi ça n'est pas arrivé ?

– Parce que Damien s'est révélé être un putain de petit prodige au tennis.

Ses paroles claquent comme un coup de fouet, et je ne peux réprimer un tressaillement.

– Mais pourquoi…

Je ne termine pas ma question. J'ai compris pourquoi. Parce que la carrière de Damien a décollé. L'enfant chéri. La jeune star du tennis. Et même après la mort de Carol, Jeremiah n'allait pas risquer de perdre la poule aux œufs d'or en le jetant au milieu du scandale. Une deuxième famille. Un deuxième enfant.

Alors il n'a pas tenu ses promesses. Il a expliqué à Jackson que s'il révélait un seul mot de ce secret de famille, lui et sa mère se retrouveraient sur le carreau. Et il a justifié ses absences par la nécessité de traire la vache à lait.

Il a dégainé et affûté ses armes d'escroc, de joueur, et il a laissé derrière lui sa vie d'ouvrier, pour de bon.

Et au final, Damien et Jackson ont morflé tous les deux.

La sonnerie de l'Interphone retentit, et Jackson part ouvrir au livreur de pizza, enfilant un pantalon de jogging qui a obtenu le statut de résident permanent chez moi. J'attrape un peignoir et le suis au salon, un peu hagarde.

J'ai besoin d'air frais, aussi j'ouvre en grand la baie vitrée qui donne sur ma terrasse.

Jackson m'y rejoint, et nous nous asseyons sur la chaise longue géante après avoir posé la pizza en équilibre sur l'autre chaise longue, plus petite, qui constitue le seul autre endroit où s'asseoir ici.

– Je suis vraiment désolée, dis-je en prenant une part de pizza au pepperoni. Je comprends pourquoi tu le détestais en grandissant. Vraiment. Mais ne mets pas Damien et son père dans le même panier.

– Tu plaides sa cause même pas vingt-quatre heures après qu'il m'a viré ? Le moment n'est peut-être pas idéal.

Je dois admettre qu'il n'a pas tort.

– Je peux te demander quelque chose ?

– Bien sûr.

J'effleure tendrement ses hématomes, le tartinant avec l'huile de la pizza.

– Où étais-tu ? Tu as dit que tu fréquentais une salle de sport, mais on était au milieu de la nuit.

– À un club de combats. À mains nues. Il y a des paris, c'est illégal, mais ça me détend.

Mon estomac se tord.

– Jackson…

– Hé, j'ai remporté le prix.

Je prends un air renfrogné.

– Pour autant que je sache, tu ne te bats pas pour le fric. Comment tu as trouvé ce club, d'abord ?

– Un ami de lycée… Des années pas faciles. Il s'appelle Sutter. C'est le proprio de la salle de gym où je vais. Et les combats, eh bien, disons qu'il connaît des gens…

– Je n'aime pas ça, dis-je, lui servant l'euphémisme du siècle. Je veux dire, c'est dangereux, non ?

– Comparé à quoi ? Aux combats de boxe avec des gants ? Les gants ajoutent du poids aux coups. Il y a plus de risques de traumatismes crâniens.

Je repose ma part de pizza.

– Enfin, Jackson, à quoi ça sert de faire la comparaison ? C'est dangereux, c'est tout.

Il ne répond rien, et je soupire.

– Écoute, je ne vais pas débattre de la meilleure

manière pour toi d'aller te faire castagner. Je ne veux pas que tu ailles te faire castagner, point final. Je ne plaisantais pas, tout à l'heure. Si tu as besoin de donner des coups, donne-moi plutôt des coups de reins.

Un sourire délicieusement sexy s'épanouit lentement sur son visage.

— D'accord.

Je cligne des paupières, surprise qu'il se rende aussi rapidement.

— D'accord ?

— Quoi ? Tu ne pensais pas que j'accepterais ton offre généreuse ? Tu n'étais pas sérieuse ?

— Bien sûr que si. J'étais tout à fait sérieuse. Je pensais juste que tu...

Il me prend la main pour me faire taire.

— Écoute, Syl. Je ne peux pas te promettre que je n'aurai plus jamais envie d'aller exploser la tronche de quelqu'un. Mais je pensais à ta proposition en te regardant dormir.

— Tu me regardais dormir ?

— Oh, oui. Tu es magnifique, chérie. Je pourrais passer des heures à te contempler. Et donc, je te regardais, et je réfléchissais.

— Et ?

Soudain mes paumes sont moites, et je dois les essuyer sur mon peignoir.

— Et alors, voilà le topo : parfois, je me bats juste parce que je suis en colère, et j'ai vraiment envie — comme tu dis — d'aller me castagner. Et peut-être que je suis capable de réfréner ça un peu. Je ne sais pas. Mais en vérité, la plupart du temps, ce n'est pas la colère qui m'envoie sur le ring, mais la frustration. Le besoin de réinjecter du contrôle dans une situation où je ne contrôle plus rien.

– Et moi, tu peux me contrôler ?

À l'instant où je prononce ces paroles, je m'aperçois que ma voix est rauque et que mes tétons se sont durcis d'excitation à la simple idée qu'il m'utilise. N'avait-il pas dit que je prenais mon pied en me soumettant, tant que c'était moi qui le décidais ?

Eh bien, il avait foutrement raison là-dessus.

– Alors, tu vas te servir de moi ? je demande d'une voix sourde.

– Bébé, dit-il en m'attirant à lui, ce sera avec grand plaisir.

9

Je m'étire sous la douche, les mains en appui sur le carrelage tandis que l'eau tombe sur moi, délassant mon corps harassé. J'ai mal partout, je suis fourbue, fort bien baisée, et je souris de satisfaction. Si ces courbatures avaient fait suite à une séance de gym, j'aurais fait le serment de ne pas y retourner avant une bonne semaine. Mais là, je ne désire rien d'autre que retourner au lit pour réveiller Jackson et passer la journée à le chevaucher.

Malheureusement, ce n'est pas ce qui va se passer.

Je vais plutôt aller au bureau et Jackson va rester dormir ici avant de retourner sur son bateau. C'est une idée douce-amère que je m'efforce de refouler, peu encline à songer à ce que va donner désormais le projet du Domaine de Cortez en l'absence de Jackson. Peu encline à m'inquiéter du fait que son bureau principal se trouve à Manhattan, pas à Los Angeles.

Je n'ai pas envie de me tracasser maintenant, parce que Jackson va bientôt se mettre en quête d'une nouvelle commande, qui pourrait le conduire je ne sais où sur la planète.

Frustrée, je redresse la tête pour faire face au jet d'eau. Puis je sors de la douche, me sèche et m'enroule dans la serviette tout en me dirigeant vers la chambre.

Je m'habille sans un bruit, pour ne pas réveiller

Jackson. Il est certainement toujours éreinté – Dieu sait que je le suis, moi –, mais c'est aussi que je ne veux pas lui dire au revoir. Pas alors que je me rends au boulot où nous aurions dû aller ensemble. Je me rends compte que c'est idiot, parce que c'est comme ça maintenant, et nous allons devoir nous y faire, mais je ne suis pas encore prête à affronter cette réalité-là. Et si je ne lui dis pas au revoir, alors je peux peut-être faire comme si j'étais à mon bureau au vingt-sixième étage, lui dans son espace au vingt-cinquième, et que tout allait comme sur des roulettes.

Je suis d'un pathétique.

Je m'assieds sur le fauteuil bleu à côté de la fenêtre pour enfiler mes chaussures. Je me penche pour glisser la minuscule bride dans la minuscule boucle, et lorsque je me redresse, je vois Jackson qui me regarde.

– Salut, dis-je.

– Salut toi-même. (Il tapote la place à côté de lui.) Viens là.

Je m'approche et pose les fesses sur le bord du lit tandis qu'il se redresse sur un coude. Je me penche pour déposer un baiser sur ses lèvres.

– Tu devrais dormir, dis-je en caressant ses ecchymoses du bout des doigts. Ça te ferait du bien de te reposer.

– *Toi*, tu m'as fait du bien, rétorque-t-il, avec tant de sincérité que je me sens regonflée à bloc.

– J'en suis ravie.

– Et tu allais t'enfuir sans même me dire au revoir.

– Non ! C'est seulement que tu dormais comme une souche, et je me suis dit que tu avais besoin de récupérer.

– Mon cul.

Je hausse une épaule, le regard fuyant.

– D'accord. Ça me fait bizarre d'aller là-bas sans toi.
Il ne dit rien pendant un instant puis me relève le
menton et plante son regard dans le mien.
– Vas-y. Et quand tu rentreras ce soir, je t'emmènerai
dîner dehors. Ça marche ?
– Ça marche.
Il embrasse mon poing fermé, m'arrachant un rire.
Je reste d'humeur légère durant tout le trajet jusqu'au
bureau, avant de me rembrunir devant Damien,
lorsque nous passons en revue des points en suspens
du projet, notamment le remplacement de Jackson. Ce
sont les quarante-sept minutes les plus longues de ma
vie, et j'ignore par quel miracle je parviens à la boucler
et à ne pas dire à mon patron qu'il fait une énorme,
énorme, énorme erreur.
– Étant donné les circonstances, je pense que Glau
est le meilleur pari qu'on puisse faire, dit Damien. Je
suis d'accord pour envisager d'autres candidats, si vous
en avez à me soumettre, mais il va nous falloir le tiercé
gagnant pour que ça colle : disponibilité, compétence
et réputation.
D'autres candidats.
C'est-à-dire, pas Jackson.
C'est-à-dire un autre architecte, avec lequel je devrai
collaborer. Car, même si préférerais de loin travailler
avec Jackson Steele sur cette réalisation, ce n'est pas au
point de renoncer à ma place de chef de projet.
Et c'est bien ça le malaise. Le tabou. Le secret de
polichinelle – je n'ai pas dit à Jackson que je me sens
coupable de ne pas abandonner le Domaine. Et il ne
m'a pas dit qu'il était fâché que je reste.
Mais c'est sûrement le cas ; comment pourrait-il
ne pas m'en vouloir ? Pas de l'avoir viré, peut-être,
puisque c'était la décision de Damien. Mais de rester.

Les nuages gris qui assombrissaient mon humeur tournent à l'orage, et rien ne m'apaise, pas même le grand crème accompagné d'un pain au chocolat chez Java B's, le café situé dans le hall de la Stark Tower. Me retrouver derrière mon bureau du vingt-sixième étage n'arrange rien, et pour la première fois depuis bien longtemps je donnerais cher pour être installée au trente-cinquième, face au bureau de Damien, et non ici, au département immobilier. Parce que chaque fichu document qui me passe sous les yeux me rappelle Jackson.

C'est tout particulièrement le cas quand je sors les croquis préparatoires de Glau du dossier et que je commence à les étudier.

Il n'y a pas photo.

Le travail de Jackson est meilleur à tous points de vue. La présentation. L'agencement. La circulation.

Le complexe que Glau avait prévu est spectaculaire, indéniablement ; mais ce que Jackson a imaginé sur le papier met en valeur la beauté de l'île. Au lieu d'utiliser Santa Cortez comme une vulgaire dalle de béton sur laquelle balancer un chef-d'œuvre architectural, Jackson a intégré l'île à son projet. Il s'est servi des bassins d'eau de mer, des criques, des collines et des vallées pour déterminer l'agencement des structures qui semblent être des hybrides organiques, entre terre et mer.

Le projet de Glau pourrait aussi bien être construit dans l'Idaho que sur Santa Cortez. Mais la vision de Jackson est inextricablement liée à l'île, au point que j'ai du mal à envisager que quiconque puisse approcher la perfection et la subtilité de ses plans.

Et pourtant, je dois justement trouver un architecte qui en serait capable.

Et merde.

Je devrais aller voir Damien à son bureau et plaider la cause de Jackson. Mais j'ai l'impression d'être vissée à mon fauteuil. Je ne veux pas que Damien croie que je défends simplement l'homme avec lequel je couche, et je n'en suis que plus frustrée. Qu'y puis-je, si l'homme avec lequel je couche est réellement l'homme de la situation, bon sang ?

– *Putain.*

– Un souci ?

C'est une voix d'homme cultivé de la côte Est qui s'adresse à moi, avec un soupçon d'accent britannique, juste assez pour être intrinsèquement sexy. Tous les indices concordent : il s'agit de la voix d'Aiden Ward, le vice-président de Stark Real Estate Development, et mon supérieur direct pour le projet du Domaine de Cortez.

Je fais demi-tour sur ma chaise et je le vois appuyé à l'entrée du box qui me sert de bureau temporaire au sein du département immobilier. Si je quitte un jour le bureau de Damien pour carburer à temps complet à cet étage, alors j'aurai une vraie pièce à moi, avec une porte et des fenêtres. En attendant, je reste au régime box.

– Vous êtes si joyeuse d'habitude, dit-il aimablement.

Aiden a des cheveux châtain clair et des yeux verts qui brillent quand il est amusé. Comme maintenant.

– Que vous arrive-t-il donc ?

Je fais la grimace.

– Ne faites pas comme si vous n'étiez pas au courant.

– Je le suis, et je suis désolé. Si vous voulez mon avis, je pense que Damien commet une belle erreur. À notre époque, l'arrestation de Jackson est un minuscule incident de parcours. Le département des relations publiques pourrait s'en donner à cœur joie avec cette histoire ! Et les réservations à l'ouverture du Domaine partiraient si vite qu'il nous faudrait prévoir un mois entier de festivités pour l'inauguration. Quoi ? demande-t-il en fronçant les sourcils.

Je secoue la tête, et recompose mes traits.

– Je suis d'accord avec vous, c'est tout. Vous avez parlé avec Damien ?

– Je ne l'ai pas vu. J'étais à New York hier, et sur le site de Century City toute la matinée. Pourquoi ?

– Pour rien, je marmonne, en me demandant si Damien va dire toute la vérité à Aiden.

Il n'y a aucune raison pour qu'il le fasse, me semble-t-il, surtout maintenant que Jackson n'est plus sur le projet. Mais Jackson a révélé à Damien la vérité sur le lien qui les unit, et je n'ai jamais vu ce dernier laisser à quiconque la mainmise sur une information aussi cruciale.

– Alors, qu'est-ce qui vous faisait jurer tout bas quand je suis arrivé ? Était-ce votre malaise général vis-à-vis de la situation, ou bien est-ce autre chose, qui vous a plus spécifiquement irritée ?

– C'est ça, dis-je en lui tendant le dossier qui contient le travail de Glau. C'est banal, ennuyeux et quelconque, comparé à ce que Jackson faisait.

Aiden s'assied sur le coin de mon bureau et feuillette le dossier. Puis il lève les yeux vers le panneau d'affichage où j'ai punaisé les croquis de Jackson. Une seconde passe, puis une autre. Enfin, Aiden laisse tomber le dossier de Glau dans ma corbeille à papiers.

– Eh bien, demandons-lui de revoir sa copie, sans quoi nous devrons trouver un autre architecte.

– Le temps ne joue pas en notre faveur. Sans parler de nos exigences de recrutement. Nous sommes déjà passés par là, souvenez-vous. Quand Glau est parti, Jackson était notre seule option légitime. Qui d'autre avait le genre de réputation qui donne le sourire à nos investisseurs ?

– J'entends bien, répond Aiden. Mais la situation est un peu différente aujourd'hui.

– Pas tant que ça.

Bien qu'il me semble travailler depuis des siècles avec Jackson, en vérité il s'est à peine écoulé une semaine depuis qu'il s'est officiellement engagé sur le projet.

– Non, c'est vrai, mais il s'agit davantage d'une question psychologique désormais. Ils ont donné leur feu vert deux fois déjà. Cela signifie qu'ils considèrent que le projet est viable. Et personne n'aime remettre ses choix en question.

Je médite ses paroles et dois admettre qu'il n'a pas tort.

– Les investisseurs sont investis ?

Il a un petit rire.

– C'est à peu près ça.

– Même si vous avez raison, il faut quand même que je trouve un architecte dont je pourrai m'accommoder. (Je m'enfonce dans mon fauteuil et contemple le plafond.) Que pensez-vous de Nathan Dean ?

– Sincèrement ?

Je me rassieds dans mon siège, qui grince légèrement au gré de mes mouvements.

– Vous vous opposeriez à ce choix ?

– C'est possible, admet Aiden. Mais c'est surtout Damien qui refuserait.

– Ah bon ?

Je suis surprise. Dean m'a dit récemment qu'Aiden et lui étaient amis de longue date. En outre, c'est Dean qui a conçu la sublime maison que possède Damien à Malibu, alors je suis sûre que ce dernier apprécie son travail. Puisqu'à l'époque de ce chantier je faisais le lien entre les deux hommes, je sais aussi que Nathan est facile à vivre et ne pique pas de crise pour un oui pour un non. Je connais son CV, et même s'il a surtout de l'expérience dans la conception de demeures de particuliers, j'ai cru comprendre qu'il aimerait se tourner vers des projets commerciaux. Alors, étant donné le plaisir que prend Damien à dénicher et à encourager les talents, la réaction d'Aiden me surprend.

– Je pense que l'unique raison pour laquelle Damien désire voir Glau reprendre le projet alors qu'il l'avait abandonné en cours de route, c'est sa réputation internationale. Dean ne jouit pas d'un tel prestige.

Je ne comprends plus rien à ce qu'Aiden raconte.

– Mais Dean n'a rien abandonné en cours de route, lui, dis-je stupidement.

J'en sais quelque chose. C'est moi qui ai apporté à Damien le dernier chèque à signer une fois sa maison terminée.

– Le bungalow, précise Aiden. (Je secoue la tête, toujours sans comprendre.) Apparemment, Damien veut construire un petit bungalow sur son terrain, plus près de la plage. Il y a quelques mois, en février dernier, Dean et lui en ont parlé, et Dean avait fait quelques croquis que Damien avait adorés. Mais quelque temps après, quand Damien a voulu signer un contrat et démarrer le chantier, Dean a décliné. Il a dit qu'il ne pouvait pas faire ce projet, finalement.

– Comment se fait-il que je ne sois pas au courant d'un truc pareil ?

– Inutile de brancher l'assistante sur un projet tant qu'il n'y a pas de contrat. Je suis au courant uniquement parce que j'avais un déjeuner de travail avec Damien le jour où Dean a repris ses billes, donc il m'en a parlé. Disons qu'il n'était pas enchanté… Il n'aime pas qu'on lui fasse perdre son temps.

– Ça, c'est certain. Donc, c'est Damien qui vous a raconté cette histoire ? Pas Dean ?

Le front d'Aiden se plisse imperceptiblement.

– En fait, Dean n'y a fait aucune allusion. Il se dit peut-être que c'est un sujet sensible par ici.

– J'imagine que ça ne va pas si mal entre eux. Je n'ai pas remarqué de tension particulière l'autre jour, quand on a pris l'apéritif chez lui.

– Qui sait ? Damien est parfaitement capable de laisser de côté ses sentiments personnels. Par ailleurs, il me semble que c'est Nikki qui avait dressé la liste des invités. Et comme le bungalow devait être une surprise, elle peut tout à fait ne pas savoir que Dean a merdé grave.

La vulgarité de l'expression, prononcée avec l'accent un tantinet maniéré d'Aiden, me fait glousser.

– Trent non plus n'est sûrement pas au courant, dis-je.

Trent est en dessous d'Aiden dans la hiérarchie de la boîte, et il supervise tous les projets en cours dans le sud de la Californie. Tous, à l'exception du Domaine de Cortez.

– Qu'est-ce que Trent a à faire là-dedans ?

– C'est lui qui avait suggéré Dean pour remplacer Jackson.

À l'époque, j'avais cru qu'il essayait simplement d'aider. Mais s'il savait pour le bungalow, je ne peux pas m'empêcher de penser que sa suggestion était peut-être une agression voilée, une tentative pour me déstabiliser en me faisant suggérer à Damien quelqu'un qui le mettrait en rogne.

J'espère me tromper. Trent ne fait pas partie des personnes que je préfère au monde, mais je ne le déteste pas pour autant. Je sais qu'il a été agacé quand je suis devenue chef de projet sur le Domaine de Cortez, mais j'ai du mal à l'imaginer me mettre des bâtons dans les roues. Et j'ai l'estomac retourné à l'idée qu'il puisse y avoir ce genre de coups bas entre collègues.

Aiden promet de réfléchir davantage à d'autres architectes puis se met en route pour une réunion avec l'un des gestionnaires de construction d'un projet de Stark Real Estate. Je décide de m'octroyer un shoot de caféine supplémentaire et me rends dans le hall de l'immeuble, direction Java B's. Il fait un temps magnifique, typique de Los Angeles ; aussi je m'attarde un peu à l'extérieur, et je sirote mon café *latte*, assise au bord du miroir d'eau, quand mon téléphone se met à biper. C'est Cass qui m'écrit.

« Désolée pour cette grosse galère
Appelle-moi si tu as besoin
{{{{{{{{BISOUS}}}}}}}} »

Je fixe son message, perplexe, mais avec un très mauvais pressentiment. Et puisque j'ai besoin qu'elle m'explique un peu de quoi il retourne, je la rappelle sans attendre.

Après une seule sonnerie, je tombe sur sa messagerie.

– Fait chier, Cass. Qu'est-ce qu'il se passe ? Tu m'as dit de t'appeler. Rappelle-moi.

Je raccroche en maugréant, l'esprit en ébullition. Jackson est-il allé raconter aux journalistes qu'il s'était fait virer ? Leur en a-t-il donné la vraie raison ?

Parce qu'un Damien Stark flanqué d'un demi-frère secret, c'est de l'or en barre pour la presse people.

Je me lève et jette mon gobelet à moitié plein dans la poubelle, avant de retourner promptement à l'intérieur tout en composant le numéro du bureau de Damien.

Rachel répond à la première sonnerie.

– Bureau de M. Stark.

– C'est moi, dis-je en faisant un signe de la main aux types de la sécurité tandis que je fonce vers les ascenseurs. Il est là ?

– En rendez-vous. Tu as besoin de lui ?

Les portes de l'ascenseur s'ouvrent et j'entre, avant d'appuyer sur le bouton du trente-cinquième étage, où se trouve l'accueil de Stark International.

– Je voulais juste vérifier quelque chose.

Mais elle n'a pas entendu ma réponse, car l'ascenseur a démarré et je ne capte plus.

Je tape nerveusement du pied jusqu'à ce que l'ascenseur s'immobilise, puis je me rue vers le bureau de Rachel. Elle ne semble pas le moins du monde affolée.

– Avec qui a-t-il rendez-vous ?

– Preston. Pourquoi ?

Je secoue la tête, secrètement soulagée. Preston Rhodes est le responsable des acquisitions pour Stark Applied Technology. Si Damien s'était trouvé au milieu d'une quelconque galère, il aurait reporté le rendez-vous.

Mais alors, à quoi Cass a-t-elle bien pu faire allusion ?

– Syl ? (Rachel me scrute, manifestement intriguée.) Tu veux que je dise à Damien que tu as besoin de le voir ?

– Non. C'est bon. J'ai juste…

Je respire un bon coup avant d'inventer une parade.

– J'ai pensé à quelque chose au sujet du Domaine. Mais je vais d'abord voir ça avec Aiden, et on en parlera à Damien si on tombe sur un os.

Elle m'adresse un petit hochement de tête puis règle son casque pour répondre à un appel. Je la salue d'un signe de la main en retournant à l'ascenseur, soulagée mais toujours déboussolée.

Arrivée au département immobilier, j'ouvre mon navigateur Internet pour voir si quelque chose apparaît sur les réseaux sociaux, mais je suis interrompue par la vibration de mon téléphone, juste à côté de moi.

C'est Jamie. J'envisage un instant de ne pas prendre l'appel, mais je n'ai jamais été très douée pour refouler ainsi mes amis. Je réponds donc, mais en annonçant tout de suite la couleur :

– J'ai très peu de temps à t'accorder.

– Tu ne m'avais jamais dit que tu étais mannequin quand tu étais ado, attaque-t-elle sans préambule. C'est trop cool.

Je me fige, comme si j'avais brutalement atteint le zéro absolu. Je suis incapable de bouger. Et j'ai froid, j'ai si froid que je tremble comme un bol de gelée. *Ça doit être pour ça qu'on dit qu'on est gelé*, je pense bêtement. Puis immédiatement, je me dis : *Tu es choquée. C'est le choc.*

– Allô allô ? T'es là ?

Jamie est aussi enjouée que d'habitude. Elle n'a pas détecté ma détresse. Au contraire. D'après son ton guilleret, je suis la nouvelle célébrité du moment.

– Je suis là.

Ma voix est plus caverneuse que jamais. Elle va forcément s'en apercevoir. Elle va sûrement me demander ce qui ne va pas.

– Tu as fait un peu de cinéma, des pubs ? Ou juste des photos ?

J'essaie de répondre quelque chose, même d'inintelligible, sans y parvenir.

– Syl ? (La voix de Jamie se teinte enfin d'inquiétude.) Est-ce que ça va ?

– Comment tu l'as appris ?

Je réussis finalement à parler d'une voix presque normale. Mais je serre mon téléphone si fort que j'en ai la main engourdie.

– J'ai vu ça sur Internet. Pourquoi ? Qu'est-ce qui ne va pas ?

– Où ça ?

– Partout, dit-elle, mais à présent elle semble nettement se mordre les doigts d'avoir téléphoné. Syl, qu'est-ce qu'il se passe ?

– Pourquoi ? Pourquoi on parle de ce que j'ai fait quand j'étais ado ?

– Attends, Syl. Tu me fais flipper, là.

– Putain, Jamie, accouche.

J'ai à peine fini de l'agresser que je me raidis, en attente du couperet.

– D'accord. Désolée. Vraiment, c'est trois fois rien. Et les photos sont super, c'est pas comme s'ils avaient sorti des images merdiques, pas retouchées, si c'est ça qui t'inquiète.

– Mais pourquoi ils publient des photos de moi, d'abord ?

– À cause de l'histoire de Jackson, évidemment. Il a cassé la gueule de Reed et on est à Hollywood, alors tu penses bien qu'ils vont ronger le moindre petit os qu'ils pourront se mettre sous la dent. Aujourd'hui, c'est toi qui es sous les projecteurs. Tu sais… parce que tu as un lien avec eux deux.

Je ferme les yeux comme pour faire barrage aux faits, tandis qu'elle poursuit :

– Tu travailles avec Steele sur le Domaine, et dans le temps Reed a fait des photos de toi. Je me trompe ?

– Non.

Je ne sais pas comment je parviens à lui répondre, parce que je suis à peu près sûre de tomber dans les pommes d'un instant à l'autre.

– Ils vont encore plus s'acharner sur toi en découvrant que vous sortez ensemble, mais ça, je ne crois pas qu'ils l'aient déjà pigé.

– Youpi ! J'ai vraiment hâte.

J'essaie de garder un ton badin, mais je crains que la presse ne creuse davantage en découvrant que je suis la petite amie du « starchitecte » Jackson Steele. Alors, les journalistes pourraient vraiment réussir à déterrer mes secrets.

– Écoute, t'en fais pas. Je comprends que ça te fasse bizarre de voir ces vieilles photos refaire surface, mais ça va passer. Pour eux, tu es juste une anecdote comme ça, en passant, pendant qu'ils essaient de comprendre la vraie histoire.

– La vraie histoire, je répète, avec l'impression que quelqu'un d'autre parle à ma place.

– Ouais, enfin, tu vois… Le pourquoi du comment. Pourquoi Jackson a pété la tronche de Reed.

Tout mon corps est engourdi à présent. Parce que la vraie histoire, c'est que Jackson a tabassé Reed à cause de ce qu'il m'a fait. Parce qu'il m'a violée quand j'étais ado. Mais je ne veux pas du tout que cette histoire soit rendue publique.

– Tout le monde y va de sa petite théorie, poursuit Jamie. Les gens spéculent autour de cette histoire de film, pour la plupart, même si personne ne sait de quoi il s'agit. Je veux dire…

Elle s'interrompt brusquement, comme si elle s'apercevait soudain de quelque chose.

– Tu l'as retrouvé, dis ? Comme tu n'as pas rappelé, je suis partie du principe que tout allait bien.

– Oui. (Ma réponse est brève, mon ton, sec.) Je dois te laisser, j'ajoute, puis je raccroche avant qu'elle ait pu répondre.

J'agrippe le rebord du bureau et je reste assise, immobile, m'adjurant de rester calme. Simplement de rester calme.

Dès que je suis à peu près sûre que je ne vais pas vomir, je me lève. J'ai besoin de sortir d'ici. J'ai besoin de rentrer à la maison. Je sens les cauchemars – les souvenirs – grouiller autour de moi, et j'ai besoin de Jackson. De ses bras. De sa force.

Mais il est à des kilomètres de là, à Marina del Rey. Il faut que je me domine. Non, non, je ne craquerai pas au bureau.

Lentement, précautionneusement, je me mets en chemin vers l'ascenseur. En passant devant Karen, la réceptionniste de Stark Real Estate Development, je lui dis au revoir de la main.

– Vous sortez ?

Je me contente de hocher la tête ; je me sens incapable de parler.

J'écrase le bouton d'appel de l'ascenseur, et je m'acharne dessus frénétiquement tant que les portes ne s'ouvrent pas. Finalement la cabine arrive à mon niveau. Il y a foule, et je serre les poings en me raidissant, souhaitant être déjà en bas, car je sens monter en moi la panique et les larmes, et il faut que tout le monde ait été évacué au moment où l'explosion aura lieu.

L'ascenseur s'arrête encore à trois étages, et à chaque fois il se remplit un peu plus. Je suis prise au piège derrière une muraille de corps et, non, je ne crierai pas, je ne crierai pas... Et quand les portes s'ouvrent enfin sur le sous-sol où ma voiture est garée, je bouscule les trois hommes qui se trouvent encore devant moi, leurs larges épaules et leurs costumes sur-mesure faisant barrage à ma liberté.

– Hé ! s'écrie l'un d'eux, mais ils ne sortent pas ici, et tandis que les portes se referment sur leurs visages stupéfaits je me penche, les mains sur les genoux, et j'inspire et j'expire et j'inspire et j'expire.

Allez. Tu peux le faire. La voiture. La maison. Jackson. Vas-y.

J'ai une place attitrée près des ascenseurs, et je me hâte dans cette direction, heureuse de ne pas avoir oublié mon sac au bureau malgré la panique. Je plonge la main dedans pour en extirper mes clés de voiture, et je déverrouille nerveusement les portières.

Dès que je suis à l'intérieur, je claque la porte et j'empoigne le volant.

Bien. Je vais bien. J'ai seulement besoin de rentrer chez moi.

Mais ma main tremble quand je tente de mettre la clé dans le contact. J'essaie à nouveau, mais je n'y arrive toujours pas. Poussant un juron, je jette les clés à travers l'habitacle, ce qui est vraiment stupide, car elles glissent sous le siège du passager après avoir rebondi contre la fenêtre. Je suis coincée ici, et je panique parce que j'ai besoin de rentrer chez moi.

J'ai besoin de Jackson.

Je farfouille dans mon sac pour trouver mon téléphone, mais on ne capte pas ici. Et ça y est. C'est la goutte d'eau. Je touche le fond.

Je ne peux plus me contenir. Je n'y arrive plus.

Juste au moment où les larmes commencent à couler, j'entends des pneus crisser, puis un claquement de portière.

Je ne relève pas la tête. Je me fiche bien qu'on puisse me voir. Il faut juste que je laisse couler les larmes. Il faut juste que je pleure un bon coup et que je surmonte tout ça, même si je ne sais pas trop comment m'y prendre.

Mais c'est alors qu'on ouvre grand ma portière et que je sens sa main sur mon bras.

Et il me sort de là, et ses mains sont sur mon visage, et il me dit :

– Ouvre les yeux. Bon sang, Sylvia, ouvre les yeux !

Jackson.

Il est hagard. Son front est plissé d'inquiétude.

– Tu es venu, je constate bêtement. Tu es là.

– Bien sûr que je suis là. (Il m'attire contre lui et me serre fort.) Tu as besoin de moi. Où est-ce que je pourrais bien être, sinon avec toi ?

10

– Mais comment as-tu su ?

Je ne réalise toujours pas qu'il est là. Je suis éperdument reconnaissante de sentir ses bras serrés autour de moi.

– C'est Cass. Elle a vu les photos, et elle m'a appelé, comme tu ne répondais pas.

– Mais tu étais tout là-bas, sur la marina.

– J'étais à Beverly Hills. J'avais des courses à faire.

Je m'apprête à lui demander quel genre de courses, mais peu importe. Je ne tourne plus rond. Mon cerveau tente de se faire à cette nouvelle réalité ; une réalité où des photos de moi prises par Reed ont été remises en circulation.

– Tu les as vues ? je demande, et Jackson, heureusement, comprend de quoi je parle.

– Oui. (Il me reconduit à ma voiture, ouvre la portière arrière.) Viens t'asseoir avec moi.

Je me glisse sur la banquette et Jackson entre à ma suite, puis il reprend :

– Rien de bien méchant. D'après ce que j'ai vu, ce sont des pubs qui sont sorties il y a des années, avant d'être archivées. C'étaient surtout des annonces locales.

– Je veux voir.

Je me rappelle chacune de ces publicités, et Jackson a raison. Tant qu'on s'en tient à ces images, il n'y a rien d'indécent à signaler. Mais je connais le contrechamp. Pour moi, chacune d'elles est infâme. Et le seul fait qu'elles circulent à nouveau un peu partout me lacère les entrailles.

Mais ce n'est pas l'unique raison qui me motive pour voir ces images. Je crois Jackson, bien entendu, et pourtant j'ai besoin de les voir par moi-même. Parce que le *clic clic* de l'appareil photo de Reed résonne encore dans ma tête. Je me rappelle toutes les poses qu'il m'a fait prendre. Tous les vêtements qu'il m'a fait porter. Jusqu'aux moindres boutons cousus sur ces vêtements.

Je me rappelle avec une clarté infaillible, épouvantable, à quels endroits il m'a dit de poser les mains. La manière dont il m'ordonnait de me caresser.

Je sais quelles autres photos il a prises. Des photos qui n'ont jamais été destinées à être publiées. Et l'idée que ces images atroces puissent elles aussi circuler m'emplit d'une terreur glacée.

Jackson me tend son téléphone, l'écran déjà sur la page Web. Je regarde les photos, puis m'affaisse de soulagement en constatant que, oui, ce ne sont que les publicités.

En lui rendant le téléphone, je le vois me regarder avec intensité. Il me questionne :

– Il y en a d'autres, n'est-ce pas ?

J'acquiesce en silence.

– Je ne les ai jamais vues. Mais je sais qu'il les a prises.

Il ferme les yeux, tout son corps est tendu. Je sais pourquoi – il lutte pour rester maître de lui-même, tout comme moi.

Cette idée m'apaise, car je sais que je ne suis pas seule.

– Je déteste ça. Ne pas savoir ce qui va arriver ensuite. Même le fait qu'ils aient ressorti ces pubs insipides me dérange. Je veux dire, je sais que les gens ne connaissent pas toute l'histoire, mais ça me fait vraiment chier quand même. Parce que ça me rappelle ce qui m'est arrivé. Je n'aime rien du tout là-dedans.

Je me débarrasse de mes chaussures et pose les pieds sur le siège pour pouvoir enlacer mes genoux. Je porte une jupe, mais elle est suffisamment ample pour recouvrir mes jambes comme une couverture.

Je me sens un peu ridicule, comme une petite fille qui a besoin d'être réconfortée. Il ne s'est rien passé de grave aujourd'hui, en fait. Tout ce qui me soucie appartient au passé ou constitue une vague possibilité de ce qui pourrait advenir.

Mais je suis soucieuse, quoi qu'il en soit.

Jackson a déjà passé son bras autour de mes épaules, mais il me serre à présent contre lui.

– Dis-moi. Dis-moi à quoi tu penses.

J'hésite, mais je me lance :

– Ce qui arrive réellement aujourd'hui n'est pas du tout affreux. Mais regarde-moi : ça me fout complètement en l'air. Dans quel état je vais être si le pire arrive vraiment ?

– Ça n'arrivera pas.

Je ris presque.

– Tu as de la ressource, Jackson Steele, et je sais que tu aimes avoir le contrôle. Mais je suis à peu près sûre que sur ce coup-là, tu es impuissant.

Pendant un instant, je crois qu'il va essayer de me détromper, mais il se contente de me lancer un regard empli de douleur.

– Je suis désolé de t'avoir attiré tous ces ennuis.

– Tu n'as rien fait. C'est Reed le coupable.

– Ça, je te l'accorde. Mais la presse a rappliqué parce que je suis allé lui casser la gueule.

Il pose une main sur mes genoux et me fait étendre les jambes en les posant sur ses cuisses. Je ne porte pas de collant, et tandis qu'il me caresse le mollet je ferme les yeux, m'abandonnant à la sensation de ses doigts sur ma peau.

– C'est juste sur moi qu'ils essaient d'en savoir plus, tu sais. Ils ont trouvé ce lien, et ça les intéresse à cause du Domaine. Parce qu'on travaille dessus ensemble, et parce que tu travailles pour Damien. C'est de là que viennent les photos. (Sa main s'immobilise sur ma jambe.) Mais la vérité au sujet de ce que Reed t'a fait ne sortira pas. Ils ne la soupçonneront même pas. Tout le monde pense que j'ai agressé Reed à cause du film, alors tu vas voir : c'est là-dessus que ces crétins de tabloïds vont se jeter demain. Sur mes casseroles, pas sur les tiennes.

Il prend mon menton dans sa main pour me regarder dans les yeux ; les siens sont emplis de chaleur, de tendresse et d'inquiétude.

– D'accord ?

– D'accord.

J'inspire profondément. Il ne m'a toujours pas dit pourquoi il ne voulait pas que ce film se fasse. Tout ce que je sais, c'est que Reed produit un long-métrage au sujet de ce qui s'est passé dans cette maison de Santa Fe que Jackson a conçue. C'est une maison exceptionnelle qui lui a valu sa réputation mondiale d'architecte parmi les plus talentueux aujourd'hui.

J'avais tout lu à ce sujet à l'époque, à la fois parce que je suivais la carrière de Jackson, même si nous n'étions plus ensemble alors, et parce que l'architecture est une de mes passions. Et, comme je m'y étais intéressée, je savais ce qui était arrivé ensuite – une histoire de meurtre et de suicide qui avait entaché la spectaculaire demeure, masquant pour toujours son architecture extraordinaire sous une couche de scandale.

Je n'ai pas lu le script ; on m'a dit que l'histoire tourne autour de la famille, mais que Jackson y joue un rôle aussi, et qu'il y serait présenté comme la raison pour laquelle la jeune femme a mis fin à ses jours et à ceux d'une de ses sœurs.

Et bien que Jackson soit parti depuis belle lurette quand le drame a eu lieu, il n'en demeure pas moins vrai qu'il ne veut pas que le film se fasse. Non seulement il me l'a dit, mais je sais qu'il a aussi cogné le scénariste pour cette raison.

Mais Reed n'est pas du genre à reculer. Et même si Jackson a agressé Reed pour lui faire payer ce qu'il m'a fait subir des années plus tôt, pour autant que le public le sache, cette agression ressemble plutôt à une énième manifestation d'hostilité envers le film en projet.

Un jour, j'aimerais que Jackson me dévoile toute l'histoire liée à cette maison, et le secret qu'il est si déterminé à garder. Mais dans l'immédiat, seul mon propre secret m'intéresse.

– Je sais que tu feras tout ce qui est en ton pouvoir, lui dis-je. Mais ça ne pourra pas m'empêcher d'avoir la trouille que tout soit divulgué. J'ai l'impression d'être dépassée par les événements, et je sais que c'est ridicule parce que tout le monde se fiche complètement de ces photos à la noix.

– Mais pas toi, réplique-t-il d'une voix douce, sa main me caressant de nouveau la jambe. Et ce ne sont pas les photos qui te dérangent. C'est ce qui s'est passé quand il les a prises. C'est ce que tu as éprouvé, et maintenant tout ça te revient en mémoire. Le problème, c'est ce qu'il t'a volé.

– Le contrôle, je chuchote. Et la liberté de choisir. Il me les a pris.

J'étais si jeune. Je mourais d'envie de m'enfuir. De me cacher. De neutraliser mes émotions, mes sentiments. Mais il m'avait caressée, et il m'avait excitée. Il m'avait fait ressentir du plaisir sexuel en même temps qu'une honte cuisante. Et il m'avait fait jouir.

Je le haïssais pour cela, mais, plus encore, je crois que c'est moi que je haïssais.

– Oui, reprit Jackson. Il te les a pris. Il te les a arrachés. Volés. Il faut que tu les récupères, chérie.

– Je ne sais pas comment…

– Si, tu sais. (Sa voix est ferme. Autoritaire.) Tu récupères ce qui est à toi. Tu récupères le contrôle, et tu me le donnes. Pas parce que je te le demande, mais parce que tu décides de me le donner.

En parlant, il continue de me caresser la jambe. Seulement à présent, ses caresses vont plus haut, glissant sous ma jupe, au-dessus de mon genou. Frôlant l'intérieur de ma cuisse.

Son geste est décontracté, presque innocent. Comme s'il ne s'en rendait même pas compte. Mais je sais bien que ce n'est pas le cas, bien sûr. Jackson ne fait jamais rien par hasard. Et à cet instant, avec une extrême lenteur et beaucoup de méthode, il s'occupe d'éveiller mes sens. De me faire mouiller. De m'exciter.

– Tu penses que tu n'aimes pas perdre le contrôle ? enchaîne-t-il. Laisse-moi te prouver que tu aimes ça. Je sais que c'est le cas quand c'est toi qui lâches prise, chérie. (Ses doigts ne sont plus qu'à quelques centimètres de ma culotte, et le corps se tend de désir.) Dis-le.

Sa voix a beau être douce, elle n'en est pas moins ferme. Volontaire. Et je sais qu'il ne me touchera pas avant que je cède. Avant que j'accepte de lui laisser le contrôle. Avant que je me soumette aux plaisirs qu'il a l'intention de me procurer.

– Oui.

J'ai murmuré le mot, et j'en frissonne de plaisir.

– Brave petite, me félicite-t-il, puis tout doucement il caresse le bord de ma culotte, entre la cuisse et l'entrejambe, avant de retirer cruellement sa main. J'en miaule presque. Il sourit :

– Oh oui. Tu aimes ça.

Je sens mes joues me brûler, mais je peux difficilement nier. Pas quand mon corps frémit d'excitation. Pas en sachant qu'à cet instant je ferais n'importe quoi pour lui, pourvu que la récompense soit une de ses caresses.

– Retire ta culotte.

J'humecte mes lèvres.

– Pourquoi ?

Il lève brièvement les yeux.

– Parce que je te l'ordonne, rétorque-t-il, et immédiatement je sens ma chatte devenir humide de désir, et mes tétons darder contre mon soutien-gorge. *Oui. C'est de ça que j'ai besoin.* Je veux m'oublier dans ses bras. Abandonner le contrôle. Le laisser m'emmener aussi loin que possible, puis me ramener à la maison en toute sécurité.

Je croise son regard et hoche la tête. Puis, à la fois excitée et inspirée, je chuchote :

– Oui, maître.

Je suis récompensée par un grondement approbateur, grave et sensuel.

– Maintenant, dit-il, et je n'hésite plus.

Je me soulève, à peine, et, en me tortillant un peu, je retire ma culotte, avant de la laisser tomber.

– C'est bien. Maintenant, sors ma queue.

Je baisse les yeux pour voir son érection déformer son pantalon.

– Jackson…

– Tu hésites ? (Je perçois une pointe de taquinerie dans sa voix.) J'ai comme l'impression que cette demoiselle a besoin d'une punition.

La demoiselle pourrait bien apprécier. Mais puisque la pire des punitions serait de ne pas être touchée du tout, je secoue la tête.

– Fais ce que je te dis. Sors ma queue et colle-toi dessus. Fourre ma queue dans ta jolie petite chatte, et roule des hanches.

Ses mots crus m'excitent encore plus, et mon corps se contracte en réponse, si réactif que le simple frottement des vêtements sur ma peau est un comble d'érotisme.

C'est ça que je veux – oh oui, tout ce que je veux, c'est m'abandonner à lui ; me soumettre à ses exigences ne fera qu'intensifier le plaisir.

Tout de même, je regimbe encore un peu :

– On est dans le parking.

– Il n'y a personne dans le coin. Et on est à l'arrière d'une voiture avec des vitres teintées. (Il hausse une épaule.) Mais c'est toi qui décides, ma belle. Tu veux arrêter, on arrête. N'importe quand, sans discussion.

J'ai la bouche sèche, et j'humecte mes lèvres.

– Tu as confiance en moi ? demande-t-il, face à mon hésitation.

– Tu sais bien que oui.

Je peux voir à son expression que ma réponse le satisfait.

– Alors fais-moi confiance pour t'emmener très loin, et en toute sécurité.

Je déglutis, mais hoche la tête.

– Je ne veux pas qu'on s'arrête.

Un sourire en coin éclaire son visage. Mais il se contente de répondre :

– Baise-moi.

Je manœuvre pour me retrouver à califourchon sur ses jambes, mon poids réparti sur ses genoux. Je me penche en avant et caresse son érection à travers le jean, me délectant d'un accès de satisfaction toute féminine lorsqu'il penche la tête en arrière en gémissant de plaisir.

Lentement, méthodiquement, je défais les boutons de son pantalon. Mes doigts s'occupent, tandis que je savoure ce moment de pouvoir. Jackson porte un boxer dans lequel je glisse la main pour libérer son sexe. Et puis, parce que c'est tout bonnement irrésistible, je glisse de la banquette et m'agenouille tout en écartant ses genoux.

Je regarde son visage une dernière fois avant de me pencher sur lui pour faire courir ma langue le long de sa queue. Il a un goût puissant de mâle, et je suis tentée de le sucer jusqu'à ce qu'il jouisse ; mais je suis égoïste, aussi, et ma chatte palpite d'impatience, suppliant presque de se faire pénétrer.

Je referme une main autour de sa queue et j'agace son gland du bout de la langue. Mon autre main se glisse entre mes jambes, et je suis si excitée que mes cuisses en sont poisseuses.

– Maintenant, exige-t-il. Monte-moi maintenant.

Je me redresse pour l'enfourcher à nouveau, cette fois à hauteur de ses hanches. Je maintiens sa queue et soutiens son regard tandis que mon bassin ondule et que ma chatte le frôle, avant de m'enfoncer sur lui, si brutalement que son jean me râpe les fesses, et si profondément que je le sens heurter le fond de mon vagin.

Il a posé l'une de ses mains au bas de mon dos pour m'aider à garder l'équilibre, mais l'autre se trouve entre nos corps moites et me touche, me caresse et titille mon clitoris, tandis que je m'appuie sur ses épaules pour me soulever et m'abaisser. La température grimpe inexorablement, alors que le fait de baiser dans une voiture, lui et moi presque entièrement habillés, est une situation qui me donne déjà très, très chaud.

Il avance la tête pour refermer sa bouche sur mon sein, affolant mes sens à travers le coton de mon chemisier et la dentelle de mon soutien-gorge, et cette stimulation supplémentaire fait exploser le thermomètre. Tout à coup, c'est trop pour moi, et toutes les sensations qui s'intensifiaient peu à peu en moi commencent à monter en flèche, échappant à tout contrôle.

– S'il te plaît... (J'implore Jackson tandis que l'orgasme se rapproche, prêt à m'emporter sur son passage.) Jackson, s'il te plaît, jouis avec moi.

Je me redresse alors. L'explosion est si forte que je dois m'agripper au plafond de la voiture si je ne veux pas décoller comme une fusée avant de me désintégrer en un milliard de particules nucléaires.

– Oh, mon Dieu... je murmure en m'écroulant finalement sur lui, la tête penchée pour pouvoir me nicher contre son épaule. Je suis complètement ravagée.

– Complètement ?

Il y a une pointe d'humour dans sa voix, et je rassemble l'énergie qui me reste pour me redresser et lui faire face.

– Façon de parler. (Je me rallonge sur lui, et tandis que mes lèvres effleurent son oreille ma main se glisse au point de jonction de nos deux corps et frôle la base de son sexe d'un doigt.) J'en veux plus, je murmure. Beaucoup plus.

— Ça tombe vraiment très bien. Parce que « plus », c'est exactement ce que tu vas prendre.

Il me pousse un peu pour se rasseoir puis fait un signe de tête en direction du siège avant.

— Rassemble tes affaires. On prend ma voiture. Mais laisse ta culotte ici.

— Jackson !

Je ne proteste vraiment que pour la forme et m'empresse d'attraper mon sac. Puis je me rappelle que j'ai jeté mes clés tout à l'heure, et qu'elles gisent à présent je ne sais où. Il me faut un moment pour remettre la main dessus, mais dès que je les ai je verrouille ma voiture et rejoins Jackson dans sa Porsche.

— Je t'ai acheté un petit quelque chose, dit-il quand je suis installée.

— Vraiment ?

La perspective d'un cadeau me met en joie.

— Je t'ai dit que j'avais des courses à faire aujourd'hui. Pour toi, notamment. (Il se penche sur moi pour ouvrir la boîte à gants et en sort un petit sac rose, qu'il fait se balancer au bout de son index.) Tiens, dit-il en souriant. Enfin, quand je dis « pour toi », je devrais plutôt dire « pour nous ».

Je hausse les sourcils.

— Oh, vraiment ?

Je suis encore plus intriguée et jette un œil à l'intérieur du sac. J'en sors une boîte blanche, rectangulaire, longue d'une dizaine de centimètres, ornée de lettres en relief qui forment le mot ENVIE. La boîte ne pèse presque rien, et quand je la secoue doucement, aucun son ne se produit.

— Je n'ai aucune idée de ce que ça peut bien être, finis-je par admettre.

— Ce n'est pas un concours de devinettes, ne t'en fais pas. Vas-y, ouvre.

Comme j'adore les cadeaux, je ne me fais pas prier. Je soulève le couvercle et trouve une aumônière de velours, qui ressemble à celles dans lesquelles on met des bijoux. Effectivement, il y a un collier dedans, en or avec un pendentif mince et oblong, qui ressemble un peu au stylo que Joan, le personnage de la série *Mad Men*, porte autour du cou.

– Un stylo ?

Je ne vois cependant pas de pointe ni de plume, et je l'examine plus attentivement, cherchant un capuchon qui se tire ou se dévisse.

– Pas tout à fait, dit Jackson au moment où je découvre un petit bouton sur le côté.

J'appuie dessus, m'attendant à une mine rétractable. Au lieu de quoi, le pendentif se met à vibrer.

Oh. Mon. Dieu.

Je relève la tête pour le dévisager, ne sachant si je suis atterrée, excitée ou simplement stupéfaite.

– Tu n'as quand même pas… Je veux dire, ce n'est pas…

– Mais si. C'est exactement ça. C'est du haut de gamme, hein, très chic. Mais c'est un *sex toy* quand même.

– Waouh !

Je teste toutes les possibilités de vitesse et de vibrations, et je dois admettre que c'est assez dément. Et incontestablement l'un des cadeaux les plus originaux que j'aie jamais reçu.

– Hum, merci.

Il rit.

– Ne sois pas aussi circonspecte, je te promets que tu vas l'apprécier. En fait, je pense qu'on devrait le tester très, très bientôt. Mais en attendant, dit-il en me le prenant des mains pour me le passer autour du cou,

je veux que tu le portes. En fait, ma douce, je veux
tu le portes toute la journée, tous les jours. Au moins
pendant une semaine entière.

– Je… pardon ?

– Tu m'as entendu.

– Mais…

– Pas de « mais ». (Il tend la main et fait courir
son doigt le long de la chaînette, jusque dans mon
décolleté, effleurant ma peau.) Tu peux le garder sous
ton chemisier, mais tu le porteras – sauf si je t'ordonne
de le retirer. C'est bien compris ?

– Oui, maître.

Puis je pousse un petit soupir, de nervosité un peu,
d'excitation, beaucoup. Et mourant de curiosité quant
à l'issue de cette semaine.

11

Des menottes de cuir enserrent mes poignets, mes chevilles. Elles sont dotées d'un anneau de métal dans lequel Jackson a enfilé un cordage marin. Mes bras sont largement écartés en travers du matelas, attachés dans cette position par la corde fermement nouée quelque part près du sol, en dehors de mon champ de vision.

Mes jambes sont écartées, elles aussi, et attachées pareillement.

Mis à part le petit vibromasseur que je porte toujours autour du cou, je suis nue. Et toute seule.

Nous sommes sur le bateau de Jackson, à Marina del Rey. Le *Veronica* est un petit yacht qui lui sert à la fois de domicile et de bureau.

Nous sommes venus ici depuis le parking, et Jackson m'a conduite sans un mot à sa chambre, sous le pont.

Il m'a fait signe de m'asseoir au bord du lit, tandis qu'il ouvrait une petite malle rangée au bas de son placard. Je l'avais déjà aperçue, même si je n'ai jamais pu voir tout ce qui y était rangé. Seulement ce que Jackson en sortait.

Cette fois, ça a été le tour des menottes et du cordage.

J'aurais voulu descendre du lit et regarder par-dessus son épaule. Et surtout, j'aurais voulu lui demander avec qui il s'était déjà servi de ces jouets. Mais j'ai tenu ma langue ; ce n'était pas le bon moment pour avoir cette conversation.

Me voilà donc seule, nue, et très excitée.

– L'anticipation, a-t-il dit. Couplée à ton imagination. Et puis, oui, un petit quelque chose qui te fera de l'effet.

Ce petit quelque chose, c'est le vibromasseur. Il l'a mis en route avant de déposer un baiser sur mes lèvres et de se relever. Quand il est parti, j'ai poussé un gémissement en guise de protestation, mais il s'est contenté de rester sur le seuil de la chambre, me balayant de son regard de braise, un regard aussi efficace qu'une caresse.

Il a posé un doigt sur ses lèvres pour m'intimer le silence. Et moi, ayant accepté de me soumettre à ses ordres, j'ai pressé mes lèvres l'une contre l'autre.

– Bientôt, a-t-il promis, puis il s'est éloigné.

D'après l'horloge au mur, cela fait treize minutes qu'il est parti.

Treize minutes que je suis seule, et que je sens le yacht tanguer doucement. La sensation du vibromasseur entre mes seins m'excite peu à peu.

Au départ, les pulsations étaient localisées. Comme un chatouillis au niveau de mon plexus, un peu bizarre mais pas désagréable. Intrigant, mais pas excitant.

Ensuite, j'ai fermé les yeux et je me suis laissé aller, et la sensation a commencé à s'étendre. À mes seins. Vers mon ventre. Jusqu'à la peau fine du flanc où Cass a tatoué un ruban rouge, symbole des erreurs que j'ai commises.

En fait, c'est comme si les vibrations redessinaient mes tatouages, suivant le parcours de mes triomphes et de mes tribulations, pour culminer à présent entre mes cuisses, tandis que je songe à la ligne d'arrivée de toutes ces épreuves. *Jackson.*

De profondes vibrations rythmées m'emplissent, accompagnées de douces vagues d'excitation qui ondulent sur ma peau, comme un courant électrique qui relierait chaque centimètre carré de la surface de mon corps.

Le pendentif n'a pas bougé d'un cheveu, et pourtant je sens les ondes courir à travers moi. Elles grandissent, s'accélèrent.

Avant de partir, Jackson m'a dit que je n'avais pas le droit de jouir, et j'ai rigolé. Jouir ? Comment aurais-je pu, alors qu'il m'avait immobilisée ainsi ? Alors que je ne pouvais pas me caresser ? Alors que son joujou érotique se trouvait entre mes seins, et non entre mes cuisses ?

À présent, alors que mon corps se raidit, que mon excitation grandit et que mon sexe est gonflé de désir, je crains de faire une entorse à son règlement et d'exploser. Ici, maintenant, je pourrais carrément atteindre le septième ciel, rien qu'avec mon imagination et les sensations dingues que ces vibrations me procurent.

De frustration, je me tortille sur le lit, mais je ne peux effectuer que de trop petits mouvements avec mes hanches. Je veux me masturber, mais mes mains sont attachées bien trop loin de mon intimité, si sensible que même l'air de la petite pièce me rend folle.

Je jette un œil à l'horloge. Quatorze minutes à présent. Une seule petite minute s'est écoulée, et je me demande bien quand Jackson va revenir – et comment je vais tenir jusque-là.

Je ferme les yeux et tente de me concentrer sur autre chose que mon état actuel. Mais c'est mission impossible. Je ne suis plus qu'un magma de sensations, et même quand j'essaie de penser à autre chose, c'est lui qui me vient en tête. À mes côtés. Occupé à me toucher. À me titiller.

Un frisson m'étreint, et je me mords la lèvre. Fort. Je laisse tomber l'idée de garder mes pensées sous contrôle. À cet instant, je ne peux penser qu'à lui.

Et puis − comme si l'univers venait de décider que j'avais assez souffert comme ça − il est là. Il se tient dans l'encadrement de la porte, les mains dans les poches, l'air de rien. Même à cette distance, je peux voir qu'il bande terriblement, son sexe dur déformant son jean, prêt à le déchirer.

Je crois que je pousse un gémissement. Parce que je crève d'envie de le sentir en moi…

− C'est un spectacle fantastique que j'ai sous les yeux.

− Jackson, s'il te plaît.

Il hausse un sourcil, et je vois bien que ce petit jeu l'amuse beaucoup. Cette torture.

− S'il te plaît, quoi ?

− Tu sais bien.

− Dis-le.

− Je veux que tu me baises.

− Pas comme ça. Dis-moi. (Il s'avance d'un pas.) Dis-moi exactement ce que tu veux. Parce que là, ce que je veux, c'est te donner du plaisir. Je veux voir ta peau frémir sous mes doigts. Je veux t'entendre haleter en essayant de garder le contrôle. Je veux voir ton con luire de mouille pendant que je m'occupe de toi. Je veux regarder tes seins réagir et se tendre, je veux sentir tes mamelons durcir, se préparer pour mes caresses.

Oh là là.

− Mais j'ai besoin que tu me le dises, ma jolie.

Comment dois-je m'y prendre pour que tu sois à point ? Dis-moi ce que tu veux. Dis-moi ce qui t'excite. Mes joues sont cramoisies, ce qui est ridicule, vu ma position plus qu'offerte à cet instant. Mais c'est plus fort que moi.

– Dis-moi, répète-t-il en s'approchant un peu plus. C'est ça ou rien.

Je le foudroie du regard.

– Monsieur Steele est cruel ?

– Je peux l'être. Ou bien je peux être très, très gentil.

Tout en parlant, il fait courir son doigt au-dessus de mon corps. Littéralement au-dessus, à quatre ou cinq centimètres de ma peau, si bien que je peux imaginer sa caresse, sans pouvoir l'éprouver. Même ainsi, il me semble qu'il laisse une traînée incandescente dans son sillage.

Toutefois, cela me rappelle ce que je vais manquer s'il ne me touche pas vraiment. Et bien que je ne sois pas certaine de ce que je vais dire, je me lance.

– Je… je veux sentir tes mains sur mes seins. Qu'elles pincent mes tétons. Et ensuite, des caresses plus légères, bien dosées, en descendant sur mon ventre. Et…

Je m'interromps à cause de son sourire, à la fois victorieux et concupiscent. Je l'interroge :

– C'est autant pour moi que pour toi, c'est ça ?

Il lève un sourcil.

– J'espère bien.

– Je veux dire… Je parle de tout ce qui s'est passé aujourd'hui. Avec moi. Avec moi qui pète un câble et toi qui… Enfin, toi qui me proposes de te donner les rênes et… C'est juste que toi aussi, tu détestes ça, non ?

– Que je déteste ça ? Que je déteste quoi ?

– Pas ça, dis-je précipitamment. Pas nous. La situation. Le fait de ne pas savoir. Et d'avoir la trouille qu'ils puissent découvrir que ta dispute avec Reed n'avait pas de rapport avec le film, mais avec moi. La trouille de ne pas réussir à me protéger.

Il s'est raidi pendant que je parlais. Et il ne répond que par un mot :

– Oui.

Je hoche la tête ; c'est ce à quoi je m'attendais. Alors, je poursuis.

– Tu avais raison à mon sujet, tu sais. C'est vrai que j'aime me soumettre, tant que c'est moi qui décide de céder le contrôle.

– Je sais. Je le vois bien.

Puisque cela ne fait aucun doute, je ne relève pas.

– Mais toi alors ? Je veux être là pour toi quand tu as besoin de garder le contrôle. Comme l'autre nuit, avec la bagarre. Mais là ? Est-ce que c'est aussi satisfaisant pour toi de prendre les rênes quand de toute façon je te les donne ?

Il me contemple longuement, promenant son regard sur tout mon corps.

– Je ne connais rien de plus satisfaisant que ce don de toi que tu me fais, ma douce.

C'est la réponse parfaite, et surtout elle est absolument sincère, je le vois dans ses yeux.

Au bout d'un moment, toutefois, son sourire redevient lubrique.

– Mais dis donc, tu as changé de sujet. Il me semble me rappeler que tu me décrivais comment tu voulais que je te touche.

– Oh ! Ah oui…

– Je suggère que tu reprennes.

– Ou bien ? je demande, d'humeur joueuse.

Il croise les bras et prend un air sévère.

– Ou bien quoi ? Tu me donneras la fessée ?

– Attention, mademoiselle Brooks. Vous dépassez les bornes.

– Vraiment ? Après tout, je t'ai déjà dit que j'en voulais plus. En fait, je crois bien que c'est exactement ce que tu m'as promis.

– Vilaine, vilaine fille, dit-il, et mon sourire s'élargit.

– Tu veux des détails, Jackson ? Tu es sûr de vouloir savoir ce que je veux vraiment ?

– Absolument.

Je croise son regard.

– Très bien. Je veux que ce soit brutal. (Ce n'est qu'en prononçant ces mots que je réalise combien c'est mon désir le plus sincère.) Je veux que ce soit débridé. Je veux que tu me baises comme une chienne. Et je veux oublier tout ce qui se passe, là dehors. Je veux me perdre en toi, Jackson. Je veux me perdre en nous.

Il demeure parfaitement immobile, c'est uniquement parce que je vois ses mâchoires se contracter que je sais combien mes paroles l'ébranlent.

– Voilà un discours bien dangereux à tenir, quand on est une femme attachée comme tu l'es.

– Peut-être bien que j'aime le danger.

Je vois la tempête se soulever dans son regard.

– Ah oui ?

Doucement, il pose un doigt sur mes lèvres. Puis il le fait descendre avec désinvolture sur mon menton, mon cou.

– Oh, bébé. Qu'est-ce que tu me fais... Je veux te donner tout ce que tu désires. Voir le plaisir s'épanouir dans tes yeux.

Il descend plus bas, attrape un téton entre deux doigts et le fait rouler tout en resserrant sa prise.

Je me mords la lèvre inférieure tandis que la pression augmente, encore et encore, faisant monter à la surface une douleur qui a la couleur du plaisir, jusqu'à ce que je ne la sente plus seulement dans mon sein mais aussi jusque dans les terminaisons nerveuses de mon sexe.

– Je veux t'emmener jusqu'à l'extase, et te ramener dans mes bras. Ensuite, je te tiendrai serrée contre moi, je te calmerai, et je t'emmènerai de nouveau tout là-bas.

Il relâche mon téton et j'ai le souffle coupé un instant, surprise par la sensation incroyable qui accompagne le nouvel afflux de sang. Je dois me concentrer pour réussir à chuchoter :

– C'est une promesse ?

– Chérie, c'est un serment.

D'un geste, il me fait signe de soulever la tête. Je m'exécute, et il me retire le collier vibromasseur.

– Jackson…

Je ne sais pas trop pourquoi j'ai prononcé son nom. Un avertissement, pour ne pas aller trop loin ? Une supplication, pour qu'il m'emmène aussi loin que je pourrai aller, et même au-delà ?

Peu importe. Parce que Jackson fera ce qu'il voudra. Et je sais qu'ainsi il fera ce dont j'ai besoin.

Il appuie sur le bouton du vibromasseur pour en ajuster le réglage. Et bien que l'objet soit de petite taille, et presque silencieux, j'entends le bruissement – le doux bourdon des pulsations, puis l'augmentation de la fréquence, qu'il règle au maximum.

Il me jette un regard oblique puis, très lentement, promène l'extrémité du pendentif sur le galbe de ma poitrine. La sensation est exquise, et je ferme les yeux, m'autorisant à flotter pendant qu'il s'occupe de moi.

Le contact de l'objet semble me traverser de part

en part, éveillant mes sens, mais il a aussi un effet relaxant, et je sens que je m'évapore, que je ne suis plus qu'un brouillard de sensations diffuses. C'est alors qu'il accélère la cadence.

Il décrit des spirales avec le pendentif, comme s'il dessinait une série de cercles de plus en plus petits sur mes seins. Se rapprochant de mon aréole, progressant jusqu'à la pointe à présent érigée.

Je ne m'évapore plus du tout. Je suis désormais sur le point de le supplier. La sensation grandit en moi, et je ne suis pas du tout sûre de pouvoir la contenir. Je me mets à bouger d'avant en arrière, autant que mes liens me le permettent, comme si en me tortillant et en me balançant je pouvais, d'une manière ou d'une autre, retrouver la maîtrise de cette débauche de sensations qui éclatent en moi.

Bien entendu, il n'en est rien. J'ai cédé la main, après tout. Je suis soumise au bon vouloir de Jackson, et il est impitoyable, et je me demande à présent s'il était vraiment judicieux de lui dire de m'emmener si loin. De me prendre comme une chienne.

Parce que, pour le moment, je tolère tout juste cette caresse plutôt gentillette. Comment suis-je censée survivre à un assaut de sensualité ?

Il reprend le pendentif et, avec, effleure la pointe de mon sein, déjà si sensible et si réactif que même ce contact aussi léger qu'un baiser papillon se propulse jusque dans ma chatte et – ô Seigneur – je sens les secousses d'un orgasme en préparation me parcourir, mises en branle par rien de plus que les caresses savamment dosées du vibromasseur sur mes seins.

– Oh oui, dit-il, puis, très doucement, il effleure mon sexe du bout des doigts. Je crois bien qu'on apprécie ce petit traitement.

Je ne réponds rien. Mais je gémis faiblement.

Il part d'un doux rire puis se remet à l'ouvrage, préparant mon autre sein de la même manière avant de faire descendre le vibromasseur sur mon ventre. Je me cambre, autant pour échapper à cette sensation implacable que pour implorer Jackson de continuer.

Lorsqu'il atteint le mont de Vénus, il marque une pause, puis relève la tête pour me regarder. C'est un défi, me semble-t-il, et je reste muette. Je n'émets ni protestation ni supplication, quoique les deux me brûlent les lèvres.

Son petit sourire suffisant suggère qu'il sait exactement ce que je pense à cet instant. Mon maillot est épilé en une fine bande, et il me torture en traçant le contour de la ligne de poils, avant de se mettre enfin à tourner autour de mon clitoris. Tout près de la partie la plus sensible.

Je me trémousse, testant mes liens, désireuse de m'échapper ou du moins de contrôler cette sensation démente qui grandit en moi. Mais je suis attachée, et il n'y a pas de fuite possible. Seulement la soumission. Et l'excitation. Et la volupté, si vive qu'elle en devient douleur.

– S'il te plaît. (Ces trois mots résument tout.) S'il te plaît.

Mais il n'écoute pas. Il me tourmente ainsi pendant une minute encore, ou une heure, ou une année. Jusqu'à ce qu'enfin – *enfin* – il passe l'extrémité du vibromasseur sur mon point le plus sensible, et que j'explose tandis qu'une lame de plaisir me transperce et envoie voler les éclats de mon être dans les airs, de plus en plus haut, avant que je redescende sur Terre, béate, transcendée. Le corps toujours parcouru de picotements.

– Oh là là ! oh, Jackson…

Je suis toujours prisonnière, et je me débats, mourant d'envie de le toucher, mais il ne l'entend pas de cette oreille. Il se déshabille rapidement, et il bande si fort que ce doit être douloureux.

– Comme une chienne, tu m'as dit ? Tu veux que je te baise comme une chienne ?

– Oui. (Je lance une ruade.) Oh oui, je t'en supplie.

Il ne me déçoit pas. Il me pénètre immédiatement, et je mouille tant qu'il s'enfonce en moi comme dans du beurre, d'un seul coup, profond et fantastique. Frénétiquement, son corps bute contre le mien, et la friction sur mon clitoris toujours hypersensible me renvoie au septième ciel encore et encore – une, deux, douze, un million de fois –, je ne sais pas combien de fois je jouis, mais j'ai l'impression d'être le bouquet final d'un feu d'artifice. Je ne suis plus moi-même, je suis l'extase incarnée.

Et lorsque je reprends mes esprits – lorsqu'il me détache et me prend dans ses bras –, je me rends compte qu'il a fait exactement ce qu'il avait promis. Il m'a emmenée là où je n'étais jamais allée. Et il m'a fait vivre l'expérience sexuelle la plus profonde de ma vie.

– C'était incroyable, dis-je, mais le mot me semble bien faible. Profond. Bouleversant. Une expérience mystique.

Il éclate de rire.

– C'est bon à savoir.

Le collier vibromasseur repose sur le matelas à côté de nous ; Jackson le ramasse et me le remet autour du cou.

– Et je dois dire que j'aime vraiment beaucoup te voir porter ça.

Je hausse un sourcil en tâtant du bout des doigts la chaînette et le pendentif.

– Comme un collier d'esclave.

Ses yeux s'élargissent, à peine.

– Qu'est-ce que *tu* en sais ?

– Je lis. Je regarde des films. Je traîne sur Internet.

– Ah oui ?

– Qu'est-ce que tu en sais, toi ? je réplique.

Je pense à sa malle, dont je n'ai toujours pas exploré le contenu. Même si des menottes de cuir en disent déjà long, pour autant que je sache. Et, oui, je suis intriguée.

– Je pense qu'il y a des pratiques BDSM très intéressantes, et qu'il serait bon de se les approprier.

Il caresse ma clavicule du bout du doigt, avant de descendre vers ma poitrine. Puis, du pouce, il donne une petite chiquenaude à mon téton, et je peux quasiment lire dans ses pensées tandis qu'il passe en revue les possibilités.

Au bout d'un instant, il me regarde à nouveau dans les yeux.

– Quant au collier, c'est un symbole de possession. Dois-je te marquer pour indiquer que tu m'appartiens ?

Je me penche vers lui pour l'embrasser.

– Tu l'as déjà fait.

Son expression se fige. Il dit d'une voix blanche :

– Le tatouage. Sur ton dos.

J'ai un mouvement de recul et secoue la tête, répliquant énergiquement :

– Non ! Seigneur, non. (Il se détend.) J'étais paumée quand j'ai demandé à Cass de me faire ce tatouage. C'était une façon de te garder sans te garder. Et ça ne me conviendrait pas aujourd'hui. Loin de là. Non, je poursuis en prenant sa main pour la presser contre ma poitrine. C'est là que tu m'as marquée. Tu as marqué mon cœur, Jackson. Et tu sais aussi bien que moi que je t'appartiens.

*
**

Il n'est pas à mes côtés quand je me réveille au milieu de la nuit, et j'ai beau essayer de me rendormir, sans Jackson à côté de moi, c'est peine perdue. Je ramasse son tee-shirt par terre et je l'enfile, en quête de son odeur plus que de la chaleur d'un peignoir. Évidemment, en montant sur le pont je commence à regretter ce choix. Le climat californien est doux, mais en octobre, tout près de l'océan, il fait franchement frisquet.

Heureusement, il n'est pas dehors, aussi n'ai-je pas eu le temps de me refroidir quand je le trouve finalement, dans la cabine de réception qu'il a convertie en bureau pour pouvoir travailler dans sa merveilleuse demeure flottante.

Il est assis à son bureau, face à l'obscurité de l'océan et aux quelques lumières scintillant au loin, sur l'île de Santa Catalina. Il feuillette un dossier, et du haut de l'escalier je vois que les documents qui s'y trouvent sont principalement des photographies et des esquisses.

– C'est ridicule, putain, marmonne-t-il, et je m'approche d'un pas, curieuse.

– Jackson ?

Il lève les yeux, et je lui suis reconnaissante d'avoir l'air heureux de me voir, plutôt qu'irrité de mon intrusion.

– Salut. Tu n'arrivais pas à dormir ?

– Pas quand tu n'es pas là.

Il me tend la main, son sourire est tendre.

– Alors pardonne-moi d'être parti. Viens là.

Je m'approche, et il passe un bras autour de ma taille tandis que je pose le regard sur les documents qu'il étudie. Ce sont ses propres esquisses. Et je vois bien que sa réaction est identique à la mienne – peu importe qui prendra sa suite, le Domaine en pâtira.

– Ça ne sera pas aussi bien, déclare-t-il, mais je ne sais pas s'il se parle à lui-même, ou s'il s'adresse à moi, ou à l'univers en général.

– Non, effectivement. Je suis désolée.

– On en a déjà parlé. C'est Stark, le trou du cul qui m'a viré. Tu étais seulement la messagère.

– Je ne parle pas de ça. Je suis désolée de rester.

– Pardon ?

Il semble authentiquement surpris.

– J'aurais pu me retirer du projet, moi aussi. J'aurais sans doute dû.

– Non. Bon Dieu, Sylvia, tu pensais que c'est ce que je voulais que tu fasses ?

– Honnêtement ? Je ne sais pas. Ce n'est pas ce que tu voulais ?

– C'est ton projet. Ton idée. Ton bébé. Bien sûr que je ne veux pas que tu l'abandonnes pour moi. Je suis le meilleur – je ne vais pas m'étendre là-dessus –, mais peu importe sur qui tu tombes, ça restera forcément un endroit fantastique, puisque ce sera le tien. (Il m'attire à lui et m'embrasse sur le front.) Je ne te demanderai jamais de quitter quelque chose que tu aimes, et tu ne dois pas abandonner. Pas sans une bonne raison. Et la loyauté mal placée n'est pas une bonne raison.

– Ma loyauté n'est pas mal placée.

– Non, c'est vrai. Mais l'envie de démissionner à cause de moi, ça l'est.

Je médite sa réponse un instant.

– Peut-être.

Je ne suis pas sûre, pour être honnête. En revanche, je suis effectivement soulagée qu'il ne soit pas fâché de me voir rester sur le projet. Et surtout, qu'il ne souhaite pas que j'en parte.

– Alors, as-tu choisi qui aurait la lourde tâche de me remplacer ?

– Damien veut reprendre Glau. Je t'ai dit qu'il était revenu du Tibet ?

– Nom de Dieu !

– Je sais. Même si tu n'es plus là – qu'est-ce que ça craint ! –, même si ce n'est plus toi l'architecte, je peux sûrement trouver quelqu'un de mieux que lui. Quelqu'un de plus enthousiaste, au moins. Je veux dire, Glau s'est quand même barré. Je ne veux pas qu'il revienne.

– Dis-le. C'est ton projet, après tout.

Il a raison.

– C'est mon projet, dis-je avec fermeté. Et si Damien utilise son droit de veto pour t'écarter, je ne vois pas pourquoi je ne pourrais pas faire la même chose pour Glau.

Jackson me décoche un franc sourire.

– Ça, c'est envoyé. Tu es capable de servir cette agressivité à mon frère ?

Je grimace.

– On verra bien.

– Bravo ! (Il pose sa main sur la mienne.) On dirait que moi, je vais rester planté là et aller me faire foutre, soupire-t-il en repoussant la table, se levant de son tabouret. Putain, ça ne me ressemble pas. Je ne me laisse pas faire. Je ne me suis jamais laissé faire.

– Alors que se passe-t-il ?

– Il semblerait que je sois un de ces putains de chiens de Pavlov.

– De quoi tu parles ?

– Toute ma vie a été conditionnée par les caprices de Damien. S'il avait ordonné à ma famille de sauter, elle se serait exécutée aussitôt. (Il pousse un grognement narquois.) Cet enfoiré est assis aux commandes et il contrôle tout en permanence.

– Alors rebelle-toi. Prends-lui le contrôle. Tu es doué pour ça.

Il me tournait le dos, mais il se retourne à présent pour me faire face, et je vois qu'il réfléchit.

– Tu as raison, dit-il tandis que son visage s'éclaire d'un large sourire. Je suis tout à fait doué.

Il m'étreint pour m'embrasser.

– Viens. Il est tard, et tu as du travail demain.

– Tu l'as dit.

Je passe doucement le doigt sur ses ecchymoses en voie de disparition. Il est torse nu, et porte un pantalon de survêtement à la ceinture lâche.

– Comment ça va ?

– Mieux.

J'appuie ma paume sur sa peau nue et sens ses muscles tressaillir sous mes doigts. Je ravale un sourire satisfait, ravie de voir une preuve si tangible de son désir à la hauteur du mien.

– J'espère. Ça a l'air encore douloureux.

– Ça va mieux grâce à toi, précise-t-il.

Je m'agenouille lentement, tandis que mes doigts tirent sur le cordon de son pantalon.

– Vous avez une idée en tête, mademoiselle Brooks ?

Il a une voix amusée et un peu excitée. Excitation qui se précise avec l'érection que je sens grandir sous le tissu.

– Il me semble qu'on avait parlé de jouer au docteur, non ?

– Ah oui ?

– Mmm mmm.

Je défais complètement le nœud qui retient son pantalon afin qu'il tombe – mais je dois tirer un peu sur le tissu pour libérer sa queue durcie.

Le survêtement est autour de ses chevilles, comme une flaque de coton, et je me penche vers Jackson pour lécher son gland.

– Oh, bon Dieu ! dit-il en passant ses doigts dans mes cheveux. Qu'est-ce que tu fabriques ?

Je ris.

– Chéri, si tu ne sais pas (c'est alors que, saisie d'une inspiration subite, je lui décoche un grand sourire)… Je prends ta température, dis-je avant de prendre tout son sexe dans ma bouche, aussi profondément que possible.

Il a un goût fantastique. Si masculin. Si *Jackson*.

Et tandis que je m'affaire, caressant, léchant, titillant, sa queue durcit, et il gronde d'une manière qui me fait mouiller comme une folle. Et même si je ne veux pas m'arrêter – même si j'adore cette poussée soudaine de puissance féminine –, à cet instant précis je donnerais tout pour qu'il soit en moi.

Comme s'il lisait dans mes pensées, il se recule un peu, libérant sa queue de ma bouche avant de m'aider à me relever.

– Qu'est-ce qui ne va pas ?

– Rien du tout, dit-il en me soulevant pour me prendre dans ses bras, contre sa poitrine nue. C'est juste que je vais crever si je ne t'allonge pas immédiatement sur le lit pour faire ce que je veux de toi.

Un délicieux frisson s'empare de moi.

– Oh ! Eh bien dans ce cas, qui suis-je pour m'opposer à tes projets ?

12

– Je dois être franche, Damien. Je ne suis enchantée par aucun d'entre eux. Mais je m'oppose absolument à ce que Glau revienne.

– Vraiment ?

Damien hausse un sourcil, manifestement amusé.

Nous sommes assis dans le coin salon de son bureau, moi sur le petit canapé et Damien dans un fauteuil, de l'autre côté de la table basse. J'ai rassemblé les dossiers de tous les architectes envisageables pour le projet Cortez, et je les tiens sur mes genoux, prête à peser le pour et le contre pour chacun d'eux. Je me penche pour poser la pile de dossiers sur la table et me rassieds en croisant les jambes, dans l'espoir de paraître plus sûre de moi que je ne le suis en réalité et de donner l'impression que je maîtrise la situation.

– Oui, monsieur Stark. Vraiment.

– Monsieur Stark, répète-t-il, avant de se diriger vers le bar de l'autre côté de la pièce. Je me demandais à quel point vous étiez furax. J'imagine que je le sais, à présent.

Je n'essaie pas de nier. J'ai l'habitude de l'appeler « Monsieur Stark » quand je travaille à son bureau ou quand nous sommes avec d'autres personnes. Mais je suis devenue si proche de Nikki que ça me fait bizarre de maintenir cette distance formelle lorsque je ne joue pas le rôle de l'assistante. Alors, oui, le fait de l'appeler « Monsieur Stark » à ce moment-là est une forme d'animosité sourde lui signifiant que, selon moi, il commet une erreur monumentale en éjectant Jackson du projet.

Il se sert un fond de whisky, sec.

– Vous en voulez un ?

Je jette un œil à ma montre. Il est 16h45, et je décide que ce n'est pas si tôt.

– Ce n'est pas de refus.

Il a un petit rire et revient s'asseoir avec les verres.

– On ne boit donc pas à la santé de Martin Glau ?

– Je suis sérieuse, Damien. J'ai passé des jours à examiner ses esquisses préparatoires, et elles ne sont tout simplement pas à la hauteur. Vous vous êtes opposé à mon choix sans me demander mon avis, alors que je suis chef de projet…

– Je croyais que comme c'est moi qui possédais la boîte, et tout…

– Non, dis-je avec feu, les mots fusant avant que je parvienne à me censurer. Ce n'est pas ce que vous croyez, et nous le savons très bien tous les deux. *Merde.* (Je prends mon verre et avale une gorgée de whisky.) Désolée. On dirait bien que je suis d'humeur à commettre un suicide professionnel. Tout ce que je dis, c'est que vous ne voulez pas de Jackson, et que je ne veux pas de Glau. Voilà où on en est.

Je prends une autre gorgée de whisky et tente de paraître aussi calme et posée que possible, même si dans ma tête c'est un flot continu de « putain putain putain putain putain » qui jaillit.

Damien ne répond rien, et pendant un instant j'ai la conviction que ma carrière est terminée chez Stark International. Je me demande qui embauche en ce moment, et si Aiden serait disposé à m'écrire une bonne lettre de recommandation. Avec le temps, j'ai appris à interpréter les humeurs de Damien. Mais à cet instant, je n'ai aucune idée de ce qu'il pense.

Et ce n'est vraiment pas bon signe.

– Écoutez, je suis désolée. Je sais que j'ai touché un point sensible, et je n'aurais rien dû dire. (Je me lève et commence à rassembler les dossiers.) Je vais demander à Rachel de me trouver une petite place dans votre planning de demain. Ou je peux passer chez vous ce week-end. Je crois que là, ce n'est pas le moment idéal et…

– Asseyez-vous.

J'hésite puis obéis. Je garde toutefois les dossiers sur mes genoux, au cas où une évacuation d'urgence se profilerait.

– Si Glau est hors-jeu, alors qui nous reste-t-il ?

Je penche légèrement la tête sur le côté.

– Vraiment ?

– Vous dites qu'il n'est pas à la hauteur, alors je vous crois. Donc, qui devrait-on envisager ?

Je suis tentée de lui répondre que personne n'arrive à la cheville de Jackson, mais je ne veux pas ruiner cette paix fragile.

– Le travail de Phillip Traynor est assez intéressant.

J'ouvre le premier dossier sur ma pile pour en sortir la photographie d'un hôtel à Prague qui a fait connaître Traynor voilà trois ans.

J'adore l'architecture, je m'y intéresse de près depuis toujours, et à part Jackson je pense que Traynor est l'un des architectes les plus talentueux d'aujourd'hui – même si, pour moi, il n'est rien de plus qu'un second choix.

Malgré tout, je tâche de me montrer coopérative ; aussi je tends les photos et le dossier à Damien, qui examine mes notes tandis que je poursuis mon laïus.

– Il a une grande expérience des hôtels, donc il comprend bien les enjeux liés au tourisme et aux loisirs. Mais il n'a jamais travaillé sur un site de vacances comme celui-ci, alors je pense que le projet l'intriguerait.

– Ça me semble prometteur. Quel est le revers de la médaille ?

– Il a la réputation d'être difficile. Mais il est très demandé malgré ça… ce qui soulève le deuxième problème : son agenda est incroyablement chargé. J'ai parlé à ses assistants, il termine un projet en ce moment, et il a prévu de faire une pause de trois mois ensuite. Si on le sollicite, il va gonfler ses honoraires pour compenser les grasses matinées qu'on lui fera perdre.

Damien hoche la tête, assimilant toutes les données.

– Qui d'autre ?

J'ouvre le dossier suivant.

– Allison Monro.

– L'annexe du Petrie Museum à Seattle, c'est elle. Je l'ai rencontrée.

– Elle a aussi réalisé des projets résidentiels intéressants, qu'on pourrait transposer en bungalows sur l'île.

Je tends à Damien la photographie d'une des maisons dessinées par Monro, quand la sonnerie de l'Interphone retentit.

– Je sais que vous ne vouliez pas être interrompu, dit Rachel, mais M. Steele est là. Et comme vous êtes déjà en rendez-vous avec Mlle Brooks, j'ai pensé que je devais vous prévenir qu'il souhaite vous voir.

Je me suis figée tout net, le bras tendu, tout mon corps crispé. Je suis pétrifiée de la sorte depuis la seconde où Rachel a prononcé son nom.

Damien me dévisage puis prend la photo que je lui tends, et son geste semble rompre le charme. Je me rassieds au fond du canapé, espérant de toutes mes forces que Damien ne pourra pas entendre mon cœur cogner comme un forcené.

– Entendu, dit Damien en posant la photo de Monro sur la table basse, par-dessus le dossier de Phillip Traynor. Faites-le entrer.

Quelques secondes s'écoulent, puis la porte s'ouvre sur Jackson.

Il m'avait dit ce matin qu'il avait prévu de passer la journée sur son bateau, à travailler sur des projets mineurs gérés par l'équipe de son agence à New York. Alors quand Rachel a annoncé sa présence, je m'attendais à le voir en tenue décontractée. Peut-être pas en tongs et bermuda, mais rien de plus qu'un jean avec une chemise propre. Éventuellement des espadrilles, les cheveux en bataille.

Rien à voir avec l'homme qui pénètre dans la pièce.

Jackson entre d'un pas décidé dans le bureau de Damien comme si c'était le sien, et il est habillé de manière tout à fait adéquate pour ce rôle. Il porte un costume Armani gris anthracite, avec une chemise blanche impeccablement repassée et une cravate bleu iceberg, presque de la même couleur que ses yeux. C'est l'uniforme d'un guerrier du business, et Jackson est venu livrer bataille.

Il se dirige vers nous sans la moindre hésitation, apparemment indifférent au fait que Damien ne se soit pas levé pour l'accueillir. Il s'arrête juste avant le tapis persan qui délimite cette zone de l'immense bureau de Stark, et incline la tête.

– Stark, dit-il, avant de se tourner vers moi sans attendre de réponse.

Il fait deux pas dans ma direction puis me prend la main et dépose un baiser de gentleman sur le bout de mes doigts.

– Sylvia. Je suis ravi que tu sois là.

Son regard s'attarde un moment dans le mien, mais j'ai beau chercher dans son expression un indice de ce qui va suivre, je ne vois rien. Il est tranquille, sûr de lui, et il prend bien soin de ne pas montrer son jeu.

Damien lui indique un siège libre.

– Je vous en prie. Asseyez-vous.

– Je préfère rester debout.

– Comme vous voudrez.

Damien se carre dans son fauteuil, sa maîtrise toujours impeccable, ses traits toujours aussi indéchiffrables. Et c'est finalement à cet instant que je suis véritablement frappée par l'évidence : oui, ces deux hommes sont bien frères.

– Que puis-je faire pour vous, monsieur Steele ?

– Vous pouvez me laisser revenir sur le Domaine.

Damien joint le bout de ses doigts et pose son menton dessus.

– Et pourquoi ferais-je cela ?

– Parce que vous avez commis une erreur en me renvoyant.

– Moi, j'ai commis une erreur ? Ou bien est-ce vous qui vous méprenez en comptant sur le fait que la loyauté familiale va me faire chanceler ?

– Absolument pas, rétorque Jackson en avançant d'un pas. Je m'en branle de la famille, on parle de mon travail. Je suis ici parce que je suis le meilleur. Vous êtes venu me chercher parce que je suis le meilleur. Vous vouliez m'avoir sur ce projet à cause de mon talent, de ma manière de voir, mais vous m'avez lourdé pour des raisons qui n'ont rien à voir avec mon travail. Honnêtement, Stark… vous me surprenez.

– C'est pourtant vous qui avez soulevé le problème de la famille. Et pas au moment de signer avec nous, au moment où il aurait été sensé de le faire. Non, vous avez attendu, en choisissant le moment de votre révélation pour servir vos propres intérêts.

– Ce n'est pas une question d'intérêts, répond Jackson. Je ne poursuis pas de but particulier. Je l'ai dit à Sylvia parce que je ne voulais pas que ce secret vienne se mettre entre nous, mais je n'en ai parlé à personne d'autre, et je n'ai pas l'intention de le faire. Et je vous l'ai dit à vous, parce que je ne pouvais décemment pas attendre de Sylvia qu'elle cache quelque chose d'aussi énorme à l'homme qui l'emploie. Ils étaient *là*, mes intérêts, Stark. Voilà pourquoi j'ai agi ainsi. Pas parce que je souhaite qu'on s'envoie des cartes de vœux au nouvel an, et sûrement pas parce que je veux bénéficier d'un traitement particulier sur ce projet. C'est mon travail, et uniquement mon travail que je vends, pas moi.

Pendant un instant, Damien ne dit rien, mais il me semble déceler du respect dans son expression. Il acquiesce ensuite – d'un simple hochement de tête, rien de plus.

– Continuez.

– C'est un projet novateur, unique en son genre. C'est vrai qu'au début je ne voulais pas y participer, mais à présent je suis investi à fond dedans. J'ai perdu le marché à Atlanta à cause de vous, Stark. Je ne vais pas perdre Cortez aussi. Pas sans me battre.

Je me pince les lèvres. Je sais que Jackson tient Damien pour responsable de l'annulation du projet de complexe immobilier du Brighton Consortium à Atlanta, parce qu'à l'époque Damien avait débarqué de nulle part pour rafler des parcelles de terrain capitales pour le projet. Mais Damien m'a raconté que Jackson ne connaissait pas toute l'histoire, et que l'affaire était très mal gérée. Damien estime que s'il n'était pas intervenu, alors Jackson et tous les autres acteurs impliqués dans l'affaire – y compris mon ancien patron, Reggie Gale – se seraient retrouvés empêtrés dans un foutoir monstrueux.

Je ne suis pas tout à fait sûre de ce qu'il entend par « foutoir monstrueux », mais je crains fort qu'il ne s'agisse d'une quelconque fraude immobilière, et j'ai prévu de demander des détails à Reggie la prochaine fois que nous déjeunerons ensemble. Mais je n'ai rien dit de tout cela à Jackson. Je n'en voyais pas l'intérêt avant d'en savoir plus. Là, évidemment, je regrette de ne pas lui en avoir parlé. Et, pour être honnête, je compte sur Damien pour crever l'abcès.

Toutefois, ce dernier reste muet et, tandis que le silence règne dans la pièce, Jackson me jette un coup d'œil. Son regard ne s'attarde pas plus d'une seconde sur moi, et pourtant, même dans cet intervalle, je peux percevoir de la chaleur dans son expression. Le besoin.

– Une fois, il m'est arrivé d'abandonner quelque chose qui comptait pour moi, reprend Jackson sans plus me prêter attention. (Même si je sais de manière certaine que c'est de moi qu'il parle.) C'était une erreur. J'aurais dû rester. J'aurais dû me battre. J'ai retenu la leçon, Stark. Vous voulez que je parte, je partirai. Mais pas avant d'avoir fait tout mon possible pour vous convaincre de me garder.

Je tente de respirer sans suffoquer. Jusque-là, j'ai réussi à me fondre dans le décor en me tassant sur mon siège, mais à présent Damien se tourne vers moi, impénétrable. Je m'attends à ce qu'il me demande de sortir. Au lieu de quoi, il quitte son fauteuil et se dirige vers la fenêtre.

Il s'y tient un moment, observant le monde extérieur comme un seigneur qui contemple ses terres.

J'ai envie de regarder Jackson, mais je ne veux pas bouger d'un pouce non plus. À cet instant, je suis d'un optimisme prudent, et je crains qu'une seule respiration de travers fasse pencher la balance du mauvais côté. Je ne veux pas prendre ce risque. Je reste donc ainsi sans bouger, regardant droit devant moi, la pile de dossiers toujours sur mes genoux.

Plusieurs minutes s'écoulent – des heures, me semble-t-il – avant que Damien revienne vers nous. Il ramasse les dossiers Traynor et Monro sur la table basse, puis les tend à Jackson.

– Nous avons trouvé des remplaçants potentiels. Tous des architectes d'exception. Aucun n'a de casseroles.

– Tout le monde a des casseroles, réplique Jackson, et je suis soulagée de voir Damien esquisser l'ombre d'un sourire.

– Je vous accorde ce point, Steele. Mais j'ai tout de même besoin d'une réponse. Pourquoi vous et pas eux ?

– Je suis meilleur.

– Vous êtes très sûr de vous.

– C'est vrai, reconnaît Jackson. Je suis aussi très compétent.

Damien pose de nouveau son regard sur moi.

– Mlle Brooks a l'air de penser que vous êtes le candidat idéal pour ce boulot, elle aussi.

– C'est une femme très intelligente.

– Oui, acquiesce Damien. En effet.

Après un nouveau tour au bar, il revient avec un autre verre de whisky. Il le tend à Jackson, puis reprend le sien et le lève pour trinquer.

– Très bien, Steele. Vous êtes de nouveau des nôtres. Ne me le faites pas regretter.

Damien me garde dans son bureau après le départ de Jackson. Nous discutons de la gestion du Domaine, et de la nécessité de commencer à recruter et à former du personnel de haut niveau. Nous lançons des idées pour la promotion et la campagne de pub. Nous évoquons les loisirs et la possibilité d'avoir des moniteurs de plongée sous-marine et un professeur de tennis à temps complet parmi le personnel.

Il faudra s'occuper de toutes ces questions, bien sûr, mais aucune d'entre elles n'est urgente, et je n'arrive pas à savoir si Damien me retient par malice ou pour maintenir un semblant de normalité.

Ou alors peut-être qu'il veut simplement avancer sur le dossier.

– Très bien, lâche-t-il enfin après les trois quarts d'heure les plus longs de ma vie. Je crois que c'est bon pour aujourd'hui. Qui est à mon bureau demain ?

– Rachel. (Je me lève pour rassembler mes affaires.) Mais ce sera moi lundi.

– Bien. (Il croise mon regard.) Elle fait du bon boulot, Syl, mais ce n'est pas comme avec vous. Enfin, j'imagine que je vais devoir m'y faire. Il ne faudra plus très longtemps au vingt-sixième étage pour vous accaparer, je pense.

– Vous croyez ?

J'ai du mal à garder un ton neutre. Il s'appuie nonchalamment sur son bureau.

– Je vais être franc avec vous. Je ne vous aurais pas donné ce poste de chef de projet si je ne vous avais pas crue à la hauteur. Mais être à la hauteur et exceller, ce n'est pas la même chose.

– Oh…

Je m'apprête à le remercier, mais je reste coite. Juste pour m'assurer que je vois où il veut en venir.

– Si vous voulez exceller dans un domaine, vous ne pouvez pas laisser quoi que ce soit ou qui que ce soit se mettre en travers de votre route. (D'un signe de tête, il désigne les dossiers dans ma main.) Vous avez défendu ce qui vous tenait à cœur, aujourd'hui. Vous avez montré que vous aviez du cran.

– Avec tout le respect que je vous dois, si vous aviez voulu vous opposer à moi, je n'aurais pas pu y faire grand-chose. (Je lui décoche un sourire ironique.) Comme c'est vous qui possédez la boîte, tout ça...

– Petite maline. Je reformule : vous vous êtes efforcée de ne rien laisser vous faire obstacle.

Je penche la tête, méditant ses paroles.

– Est-ce pour cette raison que vous avez laissé Jackson revenir ? Parce qu'il a fait la même chose ?

– En partie.

Son aveu me surprend.

– Et pour le reste ?

– Parce qu'il n'y a pas de meilleur architecte que lui aujourd'hui, soupire-t-il avant de prendre une gorgée de whisky. Je suppose que le talent est une tare héréditaire, ajoute-t-il, me faisant pouffer.

Je ravale toutefois mon rire assez rapidement.

– Est-ce que vous allez rendre ça public ? Le fait d'avoir un demi-frère, je veux dire ?

Il ne répond rien d'abord, et je regrette d'avoir posé cette question. Puis il soupire et finit son verre d'un trait.

– Honnêtement ? Je ne crois pas avoir le choix. Mais je vous serais reconnaissant de dire à Jackson de garder le silence là-dessus pour le moment. J'aimerais en discuter d'abord avec les chargés de relations publiques. D'ailleurs, j'aimerais avoir l'avis d'Evelyn sur la question.

C'est logique. Evelyn Dodge, l'ancienne agent de Damien devenue son amie, a toujours plus ou moins fait partie du petit monde hollywoodien. Et personne ne sait broder une histoire aussi bien qu'elle.

– Avez-vous encore besoin de moi ?

– Non. Je pense que c'est tout pour le moment.

– D'accord. À demain, alors.

Je me dirige vers la porte.

– En fait, il y a encore une chose.

Je m'arrête et le regarde par-dessus mon épaule.

– Vous devriez passer un coup de fil à Nikki. Elle voulait reprogrammer votre petite sortie photo. Vous pourriez peut-être trouver un moment pour cette fameuse leçon avec Wyatt.

– Bonne idée.

Et puis, comme je comprends qu'on a fini de parler boulot et qu'on est passé à un registre plus amical, j'ajoute :

– Merci.

J'ai à peine le temps de refermer la porte derrière moi que Rachel glapit et fait le tour de son bureau.

– Jackson m'a tout raconté. C'est vraiment génial !

– Je sais, dis-je en lui tombant dans les bras. Et en parlant de ccs hommes qui partagent nos vies, comment ça va entre Trent et toi ?

Elle pince les lèvres d'un air espiègle avant de se ruer à son bureau pour prendre un appel.

– Une vraie dame ne raconte pas ce genre de choses, dit-elle d'un ton malicieux avant de décrocher. Bureau de M. Stark, claironne-t-elle en me faisant un clin d'œil.

J'éclate de rire, mais je ne m'attarde pas. Je sais que Rachel ne m'en voudra pas ; je meurs d'envie de retrouver Jackson.

Comme j'ai de l'énergie à revendre, je prends l'escalier, en m'arrêtant à mon bureau du vingt-sixième pour récupérer mes notes. Puis je dévale le dernier étage, le claquement de mes talons résonnant sur les marches de béton, et je pousse à toute volée la porte de la cage d'escalier, hors d'haleine.

Je m'adosse au mur le temps de reprendre mon souffle. Je ne suis qu'à quelques mètres du bureau de Jackson, et j'ai une vue imprenable sur lui à travers les cloisons de verre. Il est sur un tabouret, assis à la fameuse table à dessin, celle sur laquelle il m'a si bien baisée. Il a la tête penchée, mais je vois quand même suffisamment son visage pour saisir son expression, à la fois radieuse et concentrée.

Il est dans son élément, et ce simple constat me rend si joyeuse que j'ai presque envie de remonter voir Damien pour le serrer dans mes bras.

Je parviens toutefois à réfréner cet élan, et je fais plutôt un pas en direction de Jackson.

En dépit de son intense concentration, à la seconde où j'esquisse un mouvement, il redresse la tête, comme s'il avait senti ma présence. Il ne lève pas les yeux, pourtant, aussi je continue d'avancer.

– Je suis de retour, dit-il, toujours sans me regarder, tandis que j'atteins le seuil de son bureau.

Mon sourire s'élargit.

– Oui.

Il repousse la table, son tabouret roulant sans difficulté sur le béton ciré. Quant à moi, je me rue sur lui, effectuant presque un vol plané pour atterrir dans ses bras ouverts. Je laisse tomber mes notes sur son bureau, je m'assieds à califourchon sur lui et il nous fait tourner sur son siège comme sur un manège. Quand il s'arrête, j'ai le dos appuyé à la table, et la tête qui tourne. Mais est-ce dû au vertige, ou bien au fait d'être dans les bras de Jackson ? Je n'en sais rien. Je chuchote en écho à ses propres paroles :

— Tu es de retour. (Je pose la main sur son entrejambe.) Et je sais exactement ce que tu veux faire maintenant.

Son front se plisse.

— Vraiment ?

— Mmm...

Je me penche en avant afin que mes lèvres effleurent son oreille tandis que je murmure tout bas, aguicheuse :

— Tu veux travailler.

J'ai posé l'autre main sur son dos pour garder l'équilibre, et je sens les vibrations de son rire me traverser de part en part.

— Ah, ma chérie, tu sais parler aux hommes, toi.

— Tu n'as pas idée. Tu as vu le dossier que j'ai posé sur ton bureau ?

Je me redresse pour mieux le voir, puis je bombe la poitrine et, lentement, je me mords la lèvre, imitant de mon mieux une actrice de films X.

— Spécifications techniques et relevés de terrain, dis-je d'une voix rauque. C'est du porno spécial architecte.

Il reste impassible, mais je vois l'hilarité dans son regard.

Je tends le bras en arrière pour attraper le dossier, et je le nargue avec en l'agitant lentement sous son nez.

— Allez, bébé. Tu sais que tu en as envie.

— Oh, oui, j'en ai plus qu'envie.

D'un geste rapide, il enroule un bras autour de ma taille et me serre contre lui si brusquement que j'en ai le souffle coupé.

— Mais laisse tomber le porno. C'est de toi que j'ai envie. De ce projet. De ce moment. Et Dieu merci, tout ce dont j'ai envie, je l'ai juste là, devant moi.

Mon cœur palpite dans ma poitrine.

– Pour moi, c'est pareil.

Il m'embrasse, lentement, longtemps. Et même si ce que j'ai dit vient du fond du cœur, je ne peux m'empêcher de repenser à Reed, et je me demande ce que l'avenir nous réserve.

Mais ce n'est pas grave. Parce que Jackson a raison : ce moment est parfait.

Et ça suffit pour l'instant.

13

Je suis confortablement installée dans la Porsche de Jackson, les yeux fermés, et j'agite frénétiquement la tête pour battre la mesure au rythme du dernier titre de Dominion Gate, un groupe de *heavy métal* finlandais que Jackson veut voir en concert quand il passera à Los Angeles, dans quelques semaines. Ils ne sont pas mauvais, surtout quand le volume est à fond et que vous n'avez pas d'autre choix que de bouger avec la musique parce qu'elle fait corps avec vous.

C'est Cass qui m'appelle, et je fais un signe à Jackson pour qu'il baisse la musique.

Ce qu'il fait, mais en accompagnant son geste d'un large sourire et d'un « Mauviette » articulé silencieusement.

Je lève les yeux au ciel et décroche en mettant le haut-parleur.

– Putain, c'est de la balle ! s'exclame-t-elle en sautant tous les « Salut » ou « Ça va ? » préliminaires.

– J'en déduis que tu as reçu mon message ?

Je lui avais envoyé un texto avant notre départ du bureau pour l'informer de la glorieuse réintégration de Jackson.

– Si je l'ai eu ! J'ai accompli un sacrifice rituel pour les dieux, du coup.

– Tu ne fais pas les choses à moitié, toi.

– Naturellement, la sagesse des dieux s'est répandue en nous, et ils m'ont dévoilé leurs plans pour fêter ça.

– Hum…

Je croise le regard de Jackson. Je ne saurais pas dire s'il est amusé ou s'il craint que ma meilleure amie soit complètement timbrée.

– Je ne sais pas vraiment si c'est une bonne ou une mauvaise chose, finis-je par admettre.

Je peux quasiment le voir lever les yeux au ciel.

– Où es-tu ?

Accaparée par l'avalanche de décibels dans la voiture, je n'ai pas prêté attention à notre environnement. Je regarde dehors.

– On est sur la 10. Pas encore à la 405. Pourquoi ?

– Parce qu'on va fêter ça. Tu ne m'as pas écoutée ou quoi ?

Je rigole.

– On rentre à la maison. On a une grosse journée de boulot demain. Et je meurs de faim, là.

– Arrête un peu de me bourrer le mou. Tu peux baiser quand tu veux. On se retrouve au Westerfield's dans une demi-heure. Pas d'excuses.

À présent, je n'ai plus aucun souci pour deviner l'humeur de Jackson. Il est carrément amusé. Mais de là à avoir envie d'aller transpirer sur une piste de danse, je n'en suis pas si sûre. Et comme il garde les yeux rivés à la route, il ne m'aide pas beaucoup.

– Cass… Vraiment, je ne sais pas.

– C'est du foutage de gueule. Tu viens. On n'a pas tant d'occasions que ça de fêter un truc pareil. Je veux dire, à moins que Damien le vire encore une fois, quand est-ce qu'on pourra fêter une autre réintégration ?

– Elle n'a pas tort, intervient Jackson.

– Tu vois ? dit Cass. Je suis sur haut-parleur ?

– Non. Tu parles juste très fort.

– Double foutage de gueule ! En tout cas, Zee a dit qu'elle venait.

– Vraiment ?

Bien qu'elle ait rencontré Cass à une fête, Zee a l'air de ne jamais vouloir sortir nulle part. Alors si elle vient, c'est assez énorme.

– Vraiment, confirme Cass. Il faut que vous veniez. C'est un devoir.

Je me tourne vers Jackson, qui hausse une épaule.

– Si c'est un devoir…

Je secoue la tête, parce que je ne peux rien faire s'ils se liguent tous les deux contre moi.

– Est-ce qu'on peut au moins faire un saut à la maison pour que je me change ?

– Tu portes des vêtements ?

– Au risque de te choquer, oui, je me suis habillée pour aller bosser aujourd'hui.

– Alors non. Ce que tu portes fera l'affaire.

– Cassidy !

– Je suis sérieuse ! Ça fait des lustres qu'on n'est pas allées danser ensemble, et je ne veux pas courir le risque que tu te débines au dernier moment. Donc je vais raccrocher maintenant, et t'as pas intérêt à être en retard. Je ne veux pas faire la queue, et tu sais qu'ils ne me laisseront pas passer devant tout le monde sans toi.

Elle raccroche sans attendre de réponse, et je la connais suffisamment pour ne pas m'en étonner.

– Il semblerait qu'on aille au Westerfield's, j'annonce à Jackson.

– Si les dieux de la fête en ont décidé ainsi, je ne vois pas comment on pourrait faire autrement.

– C'est vrai.

– Tu peux la faire passer devant tout le monde ?

(Il quitte l'autoroute et s'engage en direction de West Hollywood.) Je ne m'étais pas aperçu que tu étais une fêtarde invétérée.

– Plus maintenant.

En réalité, je ne l'ai jamais été. Les fêtardes volètent et papillonnent de-ci de-là, flirtant et dansant avec tout un tas de mecs avant de laisser la soirée les mener là où elle doit les mener.

Mais ça n'a jamais été mon cas. Je n'ai jamais voleté ou papillonné. Au contraire, j'ai toujours appréhendé les sorties en boîte comme des putains de manœuvres militaires. Entrer, choper le mec, s'arracher, rentrer au bercail. Pas de tendresse, et pas d'abandon.

En tout cas, jusqu'à ma rencontre avec Jackson.

Il est le seul homme à qui j'aie jamais donné volontairement le contrôle. Le seul auquel j'aie jamais voulu me livrer. Et bien que cette révélation m'ait d'abord terrifiée, à présent je tiens à notre relation particulière comme à la prunelle de mes yeux, et je m'y sens merveilleusement bien, au chaud et à l'abri. Parce que Jackson me connaît. Il me comprend. Et je ne doute pas un instant qu'il fera tout pour me protéger.

Il freine en douceur à un feu rouge et se tourne vers moi.

– Plus maintenant ? répète-t-il d'une voix neutre.

– Ne t'inquiète pas. Westerfield's n'a rien à voir avec Avalon pour moi, dis-je en faisant allusion à la boîte de nuit branchée techno où j'allais à la pêche aux hommes, avant que Jackson ne fasse ma conquête. Tu sais que je n'ai plus besoin de ça maintenant.

Sa main, qu'il avait laissée sur le levier de vitesse, vient chercher la mienne.

– Je sais.

Il parle d'une voix douce mais ferme, et je le sais

sincère. Il comprend ce dont j'avais besoin, avant. Mais surtout, il comprend pourquoi je n'en ai plus besoin.

– Je t'aime, dis-je, avec l'impression que cette phrase emplit ma poitrine.

Je vois l'émotion se peindre sur son visage – un mélange d'extrême tendresse assortie d'une chaleur plus intense encore. Il ne m'a pas encore dit qu'il m'aimait, et même si ma poitrine se serre un peu tandis que les secondes s'égrènent – tandis qu'il soulève ma main pour m'embrasser les doigts –, je ne doute pas de ses sentiments.

Tout de même, bon sang, je voudrais bien qu'il me le dise.

– Jackson…

Je m'interromps.

– Oui ?

– Je peux entrer dans cette boîte parce qu'elle appartient à Stark. C'est un avantage du job quand on est l'assistante de Damien.

À la manière dont il me dévisage, il sait que ce n'est pas ce que j'avais l'intention de dire au départ. Mais il n'insiste pas, et je lui en suis reconnaissante. Je sais qu'il m'aime – j'en suis convaincue. Et ça n'en sera que plus doux, le jour où il me le dira, si je ne lui force pas la main.

– C'est Stark le proprio, tu dis ? Est-ce que ça veut dire que tu picoles à l'œil ?

Je me sens soudain plus légère ; la tempête qui menaçait sourdement s'est dissipée, et je ne sens plus que la douce chaleur du soleil entre nous.

– Pas seulement moi, je précise. Tous mes invités, aussi.

– Dans ce cas, ça va *vraiment* être la fête. Allons nous biturer avec l'alcool du frangin.

La circulation est extraordinairement fluide, et nous roulons dans les rues sans difficulté. Avant que j'aie eu le temps de m'en rendre compte, nous sommes sur Sunset Boulevard, et nous patientons dans une file en attente d'un voiturier. Comme je m'y attendais, il y a foule, même si l'on n'est que jeudi. C'est un club estampillé Stark, après tout, et comme tout ce qui appartient à Damien, Westerfield's est un lieu d'exception, et l'une des boîtes de nuit les plus en vue de la ville. Je guide Jackson.

– Va directement là-bas. On se garera à l'arrière, dans le parking privé.

Je regarde la route pour indiquer à Jackson le virage à prendre, si bien que j'aperçois trop tard Cass qui patiente dans la file derrière le cordon de velours. Je suis un peu embêtée pour elle, mais ce n'est pas bien grave. Nous allons nous garer, traverser la boîte et la faire entrer depuis l'intérieur.

L'allée mène à un petit parking fermé. Je donne le code d'accès à Jackson, et tandis que la barrière se lève je lui indique les emplacements réservés avant de sortir ma carte de parking Stark International de mon sac, et de l'accrocher au rétroviseur. Puisqu'on en est aux à-côtés de mon boulot, cette carte constitue l'avantage en nature le plus utile dont je bénéficie. C'est un cauchemar de se garer à Los Angeles, mais il y a suffisamment de lieux en ville qui appartiennent à Stark pour alléger cette peine.

– Ta Porsche va passer la nuit ici, mais ne t'inquiète pas. Ce parking est ultrasécurisé.

– On va camper ?

– Non, dis-je en l'attrapant par le col pour l'attirer à moi et lui rouler un patin langoureux, le genre qui me donne des picotements jusqu'aux orteils. Mais j'ai l'intention de te faire beaucoup, beaucoup boire. (Je désigne mon téléphone.) J'appellerai le bureau pour qu'ils nous envoient une voiture quand on voudra lever le camp. D'accord ?

– Tant que tu me fais boire pour arriver à tes fins avec moi, je n'ai aucune objection.

– Alors on fait comme ça.

Je souris, enchantée, et m'apprête à ouvrir la portière.

– Attends.

Je suspends mon geste et me retourne, m'attendant à ce qu'il ajoute quelque chose. Mais il se contente de passer souplement les doigts sous la chaîne autour de mon cou. Il sort le vibromasseur pour le placer bien en évidence par-dessus mon chemisier.

– Jackson ! Et si quelqu'un sait ce que c'est ?

– Vois ça comme une profession de foi. Ça dit que tu aimes le sexe. Tu aimes le sexe, n'est-ce pas ?

Il a pris une voix de velours, comme sa main, qui soupèse à présent mon sein, et à son contact je sens mon cœur s'affoler et mon téton se durcir.

– Et puisque je suis le seul à pouvoir te toucher, tout ce que ça fait, c'est que les gens réalisent à quel point j'ai de la chance.

Je déglutis, mais je m'abstiens de protester davantage. Même en dehors du lit, ce truc entre nous – le contrôle et la soumission – est comme un jeu. Et c'est toujours pour gagner que je joue.

Nous passons par l'entrée de service. La cuisine et les réserves sont de ce côté, avec les vestiaires des employés. La zone est plutôt calme, il n'y a pas grand monde, et passer de cet endroit à l'étage principal du club donne l'impression d'être projeté dans le ballet de *Fantasia*.

La musique est forte, la piste de danse bondée. Au bar, les clients doivent jouer des coudes pour s'approcher des barmans qui circulent avec une efficacité théâtrale, millimétrée. Ils excellent tous dans leur rôle ; il faut bien ça pour survivre à une soirée au Westerfield's.

J'empoigne la main de Jackson et le tire vers l'entrée, agrémentant notre traversée de la piste de quelques mouvements de danse. Juste avant d'atteindre le hall, il m'attire à lui, me fait tourner et me renverse en arrière, exactement comme dans un vieux film de Fred Astaire et Ginger Rogers.

Je ris à gorge déployée, et encore plus quand le couple à côté de nous commence à applaudir.

– Tu ne pourras pas dire que je ne t'ai jamais emmenée danser, dit-il avec malice tandis que nous avançons à contre-courant de la foule qui se dirige vers la piste.

Quand nous arrivons dehors, je me penche à l'oreille du videur pour lui expliquer que nous voulons faire entrer quelqu'un qui se trouve dans la file d'attente. La manœuvre aurait été plus facile si Cass avait été du côté VIP. Mais j'ai oublié de le lui dire, et maintenant il faudrait qu'elle fasse le tour du bâtiment pour y accéder.

La foule grommelle lorsque nous lui faisons signe et qu'elle passe devant des douzaines de personnes pour nous rejoindre.

S'ils avaient eu des tomates pourries, je pense qu'ils nous les auraient lancées au visage.

– Bon, c'était relou de poireauter, mais doubler tout le monde comme ça ? Ah, je ne m'en lasse pas.

– Moi aussi, je suis super contente de te voir, dis-je en l'étreignant.

Contrairement à moi qui porte toujours mes fringues

de boulot, une bête jupe de tailleur et un chemisier en lin, Cass a un look fantastique. Ses cheveux sont d'un noir de jais avec juste une mèche bleue ce soir. Elle porte un jean moulant et un tee-shirt sans manches qui ne montre pas seulement son décolleté généreux, mais aussi l'oiseau exotique tatoué sur son épaule, les plumes colorées de sa queue descendant le long de son bras. Elle est furieusement sexy, comme le confirment les regards intéressés des hommes comme des femmes, tandis que nous progressons vers l'intérieur du club.

Je dirige notre petite troupe à travers la piste vers le carré VIP. Moins de monde. Un bar plus accessible. C'est gagnant-gagnant.

Je montre ma carte Stark à la jeune femme qui se trouve à la porte, quand je m'aperçois qu'il nous manque quelqu'un.

– Où est Zee ?

Cass met sa main en cornet autour de son oreille. Je lui fais signe de vite entrer pour que nous puissions nous entendre.

– Je t'ai demandé où était Zee, dis-je tandis que la porte se referme derrière Jackson.

Le niveau sonore est un brin plus raisonnable, mais nous sommes juste à côté d'une piste de danse, si bien que l'endroit est encore très bruyant.

Cass grimace.

– J'ai besoin d'un verre. C'est Damien qui régale, c'est bien ça ?

– J'y vais, dit Jackson avant de nous désigner l'unique table libre de la pièce. Allez vous asseoir.

Tandis que Cass va prendre possession de notre territoire, j'embrasse Jackson sur la joue.

– Merci.

– Ça va, Cass ?

Je me retourne pour regarder ma meilleure amie. Tout semble sous contrôle, mais elle est douée pour faire comme si tout allait bien.

– Je vais aller prendre la température. Tu nous commandes des vodkas martini ? Avec un supplément d'olives, je précise en lui tendant ma carte d'employée.

– Oui, m'dame.

Je le regarde s'éloigner, parce qu'il m'est intolérable de louper la vision de son cul moulé dans ce jean. Puis je soupire quand il disparaît dans la foule et pars retrouver Cass. Je m'assieds sur le siège qui lui fait face.

– Bon. Qu'est-ce qui s'est passé ?

– Elle a seulement dit non. Elle a dit qu'elle viendrait, et puis finalement elle a dit non. Qu'on devrait rester à la maison.

– Elle a dit pourquoi ? Je veux dire, tu lui as expliqué que tu voulais sortir avec nous pour fêter la bonne nouvelle, non ? Tu lui as dit que c'était ton idée ?

– Mais oui ! Quasiment mot pour mot. Et elle m'a regardée comme si j'étais la dernière des connes. Et après – écoute ça – elle a pris un petit air dédaigneux et elle a dit : « Eh bien, si tu n'as pas envie de rester avec moi... »

– Oh, je rêve !

Cass hoche vigoureusement la tête.

– Je sais, c'est dingue, non ? Je veux dire, c'est pas moi qui me fais des idées ? C'est hyper mauvais signe, non ?

– Elle essaie de te manipuler, dis-je, en dépit de la promesse que je me suis faite de ne jamais critiquer les personnes que mes amis fréquentent.

Parce que là, au sujet de Zee, c'est le mot « connasse » qui me vient sans la moindre hésitation.

– Il faut que j'arrête les frais, soupire Cass. Bon Dieu, j'arrive pas à croire la vitesse à laquelle c'est parti en couille.

– Mais c'est mieux que de laisser pourrir la situation, non ?

– Je ne sais pas. J'aurais préféré ne pas l'avoir rencontrée du tout. Je pensais… je veux dire, ça a collé entre nous au début, tu vois ? Quand on s'est vues pour la première fois à la projection du documentaire sur Jackson, elle avait l'air cool et drôle, et je voyais bien que je lui plaisais. Et je me sentais tellement à l'aise avec elle, comme ça ne m'était arrivé avec aucune fille depuis Siobhan.

Siobhan avait été sa petite amie pendant longtemps, avant de rompre avec elle – et de lui briser le cœur – quelques mois plus tôt.

– C'était peut-être ça, le problème ? Peut-être que tu as vu ce que tu avais envie de voir, au lieu de ce qu'il y avait réellement ?

– Je ne sais pas, dit-elle tandis que Jackson s'approche avec un plateau où trônent trois martinis. Ce que je sais, c'est tu as gagné le gros lot avec ce mec-là.

– C'est clair.

Je me penche au-dessus de la table pour embrasser Jackson. C'est alors que mon nouveau pendentif fait tinter mon verre en le heurtant ; Cass penche la tête.

– Oh mon Dieu, dit-elle en détachant bien les mots. J'ai vu ça dans un magazine. Tu portes un vibro !

– Cass !

Je regarde discrètement alentour pour vérifier que personne n'a entendu, convaincue d'être rouge comme un coquelicot.

– Quoi ? Je trouve ça hyper cool. Ou hyper cul, ça dépend comment tu le vois. J'ai pensé à m'en acheter un.

Elle hausse les épaules, comme si elle n'avait parlé de rien de plus palpitant qu'une nouvelle marque de café qu'elle avait essayée ; puis elle se tourne vers Jackson.

– C'est toi qui l'as acheté pour elle ?

– Ça paraissait à la fois classe et pratique.

– J'en suis persuadée, appuie Cass en hochant la tête avec conviction.

– Je vais mourir, dis-je. Je vais tout simplement me liquéfier et mourir. Et toi, j'ajoute en pointant un index rageur vers Jackson qui semble s'amuser un peu trop à mon goût, toi, tu vas me le payer. Ça va te coûter bonbon.

Ses lèvres se contractent nerveusement.

– J'ai hâte.

– Incorrigible, je marmonne.

Mais, oui, moi aussi je suis amusée.

Cass saute sur ses pieds et attrape ma main.

– Viens. J'adore cette chanson. On va danser.

Je ne reconnais pas la musique, mais j'ai envie de danser. Je tends mon autre main à Jackson.

– Oh non. J'ai déjà dansé ce soir. En plus, ajoute-t-il avant que je puisse protester, il faut que je reste ici pour garder la table. Mais allez-y toutes les deux.

– Tu es sûr ?

Son sourire me semble vaguement narquois.

– Attends. Regarder danser deux femmes sublimes ? Crois-moi. Ça va très très bien aller pour moi. Mais d'abord… dit-il en m'attirant à lui pour me gratifier d'un long et profond baiser.

Je laisse échapper un petit gémissement, puis souris joyeusement en portant la main au pendentif qui se balance entre mes seins. De ma voix la plus sensuelle, je lui lance :

– À plus tard…

– Tu ne perds rien pour attendre.

Jackson m'a répondu avec une telle passion que mon amusement se transforme en excitation. Ce changement ne lui échappe pas, et il sourit d'un air compréhensif.

– Vas-y, m'ordonne-t-il en indiquant d'un mouvement de la tête la piste de danse où Cass se trémousse déjà et me fait signe de la rejoindre.

Nous dansons un moment, profitant de la musique, improvisant des chorégraphies, nous amusant bien, tout simplement. Mais au bout de six longs morceaux, je commence à fatiguer. J'ai besoin d'une pause et d'un verre, aussi je fais un signe de tête en direction de notre table, signifiant à Cass que je vais jouer des coudes pour y retourner.

J'ai à peine fait un pas, cependant, qu'elle me tire en arrière, les yeux exorbités.

– Qu'est-ce qu'il y a ?

– Regarde.

Du doigt, elle me montre la table, en déviant juste à gauche de Jackson. Je suis sa ligne de mire, et sursaute.

– Est-ce que c'est bien qui je crois…

– Graham Elliott, confirme-t-elle, ayant reconnu l'une des plus grosses stars d'Hollywood. Merde, j'aurais bien aimé être hétéro.

Normalement, j'éclaterais de rire. Mais à cet instant, je n'ai pas du tout envie de rire. Parce que Graham Elliott essaie d'obtenir le rôle de Jackson dans le film que Reed veut tourner, ce film que Jackson cherche à empêcher.

Et Elliott se dirige tout droit vers Jackson.

Je ne fais même plus mine de me déhancher sur la musique. Je suis figée sur la piste et je regarde Elliott arriver à la hauteur de Jackson, entourer ses épaules de son bras et le saluer comme s'ils étaient les meilleurs amis du monde, tandis qu'autour d'eux les danseurs dégainent leurs téléphones pour immortaliser l'instant et alimenter leurs comptes Twitter et autres Instagram.

Jackson ne bouge pas d'un pouce, l'air mauvais.

– Je pige pas, dit Cass. Pourquoi ce film met Jackson dans tous ses états ? Le script le fait passer pour un con ?

– Il connaît la famille. Et comme il y a eu un meurtre et un suicide, il essaie de protéger leur vie privée.

– C'est tout ?

Je suis certaine que non, mais je n'en sais pas davantage à ce sujet – ce que je dis à Cass.

Elle fronce les sourcils.

– Quoi, qu'est-ce qu'il y a ?

J'ai un ton plus rude que je ne le voudrais, étant un peu susceptible sur ce point.

– Je pensais juste qu'il t'aurait raconté ce qui s'était réellement passé.

– On n'en a pas vraiment parlé.

C'est la vérité. Mais en même temps, le film est venu sur le tapis chaque fois que nous avons parlé de l'agression de Reed. Parce que Jackson se sert de cette histoire comme d'un écran de fumée – ce qu'il veut, c'est que le public se focalise dessus, pour me permettre de rester en dehors de tout ça.

Pourtant, il ne m'a jamais expliqué pourquoi il avait frappé le scénariste, ni pourquoi il ne veut pas que ce film voie le jour. Et je me demande bien ce qu'il peut y avoir de si secret dans cette famille pour que le monde menace de s'écrouler si Hollywood venait à braquer ses caméras dessus.

Mais surtout je ne sais pas pourquoi ça affecte autant Jackson, alors qu'il n'était même pas là quand le drame a eu lieu.

Donc, ouais… je suis plutôt chatouilleuse sur le sujet. Et à plus forte raison maintenant que Cass aussi estime que ce silence envers moi est plus qu'étrange. Mais pour le moment, ce n'est pas ce qui me préoccupe. Ce que je voudrais, c'est retourner auprès de Jackson ; mais ça devient de plus en plus difficile en raison de la foule qui, s'apercevant de la présence d'Elliott, s'est massée autour des deux hommes. Et malgré mes efforts pour m'en approcher, elle est désormais trop compacte pour que j'y parvienne.

– Putain !

Et alors, quand les gens s'écartent enfin pour me permettre d'entrevoir quelque chose, je jure à nouveau, avec plus de férocité tandis que Jackson se lève de son siège. Et je me mets à craindre sérieusement pour Graham et son joli minois de jeune premier. Parce qu'à cet instant Jackson semble sur le point d'exploser.

– Cass !

Ma voix est tendue, pressante. Je commence à me frayer un chemin dans la mêlée, mais Cass passe devant moi. Elle est plus grande que moi, et elle joue des coudes pour nous ouvrir un passage dans l'essaim de curieux.

Dès que nous avons atteint le bord de la piste de danse, je la dépasse comme un boulet de canon, n'hésitant plus du tout à bousculer tout le monde. Jackson est debout à présent, le poing serré. Et j'ai soudain une vision prémonitoire de la couverture de *Variety* nous montrant, lui et moi et Cass et Graham Elliott, étalés au sol dans une sorte de masse confuse d'où surgiraient ici des poings et des pieds, là des dents et des ongles.

Ce ne serait pas beau à voir. Et je souhaite vraiment éviter que cette image existe.

J'attrape le bras de Jackson et le serre de toutes mes forces.

– Viens avec moi. Maintenant.

Pendant un instant, je suis sûre qu'il va regimber. Puis il se précipite vers l'avant, me tractant à travers la foule jusqu'à ce que nous ayons atteint l'extrémité du bar. Nous tournons à l'angle du couloir qui mène aux toilettes, et nous avons à peine dépassé le virage que Jackson envoie son poing s'écraser contre le mur, ne causant heureusement pas de dégâts à la cloison de bois dur.

En revanche, je ne suis pas certaine que sa main soit intacte, et je pousse un cri de surprise mêlée d'inquiétude.

– Jackson ! Ça va ?

Je m'avance vers sa main pour m'assurer qu'il n'est pas blessé, mais lui me repousse brutalement contre le mur, m'encerclant de ses bras.

Ce geste est si soudain qu'il m'a coupé le souffle, et j'aspire péniblement une bouffée d'air avant de lever les yeux vers le visage de Jackson. Il est à vif. Animal. Je me sens comme sa proie. Et bien que je le sache furieux à cet instant – fou furieux –, je ne peux pas ignorer l'excitation qui monte entre nous. Qui m'emplit. Qui me fait mouiller abondamment. Je suis chaude comme la braise, oh là là, je suis vraiment à point.

Et avant que j'aie pu retrouver mes esprits, sa bouche s'écrase sur la mienne, ardente, dévorante, exigeante.

Je m'ouvre à lui immédiatement, presque instinctivement. Des frissons d'excitation me parcourent en tous sens, et la seule chose à laquelle je parviens à songer, c'est que j'ai *besoin* de lui. Mais alors que j'écarte les jambes en réponse à la demande muette de sa cuisse qui se presse contre moi, une petite voix s'élève et me somme de ficher le camp d'ici. Elle me rappelle les caméras et la foule, me hurle que c'est une très, très, très mauvaise idée de rester là.

– Jackson.

Son nom s'échappe de ma bouche quand il rompt notre baiser pour respirer.

– Jackson, les gens...

À ces mots, il semble revenir à lui et recule d'un pas. Il respire bruyamment – tout comme moi.

– Le bureau, articule-t-il. C'est où ?

Dès que mon cerveau a retrouvé ses capacités d'interprétation, je conduis Jackson à l'escalier qui mène au bureau du gérant du club. Il est vide à cette heure-ci, et je tape le code d'accès qui déverrouille la porte avant de tirer Jackson à l'intérieur. Un mur entier a été remplacé par un miroir sans tain qui domine la piste de danse. Des éclats de lumière colorée le traversent par moments, balayant le bureau plongé dans l'obscurité.

Mais à cet instant je ne pense ni à la piste de danse, ni aux lumières, ni à quoi que ce soit d'autre qu'aux mains de Jackson sur moi. Son corps pressé contre le mien tandis qu'il claque la porte du pied.

Il me soulève de terre, et j'enroule mes jambes autour de sa taille. Je m'accroche à son cou tandis que sa bouche trouve la mienne, et perdant l'équilibre il titube vers l'arrière, stoppé dans son élan par le miroir sans tain contre lequel nous nous écrasons.

Je glisse le long de son corps jusqu'à ce que mes pieds touchent le sol. Ma jupe ne suit pas le mouvement, et elle est à présent retroussée à ma taille ; comme par enchantement, la main de Jackson se retrouve entre mes cuisses.

– Tu le pensais vraiment ? demande-t-il tandis que ses doigts écartent ma culotte. Tu étais sérieuse quand tu m'as proposé de t'utiliser quand j'avais envie d'aller éclater la tronche de quelqu'un ?

– Oui.

C'est un mot lourd de sens, qui a jailli sans hésitation. C'est ce que je veux, lui. Je ne songe qu'à sa main en moi – et je commence à bouger les hanches presque malgré moi pour l'inviter à continuer.

– Oh, Seigneur, oui…

Il s'enfonce profondément en moi. Deux doigts, puis trois.

Sa bouche est contre la mienne à nouveau, puis derrière mon oreille, sur ma gorge, sur mes seins. Appuyés comme nous le sommes contre le verre épais, je me demande si nos silhouettes sont visibles, mais je m'en fiche. Il n'est même pas certain que cela m'importerait si le verre était transparent. Tout ce qui compte, c'est le plaisir. La bestialité. La passion.

Jackson.

– Ici.

Il n'a prononcé que deux minuscules syllabes, mais je ne crois pas avoir jamais rien entendu d'aussi érotique.

Il m'éloigne de la vitre et me fait faire demi-tour, de sorte que je me retrouve face au bureau. C'est un grand bureau, presque entièrement dégagé, où ne traînent que quelques documents épars.

D'un geste ample du bras, Jackson les fait voler avant de me pencher au-dessus du meuble, écrasant mes seins contre le bois. J'ai toujours ma jupe et mon chemisier, et pourtant je ressens si intimement la pression du bureau contre mes seins que mes tétons durcissent douloureusement, et c'est comme un flot de lave en ébullition qui cascade de ma poitrine jusqu'à ma chatte.

– J'ai besoin de te prendre. Il faut que je te baise, Syl.
– Oui.

C'est tout ce que je peux répondre. Pas besoin d'en dire plus.

Ma jupe est toujours retroussée, et il baisse ma culotte presque jusqu'à mes chevilles en tirant dessus d'un coup sec. Je l'entends descendre sa fermeture Éclair et j'écarte les jambes, et l'instant d'après sa queue est là, enfoncée en moi sans préliminaires, sans avoir fait monter la fièvre, sans effort pour me préparer.

C'est cru et impatient et frénétique, et j'adore ça. Ce sentiment d'être nécessaire. D'être utilisée. D'être la soupape de Jackson. Pas de violence, pas de colère. Seulement moi.

Il agrippe mes hanches et me lime rageusement. Et bien que je n'aie jamais eu d'orgasme ainsi, sans que mon clitoris soit directement stimulé, à ce moment je sens que j'y suis presque. La pression de sa queue en moi. Le rythme de ses coups de reins qui frottent contre les parois de mon vagin. Et surtout, l'excitation démultipliée par le fait de savoir ce qu'il fait et pourquoi il le fait.

Je le sens proche de l'extase. J'entends ses gémissements étouffés tandis qu'il tente de se retenir. Ses doigts qui se resserrent sur mes hanches alors qu'il n'a plus aucune maîtrise et que son orgasme le transperce. Je le suis de peu, me sentant exploser en un million de fragments de plaisir, et lui s'effondre sur moi, vidé, à bout de forces.

Pendant une minute, nous demeurons silencieux, immobiles. Puis il se retire délicatement et nous essuie avec des mouchoirs en papier. Il remonte ma culotte et rajuste ma jupe. Enfin, il me fait pivoter et arrange un peu mon chemisier.

Après m'avoir rendue présentable, il s'occupe de sa propre allure. Puis il me dévisage et déclare simplement :

– J'avais besoin de toi. Bon Dieu, Syl, ajoute-t-il avec une émotion croissante. J'ai toujours besoin de toi.

– Je connais ça.

Je hisse mes fesses sur le bureau, et il vient s'asseoir à côté de moi. Je m'appuie contre son épaule. Nous sommes face au miroir sans tain, et je promène mon regard en contrebas sur la foule qui danse dans la lumière.

– Est-ce que tu veux me raconter ce qui s'est passé ?

Il ne répond pas tout de suite. Une minute se passe. Puis une autre. Et j'ai de plus en plus de mal à rester silencieuse.

Finalement, il prend la parole.

– Il est venu me voir comme si l'affaire était dans le sac.

Il parle d'une voix basse, posée. Mais j'entends la rage couver.

– Comme si le film allait se faire, et que je ne pouvais pas l'en empêcher.

– Si c'est si important, alors tu trouveras bien un moyen d'y arriver.

Il hoche la tête, sans conviction.

J'hésite, puis je me lance :

– Mais, Jackson, je ne comprends toujours pas. Ce serait horrible à ce point si le film se faisait ? J'ai compris que le scénario était intrusif pour la famille, mais il y a déjà eu des articles couvrant toute l'affaire du meurtre, n'est-ce pas ? Sans parler des journaux télévisés et des magazines d'actualités. En quoi un film sur le sujet pourrait être pire que ça ?

Jackson se tourne vers moi.

– Crois-moi. Ce serait pire.

J'attends qu'il poursuive – qu'il explique –, mais il n'en fait rien. Il se contente de tourner à nouveau le regard vers le miroir sans tain pour regarder le club.

Je n'insiste pas.

Et je lui fais confiance.

Mais la question reste en suspens. Et, oui, c'est une petite blessure pour moi. Parce que, même si je ne comprends pas pourquoi, je suis certaine qu'il me cache des choses. Des secrets. Des gros – assez gros, en tout cas, pour le bouffer de l'intérieur.

J'ai envie d'insister, mais je me retiens. Après tout, moi aussi j'ai des secrets. Il sait ce qui s'est passé avec Reed, mais il ignore pourquoi ou comment.

Et ça aussi, c'est un gros morceau. Un gros morceau, central, sensible.

Mes propres paroles adressées à Cass reviennent me hanter. *Peut-être que tu as vu ce que tu avais envie de voir, au lieu de ce qu'il y avait réellement ?*

Est-ce aussi mon cas avec Jackson ?

Est-ce que je vois de la confiance parce que c'est ce que j'ai envie de voir ? Parce que j'ai besoin de sa présence ? De son contact ?

Est-ce que j'invente de toutes pièces une intimité qui n'existe pas vraiment dans notre relation ?

Et si c'est le cas, comment arrêter ?

Mais surtout, comment puis-je faire la différence ?

14

– Je suis absolument non bourrée.

Jackson et moi lui prenons chacun un bras.

– Pas bourrée du tout, je concède. Mais on a pensé que tu voudrais peut-être prendre la limousine avec nous.

– Ah ouais ?

– Il y a un bar à l'intérieur, je lui rappelle. Au cas où tu voudrais être encore un peu plus « non bourrée ».

Elle me regarde d'un air circonspect, mais elle est trop saoule pour savoir si je suis sérieuse ou non.

Nous sortons par la porte principale qui donne sur le Sunset Boulevard, et je vois qu'Edward a garé la limousine à la hauteur du service de voituriers. Nous soutenons Cass pour descendre la volée de marches avant de traverser le large trottoir. À côté de nous, une foule de gens se presse derrière le cordon de velours, attendant impatiemment de pouvoir entrer dans le club.

Nous marchons lentement par égard pour Cass et son état d'ébriété avancé, et quand le premier flash nous éblouit je me rends compte qu'on nous a reconnus. Tout à coup, aussi bien les gens de la file d'attente que les passants brandissent leur téléphone et prennent des photos. Les flashs en rafale crépitent autour de nous, me donnant l'impression que nous

nous rendons à une avant-première, plutôt que de raccompagner une amie éméchée.

D'habitude, ce genre de scène ne me dérange pas. Damien attire les paparazzis où qu'il aille, et ça n'a à peu près rien à voir avec moi. Je ne suis que l'assistante à l'arrière-plan, un peu comme les gardes du corps du Président qui apparaissent sur tant de photos de lui.

Mais ce soir, c'est différent. Ce soir, on s'est déjà payé la célébrité de Graham Elliott dans le club. Dehors, c'est celle de Jackson qu'on se prend de plein fouet. Parce que la foule veut des photos du type qui a fait saigner Robert Cabot Reed. Et s'ils peuvent aussi avoir l'ex-mannequin que Reed avait photographiée, alors c'est encore mieux.

Cette idée me donne des aigreurs d'estomac.

– Jackson ! Jackson !

– Pourquoi vous l'avez frappé ?

– Sylvia ! Pourquoi avoir abandonné le mannequinat ?

– Où en est le film, Jackson ? C'est vrai que vous essayez de bloquer la production ?

– Quelqu'un vient de tweeter des photos de vous et de Graham Elliott en train de parler à l'intérieur. Est-ce qu'il fait partie du projet ?

– Depuis combien de temps vous sortez avec Sylvia ?

Les questions nous assaillent de toutes parts, et ma sérénité face à la situation s'est entièrement évaporée.

Je jette un coup d'œil à Jackson qui, visiblement, a senti ma panique.

– Vas-y, dit-il en désignant du menton le voiturier en veste rouge qui tient ouverte la portière de la limousine pour nous. Je m'occupe de Cass.

À cet instant, mon instinct de survie a pris le dessus, et je file me réfugier dans la voiture. Une fois installée, j'appuie sur le bouton de l'interphone pour demander à Edward, le chauffeur, de nous emmener au bateau de Jackson. Je commence à lui donner l'adresse, mais il m'interrompt.

– Ne vous inquiétez pas, mademoiselle Brooks. J'ai la situation en main.

Un instant plus tard, Jackson aide ma meilleure amie chancelante à entrer dans la limousine et l'installe sur la banquette arrière. Il s'apprête à me rejoindre quand Cass l'agrippe, le forçant à s'asseoir à côté d'elle.

Il me lance un regard interrogateur, mais je me contente de hausser les épaules, amusée.

Alors que nous nous engageons dans la circulation, Cass inspecte l'habitacle. Avisant le bar à côté duquel je suis assise, elle prend un air implorant.

– Encore un dernier. S'il te plaît ?

Je lève les yeux au ciel mais pioche une mignonnette de vodka que je lui tends. Je suis sur le point de lui donner aussi un verre et des glaçons, mais elle a déjà dévissé le bouchon et tète le goulot.

– Est-ce que c'était vraiment judicieux ? demande Jackson.

– Probablement pas. Mais elle va rompre avec Zee, et je pense qu'elle a décidé de boire pour oublier.

– Ça ouais, renchérit Cass.

Je fais la moue.

– Elle est déjà beurrée comme un petit Lu et elle ne va pas prendre le volant. Autant la laisser faire.

Jackson hoche la tête, compatissant ; je le vois à son expression et à la manière dont il la prend dans ses bras pour lui caresser gentiment les cheveux.

– Je suis désolée, ma grande.

– Ça ne marche pas avec elle, c'est tout, murmure Cass. Je sais que ça fait pas longtemps, et elle va dire qu'il faut juste qu'on soit un peu patientes, mais…

– Mais tu sais déjà, dit Jackson. Tu sais déjà comment ça va se passer.

Elle se tourne vers lui, sa tête dodelinant un peu tandis qu'elle essaie de le regarder dans les yeux.

– Exactement. C'est stupide ?

– Pas du tout, répond Jackson, compatissant. On peut connaître la vérité en une fraction de seconde si on est prêt à vraiment regarder. (Il se tourne vers moi.) Je regarde vraiment.

Ma poitrine se serre tout à coup, et je hoche la tête. Juste une fois, en signe de reconnaissance, mais je suis regonflée à bloc. Et toutes les angoisses que j'ai pu avoir ce soir semblent fondre comme neige au soleil. Parce que même si nous avons nos secrets, il n'y a rien de vain ou de superficiel dans ce qui se passe entre Jackson et moi. C'est authentique. C'est bien. C'est nous.

Cass nous dévisage à tour de rôle.

– C'était le truc le plus romantique que j'aie jamais vu. (Elle se tourne vers Jackson.) Est-ce qu'il y a une version de toi avec deux chromosomes X quelque part ?

– Désolé. Seulement le fameux frangin.

Elle fait une grimace.

– Que tu saches, précise-t-elle, et nous éclatons de rire, Jackson et moi.

Elle s'assoupit, la tête appuyée contre le torse de Jackson, qui a gardé son bras autour de ses épaules.

– Tu as l'air d'un papa poule, dis-je au moment où nous entrons dans la marina, et l'éclairage municipal lui fait une drôle de tête pendant une seconde, comme s'il tressaillait.

Cette impression s'estompe rapidement tandis qu'il sourit.

– J'espère que je n'aurai jamais de fille torchée à ce point.

Mais il continue de caresser les cheveux de Cass, et à cet instant je ne peux m'empêcher de songer que Jackson sera le genre de père qui défendra sa famille bec et ongles, même si pour cela il doit se sacrifier lui-même.

Et tandis qu'Edward nous conduit jusqu'au bateau de Jackson, je réalise qu'il a déjà fait preuve d'un tel dévouement. Pas pour sa progéniture, mais pour moi. Parce qu'en allant casser la gueule de Reed, Dieu sait qu'il en a déjà fait sacrément plus que ce que mon père a jamais fait pour moi.

C'est une pensée très douce, réconfortante. Car le souvenir persistant de tous ces flashs me fait craindre ce qui pourrait advenir : l'agression. Le film. Les photos que Reed a faites de moi. Une véritable tempête de ragots à laquelle nous serons forcément confrontés.

Et bien que je ne sois pas certaine d'être assez forte pour faire face à cette tempête – et même si je sais que la première réaction de Jackson sera sans doute d'aller casser la gueule à quiconque la déclenchera –, je sais qu'il me protègera toujours. Mon courageux prince sur son cheval blanc.

À vrai dire, c'est une sensation sacrément agréable.

Lorsque nous montons à bord, il est évident que Cass ne jouera pas les prolongations.

– Je l'emmène en bas, dans la chambre d'amis, dis-je.

– Et si j'ouvrais une bouteille de vin, pendant ce temps ? Il n'y a pas de nuages ce soir. Ça te dit qu'on s'installe sur le pont pour regarder les étoiles ?

– Ça me dit carrément. Donne-moi juste cinq minutes pour installer Cass.

Bien que flageolante, elle est heureusement mobile, et je parviens à la déshabiller sans trop de difficulté. Et quand elle est en sous-vêtements, je soulève le drap.

– Allez hop, au lit, dis-je en l'aidant à s'allonger. Je te réveillerai demain matin avant de partir bosser.

Elle marmonne quelque chose d'incompréhensible que je traduis par « bonne nuit », puis je m'éloigne sur la pointe des pieds. Je suis à la porte quand elle m'appelle doucement.

– Syl…

– Ça va ?

Elle me tend la main.

– Tu peux rester ? Juste le temps que je m'endorme ?

À la pensée de Jackson et du vin et des étoiles au-dessus de nous, j'hésite un instant. Mais c'est ma meilleure amie, et elle a besoin de moi, alors la question ne se pose pas.

– Pousse-toi, dis-je avant de m'allonger à côté d'elle.

Elle se blottit contre moi et je ferme les yeux, me rendant compte que l'épuisement m'a peu à peu gagnée, moi aussi.

– Merci, murmure-t-elle.

– De quoi ?

– De t'occuper de moi.

– C'est surtout Jackson qui s'est occupé de toi ce soir.

– Pas ce soir. Toujours. Merci d'être ma meilleure amie.

Je souris, touchée.

– Oui, bon, c'est un peu intéressé de ma part. J'ai une super amie en échange.

– On a de la chance, hein ?

– Oui. Vraiment.

Les yeux toujours fermés, j'attends que Cass dise autre chose. Mais le silence se fait. Puis le rythme de sa respiration change, et je sens le mouvement régulier de sa poitrine contre mon dos.

Je me dis que je vais ouvrir les yeux et me lever, mais après tout, si je reste allongée encore une minute ou deux, ça va me permettre de recharger les batteries. Comme ça a l'air d'être une idée de génie, je garde les yeux fermés et me laisse aller, juste un tout petit peu, et un peu plus, et un peu plus encore...

Je me réveille en sursaut, à moitié haletante, mais je me détends immédiatement à la vue de Jackson assis dans l'unique fauteuil qui occupe la chambre, face à moi.

– Oh là là ! Je suis désolée. Je crois bien que je me suis endormie.

– Tu en avais besoin.

Je me redresse pour m'asseoir.

– Non. Ne la réveille pas.

Il s'approche de moi. Je lève la tête juste assez pour le regarder tandis qu'il caresse ma joue, l'air bizarre.

– Quoi ?

– Rien, dit-il. Je pensais simplement à la tête que tu avais en dormant.

– J'avais l'air de quoi ?

– Tu avais l'air sereine. Satisfaite. (Il marque un temps, à peine une fraction de seconde.) Je n'aime pas voir cette tête-là quand tu es dans d'autres bras que les miens.

Je fronce les sourcils et commence à m'extirper du lit.

– Jackson, je...

– Non, non. (Il me retient gentiment.) Je voudrais que tu sois à moi entièrement. Mais je suis un grand garçon, et je ne te reprocherai jamais de te consacrer à tes amis. Reste. Elle a besoin de toi.

– Jackson...

Mais il se contente de déposer un baiser sur le bout de ses doigts avant de me caresser les lèvres.

– Bonne nuit, ma douce.

J'essaie de me rendormir après son départ, sans y parvenir. Alors, très précautionneusement, je me détache de l'étreinte de Cass et me lève pour traverser le petit couloir qui mène à la chambre de Jackson. Il n'y est pas, mais je finis par le trouver sur le pont, installé dans un grand transat, endormi sous les étoiles.

Je me glisse à ses côtés et remonte la couverture qui est à nos pieds pour nous protéger de la fraîcheur nocturne.

Il roule sur le côté et m'attire contre lui, m'enveloppant de sa chaleur.

– Je le pensais, murmure-t-il d'un ton ensommeillé. Elle a besoin de toi. Tu aurais pu rester.

– Je suis restée. Et ensuite, je suis venue ici. Parce que toi aussi, tu as besoin de moi.

Il ne répond pas immédiatement. Puis le bras qu'il avait passé autour de ma taille m'enlace un peu plus étroitement.

– Oui, reconnaît-il. C'est vrai.

15

Les tâches de ma *to-do list* font des petits… Il n'y a pas d'autre explication possible, puisque je peux passer la journée à abattre de la besogne, encore et encore, sans jamais en voir la fin.

Malgré tout, j'adore ça.

L'un des chauffeurs de Stark International nous a conduits au travail ensemble, Jackson et moi, et j'ai passé toute cette matinée de vendredi en conférence téléphonique à demander des devis à cinq des plus grandes sociétés de restauration du pays. J'ai un stagiaire occupé à dénicher les coordonnées des vingt meilleurs chefs d'Amérique ; j'ai l'intention de contacter chacun d'entre eux pour étudier la possibilité d'ouvrir avec eux un restaurant de prestige au sein du Domaine de Cortez.

J'ai négocié un accord de principe avec la FAA[1] pour obtenir le permis de construire d'une petite piste d'atterrissage sur l'île, et j'ai même obtenu un rendez-vous avec l'antenne locale de l'EPA[2] pour parler de mon sujet favori − les grillons cavernicoles en voie de disparition.

---

1. Federal Aviation Administration (Direction générale de l'aviation américaine).

2. Environmental Protection Agency (Agence américaine de protection de l'environnement).

Ou plus précisément, le problème des grillons cavernicoles en voie de disparition qui pourraient bloquer
les travaux si on ne s'occupe pas rapidement de ces
petits emmerdeurs.

Si bien que j'éprouve une certaine satisfaction quand
Trent Leiter passe me voir dans mon box, s'appuyant
nonchalamment sur mon armoire de classement.

– Alors comme ça, Jackson est de retour parmi
nous ? Comment tu as fait ? Tu as soudoyé Stark ?…
Non, attends. Difficile d'offrir des pots-de-vin à un type
qui possède la moitié de la planète.

– Je pense que M. Stark s'est simplement aperçu que
la couverture médiatique suite à l'agression n'aurait
pas nécessairement un impact négatif sur le projet.

Il m'adresse un sourire incrédule.

– Un impact négatif ? L'attaché de presse a fait
circuler une note de service ou quoi ?

– Figure-toi que oui.

Le service des relations publiques a publié ce matin une
note à l'intention de tous les membres du personnel (sauf
moi, Damien et Aiden) sur la conduite à tenir si on venait
à les questionner au sujet de l'arrestation de Jackson.

– Les réponses appropriées sont « Pas de commentaires », « Pas de commentaires » et « Pas de commentaires ». C'est moi toute seule qui ai eu l'idée d'ajouter
l'absence d'impact négatif.

– C'est accrocheur, réplique-t-il. J'aurais bien aimé
connaître toute l'histoire.

Il me scrute d'un air interrogateur, mais je me
contente de hausser les épaules.

– Ce n'est pas parce que je travaille en direct avec
M. Stark depuis cinq ans que je peux deviner ce qui lui
passe par la tête. Et depuis quand tu raffoles des ragots
comme ça, toi ?

– C'était juste pour discuter.

– Ah oui, alors écoute ça : Jackson vaut tous les trèfles à quatre feuilles du monde. On s'est débarrassé de trois problèmes, rien que ce matin. La FAA, c'est bon. J'ai réglé le transport des clients – on pourra décoller de San Pedro et de Long Beach, et sauf erreur on aura aussi bientôt une navette qui partira de Marina del Rey. Et pour finir, j'ai réussi à obtenir un rendez-vous avec le type de l'EPA.

– C'est génial, dit-il, mais il semble un peu ailleurs.

Je ne peux pas vraiment lui en vouloir. Ce n'est pas son projet, et je suis certaine qu'il a d'autres problèmes à gérer de son côté.

– Et sinon, comment ça se passe avec Century City ?

Je pose la question plus par politesse que par réel intérêt.

– Pas si facilement, répond-il en grimaçant un sourire. J'imagine que j'ai besoin de trouver mon propre trèfle à quatre feuilles.

– Je suis désolée.

Même si je n'adore pas Trent, et même si je ne comprends pas bien ce que Rachel lui trouve, c'est un collègue, et je ne lui souhaite aucun mal.

– Je peux t'aider ?

Il secoue la tête et balaie ma proposition du revers de la main, comme s'il chassait un nuage de fumée.

– Non, non. Je ne voulais pas donner l'impression que c'était catastrophique. Je suis distrait par autre chose. Tout avance comme il faut pour Century City. (Il pioche un trombone dans un bol sur mon bureau et commence à le déplier.) Honnêtement, quand tu auras un peu roulé ta bosse dans ce milieu, tu comprendras que les accidents de parcours font partie du quotidien du job, tout bêtement.

Je m'adosse à mon fauteuil et acquiesce, sans bien savoir s'il essaie de m'aider, ou si c'est une manière détournée de me dire que je suis trop inexpérimentée pour être chef de projet, même avec l'aide d'Aiden. Mais je ne vais certainement pas lui demander des précisions, aussi j'opte pour une tactique de diversion qui a déjà fait ses preuves :

– Alors, Rachel et toi vous sortez ensemble ?

Il marque un temps d'arrêt, concentré sur l'étoile qu'il a fabriquée avec le trombone.

– On se marre bien.

J'ai connu plus romantique que ça, mais je sais que Rachel est heureuse. J'espère seulement que Trent a réagi ainsi parce qu'il n'est pas du genre expansif, et pour le moment je m'en tiens à cette appréciation. Parce que jusqu'ici la journée a été géniale. Et rien – ni les grillons cavernicoles, ni les collègues rabat-joie, ni la crainte que la vie amoureuse d'une amie parte à vau-l'eau –, rien ne viendra assombrir ma bonne humeur.

Un quart d'heure plus tard, mon téléphone portable émet un gazouillis, et quand je lis le texto de Cass je songe que je n'aurais pas dû défier les dieux.

« Mate les photos. C'est pas la déferlante, mais elles ont été beaucoup partagées. J'ai l'air bourrée, mais canon. T'es canon, et pas bourrée. Jackson est hyper sexe, mais on a l'habitude. »

Il y a un lien, et je clique dessus. Elle a raison : on est toutes les deux canon. Quant à Jackson, qui retient Cass de l'autre côté, ouh, on en mangerait. Pour être honnête, si Cass n'avait pas l'air si éméchée, je ferais bien encadrer cette photo pour la poser sur mon bureau. Jackson et moi avons tous les deux une bonne tête dessus, et bien qu'on soit clairement concentrés à essayer de maintenir Cass d'aplomb, c'est un instantané de douceur et de gentillesse, au point que je voudrais me pencher pour embrasser Jackson sur l'écran, puisqu'il n'est pas à mes côtés en ce moment.

Je m'apprête à renvoyer un texto de remerciement à Cass quand je reçois un autre message de sa part.

« Zee a vu les photos, elle a pété un câble. Elle a dit qu'on croirait que je couche avec vous 2.

Sois fière. J'ai tenu bon. Je lui ai dit que c'était terminé entre nous.

C'est fini. Putain. »

Je réponds immédiatement :

« Je suis fière de toi !!!!! Tu as bien fait. Accroche-toi. On va te trouver la fille qu'il te faut. »

Au bout d'un petit moment, sa réponse parvient et me fait sourire :

« Si ça pouvait être réglé avant la fête d'Halloween, ce serait top. Et merci. Bisous.

Tiens, d'autres photos pour ton fond d'écran. »

Elle a ajouté un autre lien vers des photos de Jackson et moi. Il y en a une de nous deux attablés, simplement face à face, mais la chaleur dans nos regards est palpable. Une autre est carrément fabuleuse, et j'espère que je vais réussir à en dénicher une version de meilleure qualité pour en faire un tirage. Parce qu'il se trouve qu'on nous a photographiés en train de danser – juste au moment où Jackson m'a renversée en arrière. L'image est vaguement floue, suggérant le mouvement, et nous avons tous deux l'air de passer le meilleur moment de notre vie. C'est ce que j'éprouve en permanence quand je suis avec lui.

Il y a des légendes à ces images, et je suis désormais officiellement un sujet de potins de stars, ayant été identifiée comme la petite amie du « starchitecte » Jackson Steele.

Je ne peux pas dire que je déteste ça.

« Je les adore, dis-je à Cass par texto. Merci. »

Sa réponse me fait froncer les sourcils.

« :) Mais il y en a d'autres, aussi. Elles risquent de moins te plaire. J est dans le coin ? Il est allé sur Internet ? »

Pour autant que je sache, Jackson est au vingt-cinquième étage avec Lauren Crane, qui a récemment été promue de son poste aux archives pour l'assister en attendant que sa secrétaire arrive de New York. Si tout se passe bien, en ce moment il lui fait visiter les bureaux tout en lui donnant, ainsi qu'au chef de chantier, des instructions sur l'emplacement des cloisons, des portes, des indications sur les zones qui vont accueillir des tables à dessin, et tous les menus détails qu'il faut régler pour aménager le lieu comme Jackson le souhaite.

Étant donné que quelques-uns de ses employés new-yorkais arrivent dans dix jours avec sa secrétaire, il est débordé de travail, et je serais vraiment étonnée qu'il ait remarqué la survenue d'un quelconque cyberévénement.

J'épargne cependant toutes ces considérations à Cass. À la place, je me contente d'un sobre « Je doute qu'il ait vu quoi que ce soit. Qu'est-ce qu'il y a ? ».

Elle répond en deux liens. Le premier mène à des photos publicitaires de moi, dont certaines ont été utilisées pour des montages avec des photos récentes de Jackson, et transformées en infographies douteuses. *Génial.* Mon traumatisme d'enfance est devenu le passe-temps de quelqu'un d'autre sur les réseaux sociaux. N'est-ce pas merveilleux ?

Le second lien est moins élaboré, et tout aussi dérangeant. Sur ce site, je trouve une photo de Graham Elliott, le bras passé autour des épaules de Jackson comme s'ils étaient les meilleurs potes du monde.

Et merde.

Mes craintes sont confirmées à la lecture du texto suivant de Cass :

« Tout le monde pense que le film va se faire et que Graham va jouer le rôle de Jackson.

Dis à J de ne pas péter un câble. »

Je lève les yeux au ciel. C'est plus facile à dire qu'à faire.

Je préviens Cass que je dois me remettre au travail, ce qui est techniquement vrai. Au lieu de quoi, je commence à écumer Internet. Effectivement, les spéculations sur le film vont bon train. La presse suppose que Graham a joué les intermédiaires, réglant le conflit entre Reed et Jackson Steele, qui avait été arrêté après avoir agressé le producteur-réalisateur.

C'est pas mignon, ça ?

J'envisage un instant de prévenir Jackson, mais il a assez de soucis comme ça donc je laisse tomber. Puisqu'il ne pourra rien faire au sujet des photos et des commentaires qui les accompagnent, autant attendre ce soir, une fois le travail terminé, quand Jackson aura un verre à la main.

Je me suis à peine remise à travailler que l'Interphone retentit.

— Monsieur Stark m'a demandé de vous dire que vous avez rendez-vous ce soir à 19 heures avec lui et MM. Ward et Steele pour un dîner d'affaires au Cut 360, pour rencontrer Dallas Sykes. J'ai déjà prévenu M. Ward, ajoute Karen en parlant d'Aiden. Et Mme Stark vous rejoindra.

– Attendez, moins vite, dis-je en cliquant frénétiquement pour ouvrir mon agenda sur mon ordinateur. Je ne suis pas du tout au courant de ça.

– Apparemment, M. Sykes est en ville et il veut rencontrer M. Steele. M. Stark a dit qu'il était désolé, mais que vous deviez être là tous les deux, à moins que ce soit absolument impossible.

Ce qui se traduit par « être là, point barre ». Dallas Sykes est un nabab des grands magasins doublé d'un *bad boy* sexy en diable qui fait régulièrement la couverture des tabloïds. Il se trouve également être l'investisseur principal du Domaine de Cortez.

Je capitule :

– D'accord. Je préviens M. Steele.

– Parfait. Et vous avez un appel en attente sur la trois. Quelqu'un qui dit être votre frère.

C'est étrange. Ethan a mon numéro de portable et il sait que je préfère ne pas prendre d'appels perso sur ma ligne professionnelle. Je réponds avec méfiance, mais c'est bien mon petit frère à l'appareil.

– Que se passe-t-il ? je demande, immédiatement en alerte. Tu vas bien ? Pourquoi tu ne m'as pas appelée sur mon portable ?

– Salut, Silly. (Il se sert du surnom dont il m'a affublée quand il avait trois ans, et moi six.) Moi aussi, ça me fait plaisir de t'entendre.

– Mon cher petit frère. Comme c'est adorable de ta part de m'appeler sur cette ligne que tu n'utilises jamais, raison pour laquelle j'ai flippé. Et ensuite de te moquer de moi pour m'avoir fait flipper.

– Je vais bien. (Je l'entends se retenir de rire.) J'ai perdu mon téléphone, et j'avais plus ton numéro en tête.

Je secoue la tête, mais je souris. C'est Ethan tout craché. Mon écervelé de frère, que je chéris de tout mon cœur.

– Tu veux que je m'occupe de te faire greffer ce téléphone une fois pour toutes ?

– Je pense que je vais juste refaire le tour de mon appartement. C'est un foutoir incroyable ici, avec le déménagement. Mon téléphone doit être sous un carton.

Comme ses affaires vont être expédiées de Londres – et qu'il faut compter plusieurs semaines avant qu'elles lui parviennent –, j'espère que l'objet n'a pas été emballé dans un carton par erreur. Mais je garde ces réflexions pour moi. Inutile de jouer les oiseaux de mauvais augure.

– J'ai vu ta photo ce matin. Vous êtes sublimes, Cass et toi. Mais c'est quoi le plan avec Jackson Steele, là ? C'est le type avec qui tu es sortie un moment à Atlanta, c'est ça ? Vous vous êtes remis ensemble ?

– Tout juste. Je te raconterai... et je te le présenterai mercredi. Tu arrives vers 16 heures, c'est bien ça ?

– Ouais. Ça risque d'être long à la douane. Tu veux que je t'envoie un texto dès que je serai en chemin vers la sortie ?

– Faisons comme ça. Tu es sûr de ne pas vouloir venir avec moi vendredi, à la fête d'Halloween de Jamie ? Stark loue une suite à l'année au Century Plaza et elle est libre en ce moment. Tu pourrais y passer le week-end.

– Ce serait cool, mais je veux descendre à Irvine pour voir papa et maman.

– Comme tu veux, mais j'espérais vraiment qu'on pourrait passer un peu de temps ensemble.

– Ben, c'est tes parents aussi. Tu pourrais nous rejoindre pour qu'on soit tous ensemble.

Je frémis à cette idée.

– Au cas où tu l'aurais oublié, je travaille. Dans une autre ville.

Je parle d'un ton léger, comme si le travail était la seule raison pour laquelle je ne voulais pas rendre visite à mes parents.

– Bon, c'est pas comme si c'était la dernière occasion, admet-il. Puisque je reviens m'installer en Californie, on se verra beaucoup plus souvent.

Il est effectivement très probable qu'on se voie davantage que pendant ses années à Londres.

– Et de toute façon, poursuit-il, tu dînes chez papa et maman mercredi soir, donc on aura quand même un peu de temps ensemble à ce moment-là.

La seule idée de me rendre dans la maison de mes parents me rend nerveuse.

– Écoute, il y a un petit changement de programme.

– Tu n'as pas intérêt à me laisser en plan.

– C'est la folie furieuse au taf en ce moment, alors je m'étais dit que j'enverrais une limousine pour venir te chercher à l'aéroport. Histoire de t'emmener à Irvine avec classe.

– Mais quelle menteuse ! On vient à l'instant de convenir que je t'envoyais un texto dès que j'avais quitté la douane.

– Je voulais dire : un texto à la limousine.

J'enfile les mensonges comme des perles.

– N'importe quoi. Allez, Syl ! Maman dit qu'elle ne te voit jamais. Que depuis que tu es rentrée d'Atlanta et que tu as décroché ce job, tu as disparu de la circulation.

Il faut dire que pour mes parents j'ai disparu de la circulation au moment où j'ai quitté la maison pour entrer dans une pension sélecte de Beverly Hills dès ma première année de lycée. Mais ça, je ne le dis pas à Ethan. Je me contente de répondre :

– J'ai vraiment un boulot de malade en ce moment.

– Est-ce que tu me raconteras un jour ce qui a pu se passer de si dramatique entre toi et eux ?

– Non. Désolée, mais non. Mais oui, c'est *vraiment* dramatique. Ça ne te suffit pas ?

Il soupire bruyamment.

– Écoute, je sais qu'ils ont fait de gros sacrifices quand j'étais gosse. Et je sais que ça a eu des répercussions sur toi.

Soudain j'ai froid, et je me recroqueville sur moi-même. Des *répercussions* ? Ça, on peut le dire ! Des répercussions, j'en ai pris plein la gueule.

– Je ne peux pas m'empêcher d'avoir le sentiment que c'est de ma faute s'il y a des frictions entre vous. Et je me sentirais vraiment mieux si tu venais, d'accord ?

Je ferme les yeux de dépit, car je sais que je vais finir par céder. Parce qu'il a raison sur beaucoup de choses.

Et il se trompe complètement sur d'autres.

Mais ce qui est vrai, en revanche, c'est que je ne lui dirai jamais la vérité. Alors, ouais… peut-être bien que je dois faire avec.

– D'accord. Je dînerai avec vous. Mais je ne resterai pas tard. Je dois travailler jeudi, et…

– Cause toujours, sœurette.

– Je t'aime, même si tu es un emmerdeur de première.

– Bien sûr que tu m'aimes. À mercredi.

Je raccroche avant de me rendre à l'accueil, pour demander à Karen si j'ai eu d'autres appels pendant que j'étais en ligne. Comme j'arrive par l'arrière, je peux voir son ordinateur – et les photos de moi, de Jackson et de Cass qu'elle fait défiler sur son écran. Sans parler de Graham Elliott. Hier, j'ai vu qu'elle regardait les vieilles photos publicitaires de moi qui circulent.

– Dis donc, waouh ! Elle est pas belle, la vie ?

– Oh ! Euh… (Elle toussote tout en cliquant pour afficher un écran de traitement de texte.) Besoin de quelque chose ?

– Ouais. J'ai besoin d'un café, je crois.

Et puisque c'est vrai, je descends dans le hall de l'immeuble pour chercher ma dose de caféine et l'occasion de m'éclaircir les idées.

Mes parents. Mes photos.

Pour une journée qui avait si bien commencé, c'est une sacrée dégringolade.

16

Même si la visite chez mes parents n'a lieu que dans quelques jours, cette simple conversation avec Ethan m'a mise dans tous mes états. Et même si j'aime à me croire capable de garder l'équilibre toute seule, en vérité je suis bien plus stable quand Jackson est à mes côtés. De sorte qu'au lieu de descendre directement dans le hall, je fais un arrêt au vingt-cinquième étage. L'équipe chargée de la construction est là avec Lauren, mais pas Jackson. Quand Lauren m'apprend qu'il est sorti faire une course, je me rappelle que nous avons laissé sa voiture au Westerfield's. Vu combien il materne sa Porsche, je suis presque sûre qu'il est parti la chercher.

Privée de compagnon de pause café, je descends toute seule. La promenade est de courte durée, et pourtant j'ai encore assez de temps pour me reprocher d'être si tendue, et d'avoir toujours un pet de travers. Après tout, ce n'est pas comme s'il y avait eu le moindre changement. Ethan m'a annoncé qu'il venait il y a plus d'une semaine, et j'ai hâte de le voir.

Mais maintenant que son arrivée est imminente, il devient plus difficile d'ignorer le fait que je ne vais pas pouvoir échapper à mes parents. Je vais devoir m'asseoir à la table de la salle à manger dans leur maison. Je vais devoir partager un repas avec eux, boire du vin et manger les plats que ma mère aura préparés. Et je vais devoir faire la conversation à mon père.

Rien que ça suffirait amplement à me tordre les boyaux. Mais c'est devenu un million de fois pire maintenant que mon passé me saute à la gueule en arrivant de tous les côtés, avec Reed aux infos et ces vieilles pubs qui utilisent mon image et surgissent d'un peu partout.

Bon sang ! même Jackson me rappelle mon passé, parce que chaque fois que la presse le mentionne – même si ce n'est pas en lien avec le Domaine –, il est devenu « l'architecte Jackson Steele, récemment condamné à des travaux d'intérêt général pour avoir agressé le producteur-réalisateur Robert Cabot Reed ». Et je déteste, de tout mon cœur et de toute mon âme, que leurs noms soient désormais associés dans l'esprit du public.

Et même dans le mien…

Il y a une longue file d'attente au Java B's, mais ils ont aussi un kiosque à l'extérieur, et je constate en regardant à travers la vitre que, malgré le temps radieux, seules trois personnes attendent pour commander. Puisqu'il n'y aura pas d'invitation plus explicite à profiter de cette journée, je sors sur-le-champ. Quelques minutes plus tard, j'ai un *latte* XXL dans une main et un cookie aux pépites de chocolat de la taille d'une assiette à dessert dans l'autre. Soit ce pic d'hyperglycémie va m'achever, soit je serai tellement stimulée par le sucre pour le restant de la journée que j'accomplirai sans flancher toutes mes tâches d'une seule traite.

C'est sur cette seconde hypothèse que je fonde mes espoirs. Car si je suis plongée dans le travail, je n'aurai pas le temps de penser au supplice d'une soirée en famille.

Ce cookie est absolument fantastique, et je dois lutter pour ne pas aller en acheter un autre tandis que je me lève et froisse ma serviette. L'unique poubelle se trouve à côté du kiosque, et en allant dans cette direction je vois la zone de livraison, une petite portion de route à l'écart de la circulation sur South Grand Avenue, qui permet aux voitures de déposer ou de venir chercher des passagers au pied de la Stark Tower.

Je ne regarde rien en particulier mais, alors que je me dirige vers l'immeuble, quelque chose de familier attire mon regard. Je fais à nouveau demi-tour et aperçois Jackson. Il se tient au niveau de la portière côté passager d'une petite berline rouge.

Je fais un pas dans sa direction quand il ouvre la portière, et c'est une rousse taille mannequin qui sort de la voiture. Elle est amicale, dynamique, charmante, et voilà qu'elle place ses mains sur les épaules de Jackson avant de déposer un baiser sur ses lèvres.

Mon délicieux cookie devient tout à coup très acide dans mon estomac. Parce que je connais cette femme. Je ne l'ai jamais vraiment rencontrée, c'est exact. Mais je connais son nom. Je sais qu'il tient à elle. Et je sais aussi qu'il a couché avec elle.

Megan.

Je reste figée, comme si mes pieds étaient rivés au sol par ma jalousie.

Il lui tend les clés et elle fait le tour de la voiture avant de s'installer à la place du conducteur et de démarrer.

Jackson se dirige vers le bâtiment, et je retourne près du kiosque, tends la main et m'agrippe au comptoir, car à présent je me sens encore plus fragile que je ne l'étais à la fin de mon coup de fil avec Ethan.

Megan.

Megan ?

Je l'avais vue à l'avant-première de *Stone and Steele*, le documentaire sur Jackson et sur son travail au musée des Arts et des Sciences d'Amsterdam. Mais c'était il y a des semaines. Et je ne l'avais pas rencontrée alors, seulement observée de loin, d'abord s'approchant de Jackson, puis pendant qu'ils semblaient tous deux au milieu d'une discussion enflammée.

Après ça, elle était partie. Je ne savais pas qui elle était, et ça ne m'avait pas paru important de le savoir. Du moins pas jusqu'à ce que je voie, sur le bateau de Jackson, une photo d'elle en compagnie d'une adorable petite fille.

Sur le bateau de Jackson, *au mur de sa chambre.*

Il m'avait dit que c'était une amie. Qu'ils avaient couché ensemble il y a longtemps, une seule fois. Ils avaient commis une erreur. Et je comprenais ça. Après tout, j'avais couché avec Cass une fois, mais ça ne voulait pas dire qu'on avait jamais formé un couple, ou que quoi que ce soit de cet ordre subsistait entre nous.

Mais si ce qu'il m'avait dit était vrai, alors pourquoi ne pas m'avoir prévenue qu'elle était toujours en ville ? Et pourquoi l'avait-elle embrassée si intimement ?

Et pourquoi ai-je eu soudain l'impression que le monde tel que je le connaissais se dérobait sous mes pieds ?

– Syl ?

Sa voix, aussi chaude et caressante qu'une brise d'été, m'arrive par l'arrière. Il n'est qu'à un ou deux mètres de moi. Je ne bouge pas d'un cil, puis ferme les yeux et prends une profonde inspiration lorsque sa main se pose sur mon épaule.

– Pause café ? (Il dépose un baiser derrière mon oreille.) Bonne idée.

Je pivote pour lui faire face, et me rends compte que j'ai toujours à la main le café que j'ai acheté il y a plus d'un quart d'heure.

– Je… non. J'ai fini.

Je jette le gobelet à la poubelle, bien qu'il soit encore à moitié plein.

Je me mets en chemin pour rentrer dans le bâtiment, et Jackson m'emboîte le pas. Il a peut-être vu que je n'étais pas dans mon assiette, mais il n'en montre rien. Et même si je devrais lui en être reconnaissante, cette petite anomalie de la réalité a l'effet inverse sur moi. Ça m'agace prodigieusement. Parce que Jackson me *connaît*. Il a toujours su deviner mon humeur, non ?

Et s'il n'a rien remarqué, là, est-ce que ce n'est pas le signe qu'il pense à une autre femme ?

Oh mon Dieu, voilà que je me transforme en Super Mégère.

Je m'arrête juste avant d'avoir atteint la porte tambour qui permet d'entrer dans la Stark Tower.

– Je te cherchais tout à l'heure. On a un dîner ce soir avec Damien et Dallas Sykes. Nikki et Aiden seront là, aussi.

– D'accord. À quelle heure ?

– À 19 heures. Au Cut 360, juste en bas de la rue.

Cet échange semble étrange et guindé, mais je n'arrive pas à déterminer si c'est parce que quelque chose va vraiment de travers, ou si c'est parce que je le perçois à travers ma propre petite bouffée d'angoisse.

– Très bien. Que dirais-tu de descendre vers sept heures moins le quart ? On ira ensemble à pied. Il devrait faire bon encore ce soir.

J'acquiesce. Et puis, avant d'avoir pu m'en empêcher, je lâche :

– Tu n'étais pas à ton bureau tout à l'heure.

– Non. J'étais sorti.

– C'est ce que j'en ai déduit. Qu'est-ce que tu as fait ?

– Rien de particulier.

– Avec Megan, dis-je d'une voix blanche.

J'ai essayé de garder un timbre normal, sans succès.

Il me dévisage et penche la tête sur le côté. Je crois qu'il plisse les yeux, mais c'est peut-être seulement mon imagination.

– Oui, répond-il d'un ton égal. Avec Megan.

Nous bloquons la circulation des piétons, et un homme immense en costume de prix me jette un regard outré. Je n'y prête pas attention. Parce qu'à présent j'ai la certitude que la conversation est guindée, et je ne comprends pas ce qui se passe, et j'ai la trouille. Parce que ce n'est pas censé se passer comme ça. Pas entre Jackson et moi. Jamais.

Je me force à prendre une voix normale.

– Je ne savais pas qu'elle était restée en ville depuis le documentaire.

– Elle est revenue.

– Tu ne m'as jamais dit pourquoi vous vous êtes disputés à l'avant-première.

Je croise son regard. Le mien, j'en suis sûre, est implorant. Le sien est aussi froid que la banquise.

– Non, en effet.

Il aurait tout aussi bien pu me gifler.

– Tu sais quoi, Jackson ? Va te faire foutre.

Je le vois reculer d'un pas comme pour se protéger d'une explosion, mais je suis déjà allée trop loin pour m'en soucier.

– Tu veux garder tes putains de secrets bien au chaud ? Vas-y.

Je le plante là, furibarde. J'ai l'impression d'être la dernière des imbéciles, et je ne suis plus trop certaine de savoir qui de nous deux a déconné.

De retour à mon bureau, j'essaie de me concentrer. Peine perdue.

Je sais que je suis jalouse, mais merde ! je m'en fiche. Je voulais le voir aujourd'hui – j'avais besoin de lui. Et il n'était pas là. Parce qu'il était avec une autre femme, une femme avec qui il a couché, et à laquelle il tient.

Alors ouais, c'est peut-être débile ou vache ou injuste de ma part, mais je vais me complaire là-dedans. Parce que tant que je chouine à ce sujet, au moins toute la merde à propos de mon père et de mon frère reste ensevelie sous un gros tas d'angoisse absurde.

Putain.

– Dure journée ?

Je pivote sur mon fauteuil pour découvrir Karen à l'entrée de mon box, tenant un vase rempli de roses jaunes.

Je grimace.

– J'ai dit ça à voix haute ?

– Ne vous inquiétez pas. J'ai entendu des choses bien plus colorées à cet étage.

– Désolée. Et, oui, j'ai connu des journées plus agréables.

– Peut-être que ceci vous aidera, dit-elle en me tendant les fleurs. Elles viennent d'arriver, pour vous.

– Vraiment ?

J'imagine que j'aurais pu le deviner ; ce n'est pas comme si Karen passait ses journées à promener des bouquets de roses dans les couloirs.

– Qui les a fait livrer ?

Mais je ne pose la question que pour la forme. Bien sûr, que je sais d'où elles viennent. Et mon cœur si lourd il y a encore quelques secondes bat des ailes dans ma poitrine.

Juste pour vérifier, je jette un œil à la carte.

Nous ne sommes qu'à un étage l'un de l'autre, mais c'est comme si un monde nous séparait.

Je suis désolé.

J.

Je glisse la carte dans mon sac à main et souris à Karen.

– Vous aviez raison. Ça m'a bien aidée.

– Ravie de l'entendre. (Elle fait un pas en direction de son bureau à l'accueil, puis s'arrête.) Si Jackson monte, est-ce que je vous l'envoie directement ?

– Oui, faites comme ça.

Je m'apprête à lui texter un petit « Désolée d'avoir été chiante », mais avant que j'aie pu écrire quoi que ce soit, je reçois un appel de Cass. Je décroche :

– Salut, ça va ?

– C'est ce que je voulais savoir, répond-elle. Est-ce que tu as besoin que je vienne coller une bonne paire de claques à ton mec ?

Soit ma meilleure amie a perdu la boule, soit...

– De quoi tu parles ?

– Je parle de cette rouquine, là. C'est qui, cette meuf ? T'as vu ce merdier ? Attends.

Elle parle si vite que j'ai à peine le temps de comprendre ce qu'elle dit, et je viens d'ouvrir la bouche pour lui demander de ralentir quand elle m'envoie un texto avec un lien vers un site web.

– Tu l'as eu ? Clique.

– Attends.

Je n'ai pas envie – vraiment pas. Parce que ce sera forcément moche. Mais j'ai besoin de savoir, alors je clique. Et oui, bien sûr, je pousse un juron.

– Oh *putain* !

C'est un site de cancans sur les vedettes, comme il y en a plein d'autres. Mais celui-ci fonctionne comme les réseaux sociaux. N'importe qui peut commencer à rédiger un article, et les membres de la communauté ont la possibilité de prendre le relais en ajoutant des commentaires et des images. L'article que j'ai sous les yeux s'ouvre sur une photo de Jackson, la tête penchée contre celle de Megan, son expression emplie d'une telle tendresse que j'ai vraiment envie de vomir.

Il y a une accroche, aussi. *Jackson Steele : le starchitecte nouveau membre du club des Bad Boys hollywoodiens ?*

– Oh non… dis-je.

– Je suis vraiment désolée. Tu la connais ?

Mais je suis trop occupée à faire défiler les images et à lire l'article pour répondre. Il y a cinq photos. La première, de Jackson et moi au Westerfield's. La deuxième a été prise hier soir, et nous montre, Jackson et moi, soutenant Cass pour l'emmener à la limousine. Les trois dernières sont des photos de Jackson avec Megan. Tout d'abord, la scène à laquelle j'ai assisté une heure plus tôt – elle, l'embrassant au pied de la Stark Tower. La suivante les montre attablés l'un en face de l'autre, apparemment en train de déjeuner. Et sur la dernière, on les voit tous deux sur le pont de son bateau. Cette photo a manifestement été prise depuis le dock à l'aide d'un téléobjectif. Jackson est debout face à Megan, il a les mains posées sur ses épaules, et sous cet angle on dirait qu'il est sur le point de l'attirer à lui pour lui rouler une pelle.

Et le pire dans tout ça ? Je reconnais le drapeau vert du yacht amarré juste à côté d'eux. Parce qu'il est arrivé ce matin, au moment où Jackson et moi partions bosser – ce qui signifie que cette putain de photo a été prise aujourd'hui. *Aujourd'hui.*

– Ce n'est pas…

J'essaie d'articuler une phrase, mais mon cerveau est gelé. Tout en moi est gelé. J'ai froid. Tellement, tellement froid.

– Ça ne peut pas être…

– Je pense bien que non ! s'exclame Cass. Je veux dire, ils racontent n'importe quoi sur nous trois, donc avec un peu de chance, cette histoire avec la rouquine, c'est des conneries aussi.

– Elle s'appelle Megan, dis-je, en état de choc. Qu'est-ce que tu veux dire par « nous trois » ?

Elle me répond, mais je n'entends plus ce qu'elle dit. Parce que j'ai trouvé toute seule ce dont elle parlait. L'article raconte que Jackson travaille pour Damien. Il explique comment, petit nouveau à Hollywood, il a fait son trou. À s'échauffer dans des bagarres. À baiser tout ce qui bouge. Moi. Moi et Cass, en sandwich fille-garçon-fille. Et cette nana à présent, que l'auteur n'a pas pu identifier mais que Jackson a ramenée sur son bateau après un déjeuner en tête à tête, pour un dessert en tête-à-queue.

Ça ne peut pas être vrai.

Je fais défiler l'article et trouve plus bas des photos de Jackson avec d'autres femmes – toutes prises au cours des cinq dernières années. Il n'y en a pas tant que ça – ce n'est pas comme si Jackson était une méga star de cinéma et que les paparazzis lui collaient aux basques en continu – mais la personne qui a pondu cet article a bien travaillé, et pour tous les galas auxquels

Jackson a pu se rendre il y a chaque fois une femme différente à son bras. Et le commentaire explique que Jackson a peu ou prou baisé toutes les femmes qui ont croisé sa route à travers les États-Unis, et qu'il ne va pas s'arrêter pas en si bon chemin. Avec Megan. Avec moi. Avec Dieu sait qui d'autre encore.

– Ne flippe pas complètement avant d'avoir parlé avec lui, m'avertit Cass.

C'est plutôt ironique, étant donné que c'est elle qui m'a appelée complètement flippée. Je lui signale cet état de fait.

– Je sais, je sais. Pardon. C'est juste que... ben, j'apprécie Jackson, mais toi je t'aime, et je ne veux pas te voir souffrir. Et je jure que s'il te fait souffrir, je lui couperai les couilles avec une scie à métaux.

Je me crispe un peu. Mais je ne suis pas contre l'idée.

– Tu vas lui parler, hein ?

– Ouais.

Je ne dis pas quand je le ferai, mais je sais que ce n'est pas pour tout de suite. Dans l'immédiat, je me sens un tout petit peu trop à vif.

– Bon, écoute, mon rendez-vous est arrivé. Mais appelle-moi si tu as besoin de moi.

Je lui promets que je le ferai, et raccroche. Je m'assieds et fixe mon écran un moment, et – puisque ça n'arrange pas mon humeur – je tends le bras pour éteindre ce maudit ordinateur.

Merde.

Comment une journée qui avait si bien commencé a-t-elle pu se dégrader autant ?

Je regarde le bouquet de fleurs sur mon bureau – des roses pimpantes qui auraient dû apporter une touche de bonne humeur à ma journée, et qui au lieu de cela ne font que m'accabler davantage.

– Putain !

J'empoigne le vase, et avant d'avoir pu m'en dissuader, je balance le tout – le verre, les fleurs, l'eau – à la poubelle.

Ce n'est pas aussi cathartique que je l'espérais, mais je me sens un peu mieux.

En vérité, je devrais ramener ma fraise au vingt-cinquième pour parler à Jackson, mais je risque de craquer à tout moment. J'ai peur de ne pas pouvoir m'empêcher de lui hurler dessus. Ou pire, d'éclater en sanglots. J'ai besoin de temps pour me ressaisir. J'ai besoin de ne pas penser à Jackson ou à Megan ou à ces photos débiles, et de laisser reposer.

Et puisque le meilleur moyen pour cela est de faire une plongée en apnée dans le travail, je rallume mon ordinateur, reprends ma liste de messages téléphoniques et commence à rappeler les gens.

C'est à cela que je suis occupée quand il débarque, silencieux comme un chat. Mais ça ne change rien. Je sais qu'il est là, et le garrot qui avait commencé à se relâcher autour de mon cœur se resserre à nouveau.

– J'attends votre proposition avec impatience, dis-je à mon interlocuteur avant de raccrocher.

Je laisse passer quelques secondes. Puis je pivote sur mon fauteuil pour lui faire face.

Malgré moi, sa vue me coupe le souffle.

Il est habillé comme tout à l'heure. Pantalon de toile, chemise à col boutonné, les deux derniers boutons ouverts sur le creux à la base de son cou, sous la pomme d'Adam. Rien de particulier dans sa tenue. Rien de cérémonieux dans sa posture. Au contraire, il est nonchalamment appuyé contre le mur de mon box.

Mais c'est son expression qui me saisit. Emplie de passion, de repentir et d'un désir tel que je me sens presque arrachée à mon fauteuil. Je ne sais pas ce qui me retient d'aller me blottir dans ses bras et d'appuyer ma tête contre sa poitrine. Jackson n'est-il pas la seule personne au monde qui ait toujours réussi à me faire me sentir mieux ? Qui sache comment m'apaiser et me rassurer ?

Pas aujourd'hui.

Aujourd'hui, je n'ai personne.

Aujourd'hui, je m'arme de courage pour planter mon regard dans le sien.

– Le moment est vraiment mal choisi.

Son regard se dirige vers le bas, et je suis mortifiée quand je m'aperçois qu'il contemple les fleurs qui gisent dans ma corbeille. Je commence à me lever – je veux tout expliquer –, mais je me force à rester assise. À cet instant, ce n'est pas moi qui dois m'excuser ou donner des explications. C'est Jackson. Et si cette preuve concrète de ma frustration et de ma colère ne le pousse pas à s'expliquer, alors sans doute que rien n'y parviendra.

Lorsqu'il relève la tête, tout en lui est neutre, indéchiffrable. Seule la crispation de ses mâchoires – comme s'il serrait les dents – témoigne de son humeur sombre. Et si je ne le connaissais pas par cœur, je ne pourrais pas deviner sa fureur croissante.

– Je te laisse te remettre au travail, dit-il platement, sur un ton mesuré et d'une froideur absolue.

– Jackson...

Son nom a franchi mes lèvres malgré moi, et j'hésite, déconcertée, ne sachant plus trop ce que j'avais l'intention de dire.

Il avait reculé d'un pas, mais il se fige.

Je me maudis, car je ne suis pas prête à avoir cette conversation maintenant. Aussi je me contente de dire :

– N'oublie pas, 19 heures. On se retrouve au restaurant.

Il croise mon regard et le soutient un peu plus longtemps que je ne l'aurais voulu.

– À 19 heures, dit-il enfin, avant de tourner les
talons.

Je me suis levée pour le regarder partir, mais Jackson
s'éloigne sans se retourner.

17

– Vous êtes le héros de la soirée, Jax, et vous n'avez quasiment pas ouvert la bouche depuis qu'on est là.

Dallas Sykes se carre dans son fauteuil et repousse son assiette avant de siffler son troisième martini. Notre magnat des grands magasins est un peu la définition vivante du *bad boy* sexy, qui dans sa version complète inclut des femmes à moitié nues accrochées à ses bras. Jackson et moi l'avions déjà croisé, à l'occasion d'une expédition sur le site de Cortez qui avait alimenté la presse à scandales, et nous nous étions retrouvés dans les tabloïds aux côtés de Dallas et de sa petite amie, très mignonne, et surtout très mariée.

– C'est « Jackson ». Et je vous prie de m'excuser. J'ai beaucoup de choses en tête.

Il ne me regarde pas. Je ne m'attends pas à ce qu'il le fasse, cela dit. Nous avons réussi à ne pas nous regarder une seule fois durant ces quatre-vingt-dix dernières minutes, depuis que nous sommes arrivés séparément au restaurant.

Nous sommes assis à une table ronde, et j'ai pris la place à côté de Nikki. Aiden a dû annuler – apparemment, Trent est parti en long week-end et il y a des problèmes sur le site de Century City qui nécessitaient qu'on s'en occupe immédiatement –, nous ne sommes donc finalement que cinq. Nikki, Damien et moi sommes arrivés en premier, et quand Jackson nous a rejoints quelques instants plus tard, il a eu le choix entre le siège à côté du mien, et celui à côté de Damien.

Il a préféré s'asseoir à côté de moi. Et bien que j'aie pu éviter son regard toute la soirée, la tension qui emplit l'air entre nous est impossible à ignorer, si palpable que je suis presque surprise que personne d'autre ne soit happé par l'espèce de trou noir qui s'est formé entre lui et moi.

Je fais de mon mieux pour faire rouler la conversation sur le Domaine de Cortez. Mais Dallas — l'un des principaux actionnaires — a déjà entendu parler de tout ça et ne laisse aucun répit à Jackson.

— J'parie que vous auriez jamais pensé devenir aussi célèbre quand vous étiez gamin et que vous faisiez des petits dessins dans vos cahiers. (Il sourit.) J'ai vu le documentaire.

Jackson lui adresse un sourire poli.

— J'espère que vous l'avez trouvé intéressant.

— Fascinant, dit Dallas.

Ses yeux sont aussi verts que ceux de Jackson sont bleus, et il semble si sincère que je me demande si son numéro de dangereux séducteur n'est pas juste un genre qu'il se donne. Ce type dirige une boîte qui pèse plusieurs milliards de dollars, pour laquelle il fait du bon boulot. Et il n'a pas l'air d'avoir du fromage blanc à la place de la cervelle. Alors, qu'est-ce qu'il cache ?

Le mystère restera entier, bien entendu. C'est très mal vu de fouiner dans la vie privée de vos investisseurs. Du moins si vous souhaitez qu'ils le restent.

Nous sommes en plein dans le sujet des *bad boys*, toutefois, tandis que Dallas se penche vers Jackson.

– Dire que je croyais avoir une réputation de tête brûlée… Mais vous, vous lui avez fait sa fête, à ce Reed, dites donc ! Il faut que je sache. De quoi s'agissait-il ?

– Je passais juste une sale journée.

Je peux presque visualiser la tension qui s'échappe par tous les pores de Jackson, flottant autour de lui comme un brouillard rouge sang.

– On a commencé à réfléchir aux commerces du Domaine, dis-je avec entrain à l'intention de Dallas. Nous souhaitons rester très haut de gamme, avec des espaces de vente sophistiqués, mais j'ai pensé que vous et moi, nous devrions prendre le temps de discuter pour envisager l'ouverture d'une succursale de vos magasins.

– Avec plaisir, répond-il. C'est le côté célébrité qui me rend dingue, poursuit-il à l'adresse de Jackson, imperturbable. Un documentaire. Un long-métrage. J'ai vu les photos de vous avec Graham Elliott. La vache, vous aussi vous pourriez jouer dedans, si vous vouliez. Vous avez le physique de l'emploi.

– Dallas, intervient Damien avec fermeté. Étant donné que Reed peut toujours intenter une action civile, je pense que nous ne devrions pas nous attendre à ce que M. Steele s'étende sur le sujet.

Mon estomac se noue. Maintenant que l'affaire pénale a été réglée, je croyais que nous en avions fini avec ce cirque juridique. Et je me demande si Damien sait quelque chose, ou s'il essaie seulement de fermer le clapet de Dallas.

J'espère que la deuxième hypothèse est la bonne. Et, franchement, je salue son effort.

– Eh ! D'accord, laissons tomber. C'est juste ce film qui m'intrigue. Évidemment, si vous vouliez vraiment jouer dedans, vous n'auriez pas cassé la gueule du producteur. Alors du coup, c'est quoi le problème ? Juste le scénario qui ne vous plaît pas ? Quand est-ce que ça sort, au fait ?

À côté de moi, Jackson se raidit. Sa main gauche, qui était sur son genou, vient se poser sur le mien. Il m'a à peine effleurée qu'il semble s'apercevoir de son geste, et retire sa main comme si mon corps était incandescent.

Je n'hésite même pas. Je tends la main à mon tour et saisis la sienne. Peu importe nos différends, je ne vais pas le laisser seul.

– Je crains que vous ne soyez mal informé, dit Jackson d'une voix ferme mais polie. (Il me broie quasiment la main, au point que je dois serrer les dents.) Il ne va pas y avoir de film.

– Ah bon ?

Dallas ressemble à un chien qui a trouvé un os, et je suis persuadée qu'il ne le lâchera pas.

Dieu merci, Damien arrive à la rescousse et questionne Dallas au sujet d'une plainte pour incendie criminel dans l'un de ses magasins, à Chicago. Apparemment, tout est parti d'une dispute violente entre le directeur et un gang de rue, et Dallas est suffisamment captivé par les aspects mélodramatiques de l'histoire pour ne pas s'écarter du sujet.

Tandis que la conversation s'éloigne de lui, la main de Jackson se desserre. Et lorsque nous abordons un tout autre sujet – Nikki mentionne un appel de Wyatt –, il me relâche pour de bon.

Il me semble que je m'effondre, comme si cette simple perte de contact était plus critique que le fossé qui s'est creusé entre nous tout l'après-midi.

Je me force cependant à n'en rien laisser paraître, me concentrant plutôt sur Nikki.

– Ah, tant mieux. Je suis contente qu'il ait appelé ; je voulais t'en parler, je lui avais téléphoné ce matin. Tout est calé pour lundi soir.

– Un rencard en perspective ? demande Dallas.

J'explique :

– Un cours de photographie, qu'on a dû reporter.

Nikki embrasse Damien sur la joue.

– Ça valait le coup.

Nikki nous raconte leur escapade à New York, avant de revenir sur les détails à prévoir pour notre leçon de photo.

– Je te retrouverai à Santa Monica, me dit-elle. Vers 19 heures ? Et peut-être qu'ensuite Damien et Jackson pourraient nous rejoindre pour boire un verre ?

Elle a posé la question avec l'air de marcher sur des œufs, de sorte que je suis persuadée qu'elle a remarqué la brouille entre Jackson et moi.

Je m'apprête à répondre que la soirée ne sera peut-être pas idéale pour se retrouver autour d'un verre, quand Jackson intervient :

– Je pense que c'est une idée fantastique.

Il parle sans me quitter des yeux, le regard empli d'excuses. Même si je ne suis pas en mesure d'affirmer que nous serons réconciliés d'ici lundi, je sais en revanche que le gros de ma colère est passé. Il est temps qu'on parle.

Aussi, j'opine du chef.

– Oui. C'est une super idée.

J'apprends avec étonnement que Dallas touche sa bille en photographie, et nous nous mettons à parler du travail de Wyatt, y compris des tirages qui ornent certains des murs de Stark International. La conversation roule ensuite sur la carrière de tennisman de Damien, avant de revenir à son point de départ : l'agression de Reed.

Cette fois-ci cependant, Dallas n'est plus aussi insistant.

— J'ai entendu dire que vous alliez effectuer vos travaux d'intérêt général à la Stark Children's Foundation.

— Je commence cette semaine, confirme Jackson. Je vais travailler à la collecte de fonds prévue dimanche. J'ai hâte de mettre la main à la pâte. Ce n'est pas quelque chose que la plupart des criminels comme moi disent à propos de leurs TIG, mais je suis content d'avoir l'occasion de travailler avec les enfants. Et c'est pour la bonne cause, ajoute-t-il en regardant Damien. Je devrais faire du volontariat pour ce genre de boulot, même sans la menace d'une incarcération au-dessus de ma tête.

— Oui, vous devriez, renchérit Damien.

Il a fondé cette œuvre de charité assez récemment, mais je sais qu'elle lui tient à cœur. C'est le cas pour moi également, même si je ne l'ai jamais dit à Damien. Mais je m'identifie pleinement aux enfants qu'il a entrepris d'aider.

Le serveur nous apporte la carte des desserts, et le repas se termine sans encombre, la conversation ne revenant plus sur les sujets trop sensibles. Lorsque nous nous retrouvons tous les cinq à l'extérieur, Jackson tend son ticket au voiturier, un garçon en âge d'entrer à l'université.

— Dallas ? De quel côté vous dirigez-vous ? demande Damien.

— J'ai une suite au Biltmore, répond-il en faisant un geste vague en direction de l'hôtel. On se prend un dernier verre ?

— Volontiers, acquiesce Damien, le bras autour de la taille de Nikki. Sylvia ?

— Elle reste avec moi, intervient Jackson. On doit

discuter de certains points ensemble. Au sujet du Domaine, ajoute-t-il, bien que personne ne soit dupe.

Damien hoche la tête, et lui et Nikki nous saluent, en rappelant qu'on se verra dimanche pour la collecte de fonds.

Je me tourne vers Jackson.

– Je reste avec toi ?

– J'espère bien. C'est trop douloureux de ne pas t'avoir avec moi.

Le voiturier revient avec la Porsche, qu'il gare devant nous. Il sort de la voiture et tient la portière ouverte pour Jackson.

Jackson contourne la voiture et fait de même pour moi, côté passager.

– S'il te plaît, Syl. Il faut qu'on parle. Et surtout, je crois que j'ai des excuses à te faire.

Je monte dans la voiture – honnêtement, je n'ai pas douté un instant que j'allais le faire.

Je ne sais pas exactement ce que nous allons nous dire, en revanche je sais que certaines choses ont besoin d'être dites.

18

Il n'y a pas beaucoup de circulation, et nous parvenons au bateau de Jackson en moins d'une demi-heure. Durant le trajet, Jackson ne décroche pas un mot, et nous restons tous deux silencieux, perdus dans la musique de Dominion Gate dont nous n'avions pas fini d'écouter l'album la veille au soir en nous rendant au Westerfield's.

Lorsque nous arrivons à la marina, Jackson se gare devant le Veronica, coupe le contact et se tourne vers moi.

– Tu me manques. Et je te demande pardon.

Je cligne des yeux pour refouler mes larmes.

– J'ai besoin de t'entendre le dire. Est-ce que tu couches avec elle ?

– Non.

Il a lâché le mot sans hésiter, avec violence.

– Seigneur, non. Je te l'ai dit. Rien qu'une fois, et c'était il y a longtemps. C'est une amie, Syl. Juste une amie.

Je hoche la tête, avant d'ouvrir ma portière.

– Viens.

Il semble toujours méfiant mais se décide à me suivre hors de la voiture, puis sur le bateau.

Dès que nous sommes sur le pont, je m'approche de lui, passe mes bras autour de sa taille et presse ma joue contre sa poitrine. Ses bras m'enlacent, et je respire profondément, avec contentement, pour la première fois depuis des heures. Nous demeurons ainsi un moment, sentant le bateau tanguer doucement sous nos pieds, jusqu'à ce que je me dégage enfin pour m'asseoir sur l'un des transats.

— C'est la seule chose qui te dérange ? demande-t-il. Megan ?

Je secoue la tête, tâchant de mettre en mots ce que je n'ai pas encore réussi à formuler dans ma tête.

— Ça m'a fait chier, finis-je par admettre. Parce que quand on s'est retrouvés devant le bureau, visiblement, tu me cachais des choses. Et… non, dis-je alors qu'il s'apprête à parler. Laisse-moi vider mon sac. Et je n'ai pas aimé me sentir si jalouse quand je l'ai vue t'embrasser. Et après, j'ai vu les autres photos.

Son front se plisse.

— Quelles autres photos ?

— Sur Internet. Toi et Megan, sur le bateau aujourd'hui. Et toi en compagnie d'autres nanas avec qui tu es sorti ces dernières années. À des fêtes, en général.

— Je ne les ai pas vues.

— Non ? Bon, eh bien ça m'a gavée. Et je sais que c'est con, et je sais qu'on n'était pas ensemble à l'époque. Et je sais que tu m'as dit que c'étaient des histoires sans importance pour toi…

— Je t'ai dit ça parce que je le pensais.

— Je sais. Tu as juste couché avec ces minettes. Et à part Megan, elles ne comptent pas pour toi. Pas comme ça. J'ai compris… vraiment, je comprends tout à fait. Mais je suis quand même jalouse. Surtout quand je pense… Tu sais, aux autres trucs.

— Quels autres trucs ?

Je sens mes joues rosir, et ça m'énerve : je ne veux pas être gênée ou mal à l'aise. Je voudrais garder le dessus dans cette conversation, mais je n'assure pas du tout.

– Tu aimes dominer, Jackson. Et on a fait des trucs. Au lit, je veux dire. Et j'aime ça… vraiment. J'aime beaucoup ça. (Tout en parlant, je me frotte les poignets en repensant aux menottes de cuir qu'il m'a passées il n'y a pas si longtemps.) Et tu as ce coffre plein d'accessoires dans ta chambre, et je ne crois pas qu'il soit resté là tout ce temps simplement à m'attendre comme un cadeau au pied du sapin, et je ne peux pas m'empêcher de penser à toutes les autres… Merde !

Je m'interromps parce que j'en ai trop dit. Et honnêtement, je n'avais pas du tout prévu d'évoquer ça. Tout ce que je sais désormais, c'est que je suis jalouse. Jalouse de Megan. Jalouse des autres femmes. Jalouse, point barre.

Et apparemment, ma jalousie n'avait pas encore touché le fond jusque-là. Qui l'eut cru ?

Jackson s'était assis à mes côtés sur la chaise longue, mais il s'agenouille à présent devant moi. Il pose ses mains sur mes genoux, et ce contact est chaud et rassurant.

– Il n'y a que toi. Il n'y a jamais eu que toi. Même avant que je te rencontre, il n'y avait que toi. (Il a un sourire en coin.) Et il n'y aura plus jamais que toi.

Il se penche pour m'embrasser tendrement.

– Attends.

Mes lèvres fourmillent encore de son baiser tandis qu'il descend dans la cabine. Je n'ai aucune idée de ce qu'il fabrique, et lorsqu'il remonte avec la fameuse malle aux trésors je pousse un cri de surprise.

– Jackson ?

Il me regarde le temps d'un sourire puis se dirige vers le bastingage et – avant que j'aie pu m'en rendre compte – il jette le coffre et son contenu par-dessus bord.

– Jackson !

Je saute sur mes pieds et me précipite à ses côtés, juste à temps pour voir les eaux sombres l'engloutir.

– Pourquoi...

– Il n'y a que toi, répète-t-il, avant de me prendre dans ses bras. Et je peux te garantir qu'on va passer de merveilleux moments à remplir un nouveau coffre.

Je ne peux retenir un éclat de rire. Mais je secoue ensuite la tête.

– Je n'aime pas être comme ça. Jalouse. C'est un truc de mégère possessive, je n'aime pas ça du tout. Mais je ne veux pas te perdre. Et je vois des choses de ce genre. Des photos. Ou les secrets que tu gardes. Et je suis désolée, mais ça me fout les jetons.

Je prends une grande inspiration, dépassée par cette déclaration incontrôlée qui a jailli de moi.

– Je suis désolée de ne pas t'avoir dit que je voyais Megan aujourd'hui.

– Non, non. C'est moi qui suis désolée. Vraiment. J'ai fait mon emmerdeuse. Et je te demande pardon.

– Oh, ma chérie, dit-il en me caressant la joue. Viens avec moi.

Il me prend la main et nous descendons à la petite cuisine.

Je m'attable, et il me rejoint avec une bouteille de vin, deux verres et une boîte de cookies Chips Ahoy. Il se sert avant de me tendre la boîte. J'en prends un et croque dedans tandis que Jackson commence à parler.

– Je ne savais pas que Megan était de retour en ville. Elle est rentrée chez elle après la projection, et je pensais qu'elle était toujours à Santa Fe. (Il marque une pause pour boire une gorgée de vin.) Elle m'a appelé avant le déjeuner. Elle a dit qu'elle était dans le centre et qu'elle avait besoin de parler. Son mari est mort il y a environ un mois.

– Oh ! (J'ai encore plus l'impression d'être une sacrée connasse, maintenant.) Je suis désolée.

– Ça a été… dur pour elle, soupire-t-il, pinçant le haut de son nez entre son pouce et son index. Je t'ai dit que c'était une amie, et c'est vrai. Mais il n'y a pas que Megan qui compte pour moi. Il y a toute la famille. Surtout Ronnie.

– La petite fille.

– Elle a trois ans, déjà. (Il est évident qu'il est fou d'elle, vu le sourire qui lui remonte jusqu'aux oreilles.) Elle est maligne comme un singe, câline comme tout. Elle est…

Il se passe la main dans les cheveux, et il me semble tout à coup épuisé. Il secoue la tête et sourit tristement.

– C'est une gamine géniale.

Je fronce les sourcils, parce que ses paroles ne sonnent pas bien avec la peine qui se lit sur son visage, que je détecte dans sa voix.

– Quelque chose ne va pas ?

Je me lève pour me mettre à côté de lui, en m'asseyant à moitié sur la table.

– Que s'est-il passé ? Ronnie va bien ?

– Oui, oui. Ronnie va très bien. C'est Megan.

Il prend une grande inspiration et vide son verre d'une traite, tout en pianotant nerveusement du bout des doigts.

– Tu m'as demandé pourquoi je ne voulais pas que le film se fasse. Eh bien, c'est en grande partie à cause de Megan.

– Megan ?

Je ne comprends pas bien ce qu'elle a à voir avec ce film.

Santa Fe.

– C'est sa maison ? C'est une Fletcher ?

La maison de Santa Fe – celle qui a plus ou moins lancé la carrière de Jackson – avait été commandée par un certain Arvin Fletcher.

Jackson hoche la tête.

– C'est la fille d'Arvin.

– Oh…

Arvin Fletcher est l'un des plus gros promoteurs immobiliers du pays. Il a commencé au Nouveau-Mexique avec des investissements judicieux. Il ne pèse pas aussi lourd que Damien, mais ça se joue à peu de chose. Et c'est lui qui a fait connaître Jackson, en l'embauchant alors qu'il était peu connu, pour lui construire une maison sur les hauteurs de Santa Fe. Ensuite, la maison est devenue encore plus célèbre, car l'une des trois filles Fletcher a assassiné sa jumelle avant de se suicider. Megan, je viens de le comprendre, est la sœur survivante.

Aïe.

Je me lève et commence à faire les cent pas, tâchant de mettre de l'ordre dans mes idées.

– Donc tu ne veux pas de ce film parce que tu es proche des Fletcher. Le père de Megan t'a donné la chance de ta vie, et c'est pour ça que tu veux protéger sa famille ?

– En partie, oui. Mais en partie seulement. Megan est bipolaire. Elle est bien plus que ça, en fait, mais c'est l'étiquette la plus facile à expliquer. Elle est stable depuis des années – les médicaments aident, et Tony lui faisait du bien. Mais depuis qu'il est mort, c'est plus dur. Elle n'est pas en forme, elle ne prend plus ses médicaments comme il faut.

– Oh ! (Je ne sais pas trop quoi dire.) C'est moche.

– Entre autres choses, oui, c'est moche. (Il se pince l'arête du nez.) Je m'inquiète pour Ronnie, je ne sais pas comment Megan va réussir à s'occuper d'elle sans Tony – il était comme un père pour la petite. Et je crains que la presse n'aille fouiner pour dénicher les squelettes dans le placard de la famille. Les journalistes ne se gêneront pas, tu sais. Si le film se fait, toute l'histoire de la famille sera rendue publique. Même si le scénariste ne farfouille pas trop, les journalistes le feront. Et je ne veux pas qu'ils révèlent la maladie de Megan et sa gravité. Ni qu'ils découvrent qu'Amelia avait des problèmes, elle aussi.

– C'est celle qui s'est tuée après avoir tué sa jumelle ?

Il soupire et acquiesce, mais il est clair que cette discussion lui coûte beaucoup.

– Oui. Elle a tiré sur Carolyn. Megan est l'aînée.

– Le scénario suggère qu'Amelia est devenue folle à cause de toi, dis-je doucement.

Je ne l'ai pas lu moi-même, mais c'est ce que m'a dit Jamie, qui le tient d'une de ses sources à Hollywood.

L'expression de Jackson s'assombrit.

– Elle avait le béguin pour moi, oui. Mais je ne me risquerais pas à une telle conclusion à partir de ce détail.

Je hoche la tête, m'apercevant que j'ai touché un point sensible.

– Ce qui compte, c'est que je ne veux pas voir Ronnie grandir en plein drame. Elle a eu sa dose, et avec le décès de Tony c'est déjà assez dur comme ça pour Megan de se recentrer.

– Elle est en mesure de s'occuper de Ronnie ? Je veux dire, si elle ne prend pas ses médicaments ?

– On a eu quelques discussions houleuses à ce sujet. Mais je ne fais pas partie de la famille, alors il n'y a pas grand-chose que je puisse faire. Pas d'un point de vue juridique, en tout cas.

Il parle d'une voix dure, amère. Puis, après quelques secondes de silence :

– Syl, il faut que je te dise… Non, laisse tomber.

Je m'approche de lui et lui prends la main.

– Quoi ?

– Il faut juste que j'arrange ça, et je ne sais pas comment.

– Que tu arranges quoi ? Tu veux dire, faire en sorte que Megan aille mieux ? Qu'elle reprenne ses médicaments ?

Il reste immobile un instant avant de hocher la tête.

– Tu peux lui parler. Parler à sa famille.

Il prend une grande inspiration.

– C'est ce que je fais. Mais elle promet qu'elle va les prendre. Et elle dit qu'on l'aide suffisamment comme ça.

– C'est vrai ?

– C'est quoi, suffisamment ? La grand-mère de Megan donne un coup de main. Et elle a un peu de famille dans la région, aussi.

– Arvin ?

– Non.

Je ne pose pas de question. Au ton de sa voix, je peux deviner que le père de Megan n'a pas donné sa bénédiction à sa fille quand elle est tombée enceinte.

– Quoi qu'il en soit, maintenant tu connais l'histoire. Pas tout, bien sûr. Mais l'essentiel, c'est que je ne veux pas que Reed vienne fourrer son sale nez de voyeur dans les affaires des personnes que j'aime. (Il prend ma main.) Tu peux le comprendre ?

– Oui. (Je serre ses doigts.) Bien sûr. Et je suis vraiment désolée d'avoir été une telle connasse cet après-midi.

Il a un petit rire.

– Tu n'étais pas une connasse.

– Oh mais si, complètement.

Il pose sa main sur ma joue et je m'y appuie, m'imprégnant de sa chaleur. Je lève les yeux pour le regarder ; son expression est déterminée.

– Non, insiste-t-il d'une voix ferme.

Il soupire et se passe la main dans les cheveux avant de quitter son siège pour marcher jusqu'à une fenêtre qui donne sur le large. Il scrute la pénombre, et je remarque la tension dans ses épaules. Je voudrais le rejoindre, l'enlacer et l'aider à calmer ses inquiétudes. Mais je me force à rester assise. À attendre qu'il ait fini de dire tout ce qu'il a sur le cœur.

– Je ne veux rien te cacher. (Il se retourne vers moi.) Vraiment pas. Mais en même temps, ça sortira le moment venu. Tu vois ce que je veux dire ?

– Bien sûr. Je n'ai aucun droit sur tes secrets. Et ce n'est pas juste de ma part de jouer les garces et de rendre les choses encore plus difficiles pour toi.

Je songe à mes propres secrets – les plus douloureux, que je garde par-devers moi. Que je n'ai pas encore dévoilés à cet homme que j'aime tant. Cet homme en qui j'ai toute confiance.

Je prends une grande inspiration, et mon courage à deux mains.

– Honnêtement, je ne suis même pas sûre de m'être comportée comme ça aujourd'hui à cause de toi ou de Megan, ou de ces autres nanas. J'étais d'une humeur massacrante, et n'importe quel autre jour j'aurais sans doute pu gérer la situation comme quelqu'un de normal.

Immédiatement, son regard devient plus attentif.

– Pourquoi ? Que s'est-il passé ?

Je mens :

– Rien de particulier. C'était juste un jour sans.

En vérité, je me suis rendu compte que je voulais tout lui raconter au sujet de Reed, de mon père, et tout le bataclan. Je veux tout déballer. Je veux qu'il me prenne dans ses bras, qu'il me console et me dise que la tempête qui fait rage en moi va finir par se calmer. Car il est là, maintenant. Mais je ne veux pas le lui dire aujourd'hui. Pas juste après avoir eu vent de son propre lot d'inquiétudes.

Il me dévisage, l'air entendu.

– Qui fait des cachotteries ?

– Moi… Mais ça peut attendre, dis-je en lui prenant la main. Vraiment.

Il s'approche de moi, l'air soucieux. Il est si près que je peux sentir sa puissance et son inquiétude irradier de lui.

– Ne pense jamais une chose pareille.

– Ne pense jamais quoi ? je demande, déstabilisée.

– Que tu dois prendre des pincettes avec moi.

– Prendre des… hein ?

– Tu n'as pas besoin de m'épargner, si tu as eu une rude journée.

– Je ne cherche pas à t'épargner !

Je m'aperçois que c'est un mensonge à l'instant même où je m'entends le dire. Je me reprends :

– D'accord, peut-être que je t'épargne. Mais c'est si grave que ça ? Tu veux protéger Ronnie et Megan, toi, non ? Eh bien moi, c'est toi que je veux protéger.

– C'est gentil. Mais ce n'est pas comme ça que ça fonctionne. (Il s'assied et m'installe sur ses genoux.) Raconte-moi ce qui te préoccupe, pour que je puisse t'aider, moi aussi.

Il m'enlace étroitement et je me blottis contre lui. Je me sens bien, au chaud et en sécurité. Ironiquement, c'est ainsi que mon père me câlinait dans le grand fauteuil autrefois. Mais j'étais alors toute petite. C'était avant que les choses tournent mal et que je ne veuille même plus le regarder, et encore moins le toucher.

– Je ne sais pas par où commencer, finis-je par admettre.

– En général, par le début, ça marche bien. Ou tu pourrais me raconter ce qui s'est passé aujourd'hui.

– Mon frère m'a téléphoné.

Je prends une grande inspiration, soulagée de constater combien ce premier pas était facile.

– Ethan, c'est ça ? Qui vivait à Londres et qui revient s'installer ici ?

– Il arrive mercredi. Je vais le chercher à l'aéroport et je le conduis à Irvine. J'espérais que tu pourrais m'accompagner. Parce que… eh bien, parce que je n'ai pas envie d'y aller seule.

– Bien sûr, je serai là.

– Merci.

Mon soulagement est si intense que je chancelle.

Jackson m'observe, l'air franchement soucieux.

– Que s'est-il passé avec tes parents, Sylvia ?

J'ai tellement l'habitude de ne pas en parler que j'élude la question par réflexe. Je me ressaisis, hoche la tête, et me concentre. Puis, lentement, je commence :

– C'était… Tout allait bien quand j'étais petite. Tout était normal.

– Alors à quel moment les choses ont changé ?

– Quand Ethan est tombé malade.

Je me lève, incapable de rester immobile, et je marche autour de la petite table.

– C'était le gamin le plus craquant qu'on ait jamais

connu. Tout le monde l'adorait. Mes parents le trouvaient extraordinaire, et ça ne me dérangeait pas puisque c'était aussi mon avis.

— Tu es l'aînée ?

— Oui. On n'a pas tout à fait trois ans d'écart. Et ce que je préférais par-dessus tout, c'était m'occuper de lui. Jouer à la poupée, tu vois ? Je lui donnais à manger, je le changeais… Et quand il a grandi, on est devenus très proches.

J'attends que Jackson me demande ce qui s'est passé ensuite, mais il me regarde d'un air tranquille, décidé à me laisser aller à mon rythme.

— Vers ses dix ans, il a commencé à se bagarrer avec d'autres gosses, plus vieux que lui, à l'école. Ils lui cherchaient des poux dans la tête et… enfin, peu importe pourquoi. Le problème, c'est que ses bleus ne guérissaient pas aussi vite que prévu. Alors ma mère l'a emmené chez le médecin.

— Qu'est-ce qu'il avait ?

— Rien. Enfin, c'est ce que le pédiatre nous a dit. Pendant un an, tout allait bien. Le temps que mes parents découvrent que c'était une affection sanguine rare, un truc grave qui attaque les organes, il y avait déjà eu des dégâts, en fait. Et les médecins ont dit qu'Ethan ne survivrait sans doute que quelques années comme ça.

— Oh, Syl…

— C'était horrible, j'étais terrifiée, et tout à coup, de jour en jour, Ethan était de plus en plus faible. Je me réveillais le matin, et c'était comme si la nuit avait emporté un peu de lui à chaque fois. (Je ferme les yeux de toutes mes forces. C'est un passé que je n'ai aucune envie de remuer.) Et on avait juste l'impression d'attendre qu'il meure.

Un frisson me traverse, et Jackson est immédiatement à mes côtés pour m'étreindre. Je me love contre lui, laissant ces horribles souvenirs se heurter à la solidité de l'homme que j'aime.

– Mais il est vivant, dit doucement Jackson. Comment l'a-t-on soigné ?

– Question de fric.

Mon visage est appuyé contre sa poitrine, si bien que ma réponse est étouffée. Je me force à me redresser pour le regarder.

– Les médecins disaient qu'il n'y avait rien à faire. Qu'il n'y avait pas de traitement. Mais ma mère s'est entêtée. Elle a entendu parler d'un médicament expérimental, le K-27, et elle a inscrit mon frère à des essais cliniques. Ils ne voulaient pas le prendre, je ne sais pas pourquoi. Je crois que c'est parce qu'il était trop jeune, mais c'est stupide puisqu'il allait mourir de toute façon.

Je fais de mon mieux pour ne pas m'écarter du sujet.

– Ma mère a entendu parler de ce médecin, en Amérique centrale, qui utilisait du K-27, en association avec d'autres molécules, pour soigner des patients comme mon frère. Et d'après tout ce qu'elle lisait, les malades allaient mieux. Genre, complètement mieux.

– Et les organes endommagés ?

– Réparés. Apparemment, le médicament encourageait, en quelque sorte, les cellules à reconstruire des tissus sains pour remplacer les zones nécrosées.

– Elle a emmené ton frère voir ce médecin, avance Jackson.

– Oui.

– Mais c'était cher.

Je croise son regard. Il est triste, et manifestement il a une petite idée de la suite de l'histoire.

– Oui. Très cher. Et ma mère ne travaillait pas. Mon père n'était qu'un technicien de studio à Hollywood. C'était un boulot sympa, qui payait bien, et avec des super avantages, mais sans commune mesure avec ce qu'il fallait débourser pour le traitement.

– Et c'est là que tu entres en jeu.

– Il demandait à tout le monde s'il n'y avait pas du travail supplémentaire pour lui, et Reed était parfois photographe de plateau pendant les tournages. Il prenait aussi des photos pour la production, des clichés pour les interviews promotionnelles, ce genre de choses. Il avait dit à mon père qu'il faisait des séances photo avec des mannequins. Qu'il cherchait à développer cette branche de son activité. Il m'avait déjà vue, papa m'avait emmenée à son travail une fois ou deux, et c'est comme ça que Reed a dit à mon père qu'il pourrait avoir besoin de moi.

Je me dégage des bras de Jackson, car j'ai à nouveau besoin de bouger. Je ne peux pas parler de ça en restant immobile. Parce que c'était le premier pas dans l'horreur. Mais aussi la première étape pour sauver mon frère.

Je vais à la fenêtre et regarde dehors. Si seulement je pouvais sauter tous les mauvais moments et simplement être guérie de tout ça… Mais c'est impossible, alors je poursuis.

– On a rassemblé l'argent.

– *Tu* as rassemblé l'argent, corrige-t-il.

Il est toujours de l'autre côté de la table, comme s'il avait compris mon besoin d'espace.

– C'était beaucoup d'argent, dis-je. Il a fallu un an pour tout réunir. Mais je me disais que ça allait, parce que c'était pour Ethan. Et il va bien aujourd'hui, alors ça valait le coup. Ce que j'ai fait, je veux dire. Ça valait le coup, parce que c'était pour Ethan.

Sur son visage, je vois d'abord ma propre souffrance se refléter, avant de lire sa décision – clairement, il ne peut pas me laisser là toute seule. Il me rejoint, et je me réfugie de nouveau dans ses bras avec gratitude.

– Mon père savait, bien sûr. Il ne l'a jamais dit explicitement, mais je lui avais dit que je voulais arrêter. Que je continuerais de poser si on avait besoin d'argent pour Ethan, mais que je voulais travailler avec quelqu'un d'autre. Il m'avait répondu que personne d'autre ne paierait aussi bien que Bob. Et c'est comme ça que j'ai compris. Mon père savait exactement ce que Reed me faisait, et il jouait les maquereaux. Il abîmait un de ses enfants pour sauver l'autre.

Mes paroles résonnent curieusement dans ma tête – n'est-ce pas ce que Jeremiah a fait à Jackson, en le sacrifiant sur l'autel du succès de son frère ?

– Et ta mère ? demande Jackson. Elle était au courant ?

– Je ne sais pas. Elle était d'accord avec tout ce que mon père disait. Elle avait bien vu les bleus d'Ethan, mais elle n'a jamais remarqué ma propre souffrance. Je ne... Je n'aime pas les voir, ni lui ni elle. Ça fait remonter ma colère. Ça me rend dure. Je ne m'aime pas en leur présence, et je n'aime pas les souvenirs que ça fait resurgir.

– Et pourtant, tu vas chez eux mercredi prochain.

– Pour Ethan. Il ne sait rien de tout ça, et il est hors de question que je le lui raconte. Pour lui, j'ai juste fait une grosse crise d'adolescence qui m'a conduite à me brouiller avec nos parents.

– Tu n'es pas obligée d'y aller, dit doucement Jackson. Tu peux passer du temps avec Ethan ici, plutôt. S'il sait que tu es en froid avec tes parents, il comprendra.

– Peut-être. Mais il a vraiment envie que je vienne. Et il n'y a pas grand-chose que je ne ferais pas pour lui.

Jackson me dévisage, puis il me dit, très lentement, très précautionneusement :

– Même laisser un photographe pervers abuser de toi ?

Les larmes que je retenais jaillissent avec autant de force que si une digue venait de céder.

– Oui, dis-je âprement, d'une voix étranglée. J'aurais pu me tirer. J'aurais pu tout arrêter. J'aurais pu faire quelque chose, n'importe quoi. Mais je ne l'ai pas fait.

– Oh, ma chérie…

Sa voix est emplie de chagrin, mais je n'y décèle aucune trace de pitié, et je lui en suis reconnaissante.

– J'en veux à mon père, mais j'ai ma part de responsabilité, aussi, dis-je, secouée de sanglots. Toute cette merde qui a déteint sur ma vie. C'est ma faute, aussi.

– *Non.*

Ce mot résonne en moi, aussi violemment qu'un tremblement de terre.

– Tu étais une petite fille, et tu avais un petit frère malade que tu aimais. Tes parents auraient dû te protéger, pas t'utiliser. Et rien de tout ça, *rien de tout ça*, n'est ta faute.

Quand il s'écarte de moi, je vois la rage monter en lui. Il a envie de démolir quelque chose, ça crève les yeux. Et je pense qu'à la moindre provocation, il pourrait foutre toute la pièce en l'air.

– Est-ce que tu vas bien ? je demande, et il répond par un rire amer, plein d'autodérision.

– Est-ce que *moi* je vais bien ?

Je le sens déborder de puissance et d'ardeur – de rage et de compassion.

– Ma chérie, là tout de suite, je ne me préoccupe que de toi.

Il dépose un baiser sur mes lèvres. Un baiser léger, doux. Mais je sais que ce n'est qu'une illusion. J'ai éveillé un volcan en lui, et je ne peux faire autrement que de me demander quand l'éruption aura lieu.

19

– Jackson.

Je ne dis rien d'autre, mais c'est suffisant. Il me soulève et me serre contre lui, ses bras musclés aussi durs que de l'acier.

– Oui, je murmure, tandis que mon pouls s'accélère, du simple fait de me retrouver dans ses bras. Tout ce dont tu as besoin. Quelle qu'en soit la manière.

Je m'attends à ce que ce soit débridé. Enragé. J'imagine qu'il va me mettre à plat ventre sur la table et qu'il va me baiser farouchement, dans une tentative effrénée de se débarrasser de ses propres démons en bannissant les miens.

En s'emparant de moi. En me dominant.

Je ne m'attends pas à la douceur de son baiser. Au contact, aussi léger qu'une aile de papillon, de ses lèvres sur mes yeux, ma joue, le coin de ma bouche.

– De toi, dit-il d'une voix douce et ferme à la fois. Je n'ai besoin que de toi, de te toucher. De te connecter à toi-même. De te prendre doucement, tout en délicatesse. Et de te faire oublier.

– Jackson, je…

Mais l'émotion m'empêche de parler. J'ai une boule dans la gorge, et prononcer son nom n'a aucunement libéré le passage.

Il me porte et nous descendons l'escalier, en nous

arrêtant un instant pour qu'il pianote sur un petit tableau de commande fixé au mur. Je le dévisage avec curiosité, mais il se contente d'esquisser un sourire énigmatique. Je me garde bien de lui demander pourquoi – il me le dira en temps voulu. Et je tiens ma langue tandis qu'il se dirige vers sa chambre.

C'est un petit couloir étroit qui dessert d'un côté la chambre de Jackson, de l'autre une chambre d'amis. Au bout du couloir se trouve la salle de bains, une simple cabine de douche avec des toilettes et un lavabo. À l'autre extrémité du couloir, au pied de l'escalier, juste à côté de nous, il y a un placard. Ou, du moins, c'est ce que j'ai toujours pensé. Mais Jackson marche à présent dans cette direction.

– Où est-ce que...

Je m'interromps à la seconde où il ouvre la porte. Nous sommes sur le seuil d'une autre salle de bains, mais dans celle-ci trône une immense baignoire, profonde, luxueuse, avec de magnifiques robinets chromés.

L'eau coule déjà dans la baignoire et les lumières sont tamisées. Les enceintes diffusent une musique douce – du saxophone, un morceau lent, grave, que je ne connais pas mais qui me séduit d'emblée.

– Waouh... Comment se fait-il que je ne connaisse pas cette pièce ?

– Elle est en cours de rénovation. Ce n'est pas tout à fait fini, ajoute-t-il en désignant des moulures pas encore peintes et des fils électriques qui pendent du plafond. Elle est en travaux depuis un moment, et quand on s'est remis ensemble je voulais attendre que tout soit prêt pour te la montrer. Mais je pense que c'est suffisamment prêt comme ça.

– C'est fabuleux, dis-je tandis qu'il m'emmène jusqu'à la baignoire pour m'asseoir sur le rebord.

Elle a été placée contre une cloison de briques en verre, derrière laquelle le mur a été peint en bleu. J'ai beau savoir qu'il ne s'agit pas d'une vraie fenêtre, la nuance de bleu est telle qu'on a l'impression de voir l'océan juste derrière. La baignoire elle-même est entourée de lattes de bois sombre sur trois de ses côtés, avec des marches pour monter jusqu'à l'endroit où je suis assise. J'effleure le bois poli du bout des doigts.

– C'est du teck ?

Jackson hoche la tête tout en me déshabillant très lentement, très tendrement. Il déboutonne entièrement mon chemisier avant de le faire glisser de mes épaules. Puis, du doigt, il dessine le galbe de ma poitrine en suivant le contour de mon soutien-gorge. Je me cambre, alanguie par la sensualité de ses caresses. Délicatement, il passe une main dans mon dos et dégrafe mon soutien-gorge. Il le plie ensuite ainsi que le chemisier et les dépose sur une console derrière lui.

Je ne porte plus que ma jupe, ma culotte et mes chaussures. Il descend d'une marche de façon à se placer un peu en dessous de moi, qui suis toujours perchée sur le rebord de la baignoire. Mon corps fourmille, comme en surcharge de sensualité, et l'air frais de la pièce caresse mon sein gauche tandis que la vapeur qui s'élève du bain titille le droit.

Lentement, Jackson caresse mon mollet puis me retire mes chaussures. Il touche la plante de mon pied du bout du doigt, si délicatement qu'il me chatouille presque. Mais la sensation est irrésistible et remonte le long de ma cuisse, jusqu'à mon sexe, qu'elle fait délicieusement frémir.

Il m'aide ensuite à me lever, prenant mes mains pour que je garde l'équilibre. Je m'exécute, et il me lâche le temps de chercher à tâtons la fermeture Éclair de ma jupe pour l'ouvrir. Il tire ensuite sur le tissu pour libérer mes hanches, emportant ma culotte au passage, si bien que je suis désormais nue, debout face à lui.

Son regard se promène sur moi. Je m'efforce de ne pas croiser les bras et de le laisser simplement regarder – tout en savourant la chaleur qui se peint sur son visage.

– Au bain, dit-il en désignant la baignoire du menton.

J'entre doucement dans l'eau. Elle est chaude, délicatement parfumée à la lavande. J'inspire profondément et m'immerge jusqu'au cou, puis je regarde Jackson.

– Tu viens ?

Je m'attends à ce qu'il acquiesce, bien sûr, et je suis très surprise de le voir secouer la tête.

– Mais…

– Chut. Ferme les yeux.

J'envisage de protester, mais j'obéis. Je l'entends bouger dans mon dos, puis je sens sa main sur mon corps, enduite d'une sorte d'huile. Il me masse les épaules et les bras, avec douceur et fermeté. Puis ses mains glissent en descendant de mes épaules et commencent à me pétrir les seins, tandis que des volutes d'excitation se diffusent en moi.

– Mets-toi debout. Mais n'ouvre pas les yeux.

Je m'exécute et, alors que ma peau mouillée se rafraîchit au contact de l'air, il poursuit son massage, les mains toujours huileuses, sur mon ventre, sur mes hanches. Puis le long de mes cuisses, jusqu'à mes mollets, sous l'eau.

Ses gestes ne sont pas sexuels, et pourtant mon corps est en feu. Mes seins se tendent, et me semblent plus lourds. Mes tétons réclament d'être mordus. Mes lèvres sont entrouvertes, quémandant un baiser en silence. Les muscles de mon sexe se contractent et palpitent, avides d'une pénétration, tandis que mon clitoris gonflé de désir n'attend que lui.

Il ne répond cependant à aucune de ces requêtes. Ses mains remontent le long de mes cuisses, oui. Et bien que j'écarte les jambes, que je gémisse carrément, il ne touche pas à mon intimité, ses doigts cessant leur ascension juste avant d'atteindre mon clitoris. Il m'allume, il me pousse à bout en amplifiant mon excitation.

Et tout en le maudissant, je ne peux nier l'efficacité de sa technique. Je suis chaude comme la braise. Si excitée qu'il me semble que je lévite. La tête me tourne, avec la chaleur de cette baignoire merveilleuse et si profonde.

– Rallonge-toi. Mais garde toujours les yeux fermés.

Il parle dans un murmure, comme s'il accomplissait un rituel. Comme s'il m'idolâtrait. Ou bien comme s'il me préparait pour m'offrir à un dieu insatiable. Dans tous les cas, c'est sur moi que son attention se concentre. Sur mon plaisir. Et je suis grisée d'être si importante.

Je m'immerge de nouveau, l'eau m'arrive aux épaules. Il me laisse là un moment, et quand il revient il me fait pencher la tête en arrière. Il se sert alors d'un récipient pour mouiller mes cheveux, avant de me masser le crâne avec un shampoing au romarin et à la menthe. Mon cuir chevelu me chatouille délicieusement tandis que je soupire d'aise.

Ses doigts puissants appliquent juste la bonne pression sur mes tempes et sur la base de ma nuque pour que mon bonheur et ma détente soient complets, et lorsqu'il entreprend de me rincer les cheveux je regrette que la séance soit déjà terminée.

Comme s'il lisait dans mes pensées, il reprend son massage avec une noisette d'après-shampoing, avant de passer un peigne dans mes cheveux avec délicatesse.

Enfin, il m'aide à sortir du bain, me laissant ouvrir les yeux. Je contemple la vapeur qui s'élève de ma peau, tandis que Jackson m'invite à m'étendre sur une serviette qu'il a posée à côté de la baignoire, avec un petit oreiller gonflable. Sur le bord, il a disposé une rangée de petites bougies qui emplissent la pièce d'une lueur chaude et d'ombres douces.

Je dis dans un souffle :

– Jackson… Cette pièce a l'air magique.

– A l'air ? Chérie, je veux que tu sentes la magie. Allonge-toi. Ferme les yeux.

– Mais si je veux te voir ?

– Alors tu devras recourir à ton imagination.

– Je fais toujours ça, dis-je, et mon aveu est récompensé par une flamme de tendresse dans ses yeux.

– Je veux te donner des sensations particulières. Et je veux que ces sensations t'embarquent pour une destination extraordinaire.

Il m'aide à m'allonger sur le ventre, ma tête tournée sur le côté, mes yeux fermés. La serviette sur laquelle je suis étendue recouvre quelque chose de mou, et je me sens comme enveloppée dans une bulle tiède. J'ai les bras le long du corps, et la chaleur moite de la pièce me rend à la fois somnolente et lascive, un cocktail étonnamment érotique.

Il reprend son massage à partir de mes épaules, toujours avec la même huile, et d'une pression parfaite pour me détendre et me relaxer. J'ai l'impression que son contact me nourrit, et tout le stress de la journée se dissipe sous l'effet de son incroyable prévenance.

Lentement, il me masse les épaules puis descend jusqu'à ma taille, et mes hanches. Il descend encore, ses mains expertes pétrissant mes cuisses, et j'écarte les jambes, mon corps réclamant davantage. Il fait toutefois mine de ne pas saisir l'allusion. Non, il continue de descendre, me massant le mollet, puis répétant l'opération sur l'autre, avant de remonter lentement jusqu'à ce que le bout de ses doigts titille la peau sensible entre le haut de mes cuisses et mes fesses.

Je ne suis plus qu'une masse de contentement, et l'extase monte encore quand – *oui, enfin* – il m'écarte les cuisses. Je mouille tant, je suis si excitée que la caresse de l'air me fait gémir, et ce gémissement se fait plus profond, plus impérieux, lorsque sa main toujours huileuse vient entre mes jambes pour me caresser, ses doigts se glissant presque paresseusement en moi.

Mais j'en veux plus, et je me colle à sa main, essayant de rendre le contact plus franc, plus profond. Je suis si excitée, j'ai tant besoin d'être soulagée, que je n'ai envie de dire qu'une chose : *s'il te plaît, s'il te plaît, s'il te plaît*.

Je ne sais pas si mes lèvres ont bougé ou si j'ai parlé à voix haute, mais c'est sans doute le cas, car il me retourne, jambes largement écartées, m'intimant de ne pas ouvrir les yeux. De seulement flotter. D'être simplement à l'écoute de mes sensations.

Et ces sensations m'indiquent que ses doigts sont à nouveau en moi. Ils s'enfoncent franchement. Ils s'enfoncent profondément.

Ensuite, son corps sur le mien. Ses vêtements contre ma peau nue, le coton frottant contre mes seins ultra sensibles. Il me donne un baiser, et je gémis tant il est léger.

Sa bouche descend le long de mon corps, y déposant d'autres baisers pendant que ses doigts continuent de me caresser et de m'exciter. Toujours plus bas, plus profondément et plus rapidement. Sa bouche sur mes seins, sur mon ventre. Sa langue agaçant mon téton, tandis que mes hanches se soulèvent pour mieux m'offrir à ses doigts qui me baisent sauvagement.

Et puis sa bouche, sa langue danse sur mon point cardinal, et oh mon Dieu, il a raison, c'est magique, car j'entre en lévitation, soulevée par une tempête dorée de poussière féérique, alors que ces sensations si chaudes et tendres sont devenues brûlantes, tendues, impérieuses, et ô combien merveilleuses.

Et puis le sortilège se brise, et moi avec, dispersant des fragments de mon être tandis que des arcs électriques semblent jaillir de moi, me faisant presque grésiller, étinceler et hurler de plaisir tant cette incroyable expérience est inouïe et ahurissante.

– Oh là là.

Je halète, tentant de retrouver mon souffle.

– Jackson… oh, Jackson.

– Chut, dit-il, et je me rends compte qu'il m'a prise dans ses bras.

Il me tient serrée contre lui, mes bras autour de son cou. Je suis fracassée de fatigue, je me sens sombrer. Jackson me fait sortir de cette salle de bains exceptionnelle et me porte jusqu'à sa chambre. Il me dépose sur le lit avant de rabattre soigneusement les couvertures sur moi.

Puis il se déshabille à son tour et, bien que je peine à garder les yeux ouverts, j'ai le temps de voir son érection. J'essaie de ne pas m'endormir complètement, car je m'attends à une seconde manche. À un contact intime. Après tout, il bande si fort qu'il doit être sur le point d'exploser. Mais ce contact ne vient pas, et je me tourne pour lui faire face. Je cligne des yeux, ensommeillée :

– Tu ne veux pas...

Il pose un index sur mes lèvres.

– Là, tout de suite, dit-il en m'enlaçant, j'ai tout ce que je désire.

20

– Ça, dit Cass en extirpant du portant surchargé un cintre auquel est suspendu un bout de tulle rose surmonté d'un ruban brodé de sequins.

– Qu'est-ce que c'est censé être ?

– Un costume de harem, banane.

Elle le tient par le ruban, qui apparemment devrait se placer au niveau des hanches de la malchanceuse qui porterait un truc pareil. En revanche, je n'y vois pas de haut, pas même un truc à paillettes à la Barbara Eden dans *Jinny de mes rêves*.

Lorsque je fais part de mes observations à Cass, elle se contente de hausser les épaules.

– L'idée, c'était peut-être de jouer la carte de l'authenticité ?

– Peut-être, mais sans moi.

Quelques rangées de costumes plus loin, Jackson relève la tête.

– Je n'ai pas mon mot à dire ?

– Absolument pas.

Nous consacrons ce samedi matin à faire les boutiques pour Halloween. Nous nous trouvons à Burbank, dans un dépôt-vente qui propose principalement des vieux déguisements issus de diverses émissions télé. J'ignore de quelle émission celui-ci provient, mais certainement pas de cette sitcom des années soixante.

– C'est Halloween, dit Jackson. Je pense que c'est une super idée de te déguiser en concubine.

– Tu dis ça parce que tu as envie de me voir à moitié à poil.

– C'est pratique. On perdra moins de temps une fois rentrés à la maison.

– Seigneur Dieu, monsieur Steele, intervient Cass en s'éventant. Vous me faites rougir.

– Cassidy, je ne te connais pas depuis longtemps, certes, mais d'après ce que j'ai pu voir il n'y a pas grand-chose qui puisse te faire rougir.

Elle se tourne vers moi.

– Je ne sais pas si je dois me sentir insultée, ou impressionnée par sa perspicacité.

– Sans hésitation, impressionnée.

Quelques instants plus tard, Jackson m'appelle.

– Qu'en penses-tu ?

Il brandit un minuscule chapeau de cow-boy, et sa minuscule veste en jean assortie.

– Je sais que je ne suis pas grande, mais c'est du trois ans à tout casser.

– Très drôle. Je pensais à Ronnie.

– Oh !

Maintenant que je suis sur la bonne longueur d'onde, je me remémore la petite fille brune que je n'ai vue qu'en photo.

– Je pense qu'elle serait à croquer là-dedans, mais il reste une semaine avant Halloween. D'après mon expérience, les parents prévoient le costume de leurs mioches environ huit mois avant le jour J, en général.

– Dans ce cas, ça servira pour d'autres occasions. Et de toute façon, ce sera chouette de le lui offrir demain. Elle adore les cadeaux.

– Qui n'aime pas ça ! Mais que se passe-t-il demain ?

– Megan et elle sont en ville jusqu'à lundi. Je les ai invitées à la collecte de fonds, précise-t-il, faisant allusion aux enchères caritatives qui auront lieu pour la Stark Children's Foundation lors de leur journée portes ouvertes.

Jackson a décidé d'effectuer ses travaux d'intérêt général là-bas, et il commence demain.

– Il y a un zoo pour enfants et Ronnie est dingue d'animaux. Quoi ? ajoute-t-il, manifestement perturbé par mon sourire croissant.

Je hausse les épaules.

– Tout le monde n'a pas la chance d'inviter ses amis à ses travaux d'intérêt général.

– Je ne suis pas tout le monde, dit-il dans un petit rire.

– Ça non. Vraiment pas.

– Et puis, j'ai pensé que ce serait le moment idéal pour que tu les rencontres.

– Ah oui ?

Je l'étreins pour un baiser, qu'il me rend avec fougue, avant d'emporter le costume à la caisse pour le mettre de côté pendant que nous continuons nos courses.

– Et toi ? demande Jackson à Cass en se dirigeant vers le rayon hommes.

– Oh, maintenant que j'ai rompu avec Zee, je reprends mon déguisement habituel. Je le porte tous les ans, précise-t-elle.

– Tu devrais l'associer avec autre chose, dis-je.

– Quel déguisement ? demande Jackson en nous regardant à tour de rôle, visiblement intrigué.

– Fille hétéro, répondons-nous de concert, et il éclate de rire.

– Je porte une jupe avec un chemisier et je lance des œillades aux mecs. C'est à mourir de rire.

– Admettons. Mais si tu n'as pas besoin de déguisement, pourquoi es-tu venue faire des courses avec nous ?

– Quoi ? Et louper l'occasion de l'aider à choisir un truc super sexe ?

Elle tend le doigt vers moi, puis lève les mains dans un geste de défense face à Jackson qui hausse les sourcils.

– Pour ton plaisir personnel uniquement, bien sûr. Je ferai de l'œil aux garçons hétéro, tu te rappelles ?

Elle bat des paupières, s'appliquant à paraître innocente. Puis elle se tourne vers moi.

– D'ailleurs, pourquoi ne pas le convaincre d'y aller en Superman ? *Man of Steel*, tu sais ? Il aurait l'air hyper canon en collants.

Jackson rigole.

– Tu vas faire de l'œil aux mecs. Tu veux que je porte des collants. Tu es sûre d'être lesbienne ?

– Ce n'est pas parce que je ne teste pas la marchandise que je ne sais pas reconnaître la qualité quand je la vois. (Elle me regarde.) Tu peux apprécier les seins d'une femme, non ?

– Je ne vais certainement pas entrer dans ce débat.

Je lance un regard implorant à Jackson, mais il se contente de hausser les épaules.

– Ne me regarde pas comme ça, dit-il. J'apprécie pleinement les seins d'une femme.

– Fais gaffe, ou je vais te faire porter des collants.

Je me glisse dans ses bras et me hisse sur la pointe des pieds pour l'embrasser.

– Et tu sais que je peux me montrer très persuasive.

– *Tes* seins, dit-il promptement. Seulement les tiens.

Je cherche quelque chose de spirituel à répondre, mais je suis coupée par un cri enthousiaste de Cass :

– Oh ! Oh !

À quelques rangées de nous, elle brandit une veste en cuir sans manches.

– En motarde ! Et Jackson en motard. C'est parfait. C'est une idée plutôt chouette, en effet. Sans parler du confort, qui a toujours été mon plus grand souci avec les déguisements pour Halloween.

– Pas mal. (Jackson me met une main aux fesses.) Qu'est-ce que t'en dis, poupée ? Tu veux être ma gonzesse ?

– Monsieur, je pense que c'est une riche idée que vous avez là.

À présent que nous tenons le concept, rassembler les éléments de nos tenues ne nous prend pas beaucoup de temps. Nous attendons aux caisses en nous demandant si nous allons opter pour des pizzas ou des burgers à midi quand mon téléphone sonne.

J'ai la ferme intention de ne pas répondre, mais je constate que c'est Reggie Gale – mon ancien patron quand j'étais à Atlanta – qui m'appelle.

– Comment allez-vous ? dis-je après les salutations d'usage. Ça me fait très plaisir d'avoir de vos nouvelles. Je voulais vous appeler.

– Ça fait trop longtemps, répond-il. Je me suis dit qu'on pouvait dîner ensemble, si vous êtes disponible.

– Vous êtes en ville ?

J'articule silencieusement « Reggie » à l'intention de Jackson qui m'a lancé un regard interrogateur.

– Je suis à Santa Barbara. Mais je vais bientôt descendre à Los Angeles. Je devrais avoir largement le temps pour un verre ou un dîner si vous êtes libre ce soir.

– J'adorerais. Mais je suis avec Jackson. Ça ne vous ennuie pas qu'il se joigne à nous ?

– Steele ? Je ne l'ai pas revu depuis Atlanta. Ce sera comme au bon vieux temps. Vous deux. Trent.

– Trent ? Trent Leiter ? Il dîne avec nous ?

Reggie éclate de rire.

– Non, je voulais simplement dire que je vais voir beaucoup de vieilles connaissances. Vous deux à L.A. Lui à Santa Barbara. Je connais Leiter depuis ce projet à San Diego, sur lequel j'avais travaillé avec Stark, juste avant de vous embaucher.

Je n'ai pas le souvenir que Trent travaille sur un projet à Santa Barbara, et je me promets de demander dès lundi à Rachel s'il l'a emmenée là-bas pour un week-end en amoureux. Ça lui ferait vraiment du bien, elle qui est souvent de permanence pour Damien le week-end. Elle m'a beaucoup remplacée ces derniers temps, donc Damien lui a donné deux jours de congé en confiant son poste au secrétariat volant.

Nous convenons de nous retrouver à 18 h 30 au merveilleux restaurant du Getty Center, l'un de mes endroits préférés à Los Angeles.

– Et donc, tu veux sauter le déjeuner, conclut Cass quand je leur ai exposé le nouveau programme.

– Pizza. Juste une part. Et ensuite, il faudra qu'on aille se changer, dis-je à l'attention de Jackson.

Il est déjà presque 14 heures, et il est hors de question que je me rende dans un restaurant si chic habillée en jean et tee-shirt Doctor Who.

À 16 heures, nous sommes tous deux douchés et habillés. J'ai opté pour une robe portefeuille qui moule avantageusement mes atouts, et Jackson pour un des costumes qu'il a laissés à mon appartement.

– On a encore beaucoup de temps, dit-il tandis que je termine de me préparer en mettant du mascara. (Il glisse son bras autour de ma taille.) Je sais exactement comment on pourrait l'occuper.

– Vraiment ?

Je me retourne dans ses bras, et sens sa chaleur se propager en moi.

– Deux mots, dit-il avant de murmurer à mon oreille : Getty Center.

Puis il m'embrasse avec fougue, et je me sens fondre, le corps parcouru de picotements, depuis mes lèvres jusqu'à mes orteils.

– Eh bien, monsieur Steele, vous savez me prendre par les sentiments.

– J'espère aussi pouvoir vous prendre par-derrière.

– Je dirais que vous êtes bien parti pour.

Avant de retrouver Gale, nous partons explorer les jardins du Getty Center. Il se trouve à proximité du Sepulveda Boulevard, et assez haut dans les collines pour offrir une vue éblouissante. Mais surtout la propriété tout entière est un paradis pour Jackson et moi, qui sommes des amoureux d'architecture. Et tout en déambulant dans les allées, nous discutons non seulement de l'œuvre d'exception que l'architecte, Richard Meier, a accomplie avec les bâtiments mais aussi de leur harmonie avec l'environnement et la nature alentour.

– Jusqu'à la pierre qu'il a choisie, regarde, dit Jackson en me montrant les empreintes de plumes et de feuilles fossilisées visibles sur les blocs de travertin, qui donnent beaucoup de cachet au centre. C'est ce genre d'éléments qu'on doit chercher pour le projet Cortez. Des coquillages, du bois flotté, des fossiles. Des rochers qui ont été sculptés par l'océan. Plus on pourra intégrer ces éléments à l'ensemble en se les appropriant comme des matériaux de construction à part entière, mieux ce sera.

Nous continuons ainsi, devisant au sujet du Getty

Center, du Domaine de Cortez, et de la beauté des lieux en général, jusqu'à ce qu'on se mette en route pour le restaurant.

Reggie est déjà là et, après avoir échangé une poignée de main enthousiaste avec Jackson, il me serre très fort dans ses bras.

– Ça vous va bien, la barbe, dis-je.

Il a toujours eu une carrure de bûcheron, mais désormais sa ressemblance avec le Père Noël est plus évidente, avec sa barbe et sa moustache grisonnantes.

– J'ai eu envie de changer un peu. C'est toujours bien de les maintenir sur leurs gardes.

– Qui ça ?

– Tout le monde, répond-il en me faisant un clin d'œil.

Nous nous mettons à table puis nous entrons dans une conversation à bâtons rompus, évoquant de vieux souvenirs, nous donnant des nouvelles des uns et des autres, riant à gorge déployée.

– Alors, qu'est-ce que vous faites à Santa Barbara ? finis-je par demander en prenant la dernière bouchée de ma poêlée de coquilles Saint-Jacques.

– Je viens voir la famille, principalement. Mon neveu est concierge à l'hôtel Gateway. Sa femme et lui m'ont demandé conseil au sujet d'un investissement immobilier, et j'avais envie de m'éloigner un peu de Houston. C'était gagnant-gagnant, comme situation.

– Et alors, cet investissement, il vaut le coup ?

– Ce sont des terrains à l'extérieur de la ville. Il y a un gros potentiel d'extension. Tant qu'ils peuvent se permettre de garder ce capital immobilisé, je pense que c'est une bonne affaire pour eux. Et en parlant de bonne affaire, vous avez eu du flair, vous, ajoute-t-il en se tournant vers moi.

– De quoi parlez-vous ?

– Je me suis intéressé à votre projet Cortez. Un complexe hôtelier implanté sur une des îles du détroit, chapeau. Franchement, Syl, c'était inspiré.

– Merci.

– Même si l'hôtel des Grandes Marées sort de terre le premier, il n'aura pas ça pour lui.

Je coule un regard vers Jackson, qui ne semble pas comprendre non plus de quoi il s'agit. J'interroge Reggie :

– Qu'est-ce que c'est, les Grandes Marées ?

Il s'adosse à sa chaise et soupire.

– Et merde ! Je pensais que vous étiez au courant. Il y a un promoteur de Santa Barbara qui essaie de lancer un complexe hôtelier sur une des îles. Il n'a pas encore réussi à acquérir tout le terrain nécessaire, mais d'après ce que j'ai entendu dire ça avance quand même.

– Quel promoteur ? je demande, en même temps que Jackson le questionne sur l'architecte.

– Je ne sais pas trop. Apparemment, ils veulent garder le secret le plus longtemps possible, jusqu'à ce qu'ils soient prêts à faire une annonce officielle. Je suppose qu'ils veulent faire monter la sauce pour avoir le maximum de retombées dans la presse. Plus la couverture médiatique sera grande, plus l'industrie du tourisme sera intéressée.

J'ai vaguement la nausée.

– Comment l'avez-vous appris ?

– Par le patron de mon neveu. Il se tient au courant.

Je lance un coup d'œil à Jackson en faisant la grimace.

– Eh bien, un peu de compétition ne peut pas nous faire de mal.

Il pose sa main sur la mienne.

– Ne t'en fais pas, dit-il gentiment. Notre projet est super.

Je soupire, soulagée qu'il comprenne si bien mes angoisses.

– Il a raison, dit Reggie. Et puis, Santa Barbara, ce n'est pas franchement Los Angeles non plus, hein ?

– Et Santa Cortez a un atout unique, renchérit Jackson.

– Ah oui ? Lequel ?

J'entre dans son jeu, m'attendant à ce qu'il se désigne lui-même. Au lieu de quoi, il répond :

– Toi.

– Oh ! (Mon cœur palpite tandis qu'il serre ma main, et à la lueur dans son regard je vois qu'il ne parle pas à la légère.) Merci.

À l'autre bout de la table, Reggie nous observe.

– Je me demandais si vous vous étiez remis ensemble. Je suis content de voir que c'est le cas.

– Moi aussi.

J'ai la gorge nouée par l'émotion.

– C'est assez ironique de vous voir travailler tous les deux pour Stark, poursuit-il.

Je sens Jackson se raidir. Zut, moi aussi je me tends, craignant soudain que Reggie ait appris, d'une manière ou d'une autre, le lien entre Jackson et Damien.

– Je veux dire, ce type nous a sauvé la mise à tous les trois, non ? Bon sang, je devrais venir bosser pour lui, et la boucle serait bouclée.

– De quoi parlez-vous ? demande Jackson.

– Du Brighton Consortium, évidemment.

Le Brighton Consortium était un groupe constitué d'investisseurs et de professionnels de l'immobilier qui voulaient développer un centre commercial sur cent soixante hectares de terrain. Jackson avait été pressenti comme architecte, et si le projet avait effectivement vu le jour il aurait conçu un complexe gigantesque, réalisant chaque bâtiment du projet. À l'époque, il n'avait jamais eu de commande aussi énorme, et bien entendu il comptait dessus pour lancer sa carrière.

Jackson me lâche la main. Il agrippe à présent le bord de la table. À s'en faire blanchir les jointures.

– Stark m'a bien baisé avec Brighton, dit-il. Il a débarqué et, sans consulter le consortium, il a fait main basse sur des parcelles de terrain indispensables. Il a foutu tout le projet en l'air.

– Plutôt deux fois qu'une. Comme je le dis : il nous a sauvé la mise. (Reggie scrute le visage de Jackson, avant de soupirer.) Oh, fiston, vous ne saviez pas ? Le projet sentait mauvais.

– De quoi parlez-vous ? demande Jackson d'un ton prudent.

– Je parle de fraude. Du genre criminel, qui fait rappliquer les fédéraux avec des accusations de trafic d'influence et de délit d'initié, enfin tout l'arsenal antimafia, quoi.

Jackson ne dit rien, mais je suis soulagée de voir sa main se relâcher un peu sur la table.

– Continuez.

– Je ne m'en étais pas rendu compte quand j'ai pris part au projet, et j'ai retiré mes billes dès que j'ai su ce qui se passait. C'est à cause de Brighton que j'ai décidé de prendre ma retraite. De quitter Atlanta… Bon, évidemment, la retraite, je n'ai pas supporté longtemps.

Jackson reste muet.

– Je connaissais Damien depuis un bout de temps, et quand j'ai compris dans quoi je m'étais fourré, je me suis confié à lui. Apparemment, quelqu'un d'autre, qui était dedans jusqu'au cou, a eu la même idée que moi. Damien n'avait aucune raison d'aller mettre son nez là-dedans, et clairement il n'allait pas faire un bénéfice monstrueux dans cette opération, mais il a trouvé un moyen d'acquérir les terrains clés. Dès qu'il l'a fait, tout a été terminé. Brighton s'est évaporé, en même temps que le risque qu'on se retrouve tous en taule. Tous, répète-t-il en me dévisageant.

– Sylvia ? Elle n'était que votre assistante.

– Et elle aurait pu s'en tirer. Au minimum, ils se seraient servis d'elle comme témoin. Et vous...

– J'aurais subi de grosses pressions pour éviter une condamnation, continue Jackson. J'allais toucher une commission très juteuse. Il aurait été difficile de prouver que je n'étais pas impliqué. Et merde...

– Désolé de vous apprendre la mauvaise nouvelle. Je pensais que vous connaissiez l'histoire.

– Non, je n'étais pas au courant. Mais j'apprécie que vous me l'ayez dit. (Il se tourne vers moi.) Je l'ai carrément accusé d'avoir torpillé ma carrière. Et il n'a rien dit.

– Damien n'est pas du genre à se justifier auprès de qui que ce soit. Il me fait un peu penser à toi, d'ailleurs.

*
**

La collecte de fonds pour la Stark Children's Foundation est censée démarrer à 11 heures, avec un buffet pour le déjeuner, des activités pour les enfants, puis un discours de Damien suivi d'une vente aux enchères animée par un de ces commissaires-priseurs à la langue bien pendue.

Cass et moi arrivons vers 11 h 30, et je me mets immédiatement en quête de Jackson, qui est là depuis 8 heures ce matin. La collecte de fonds a lieu à Greystone Mansion, un endroit typique pour ce genre d'événements. Le manoir lui-même, construit dans les années vingt, est immense – plus de trois mille cinq cents mètres carrés – et se niche au milieu des collines, au milieu d'un magnifique parc arboré.

La fête a lieu en même temps que le Stark Sport Camp, et la propriété est dédiée aux enfants qui passent le week-end ici, avec une profusion de jeux et d'activités dans chaque recoin. La fondation a loué le domaine pour le camp, aussi la collecte de fonds – qui ne dure que quelques heures – est-elle cantonnée au rez-de-chaussée de la demeure, avec seulement quelques stands érigés à l'extérieur, sur les terrains de sport aménagés pour l'occasion.

J'aperçois un terrain de basket sur la gauche, tandis que Cass et moi nous dirigeons vers le bâtiment.

– Et voilà. Les travaux d'intérêt général de Jackson.

– C'est ça qu'il fait ? demande Cass. Du basket ?

– Je n'en sais absolument rien. Essayons de le trouver pour le lui demander.

Nous pénétrons dans la pièce principale, dont le carrelage à damier étincelant et le somptueux escalier monumental ont ajouté leur touche de luxe à tant de films. De chaque côté de la pièce, le buffet est dressé. Les adultes et les enfants font la queue pour se servir, avant de s'installer à de petites tables rondes disposées à l'intérieur et à l'extérieur.

– Je ne le vois pas, dis-je.

J'ai cependant aperçu bon nombre de connaissances. Evelyn Dodge, pour commencer, agent à Hollywood et amie de Damien. Elle attire l'attention des médias comme personne, et je me rappelle que Damien voulait lui demander conseil au sujet de l'annonce publique de son lien familial avec Jackson. Pour autant que je sache, ils n'en ont pas encore parlé.

J'entrevois Charles Maynard, l'avocat de Damien qui s'est également occupé de Jackson suite à l'agression de Reed et a fait commuer sa condamnation en travaux d'intérêt général. Ollie McKee est présent, aussi. C'est un associé de Charles qui aide Cass à monter la franchise pour son salon de tatouage.

J'indique sa présence à Cass.

– Ah, très bien. Une tête connue.

Je rigole.

– Et moi, je suis quoi ?

– Sur le point de m'abandonner pour aller retrouver Jackson. Et tu le sais parfaitement.

– C'est vrai. On se retrouve plus tard ?

– Carrément.

Elle part saluer Ollie et j'entame mon petit tour. Je commence par le buffet, parce qu'il me semble très probable qu'on l'ait mis au service. Mais il n'est pas là. En fait, il semble n'être nulle part.

Je suis les gens qui se dirigent en masse vers un jardin somptueusement fleuri. Mais toujours pas de Jackson. Je commence à penser qu'avec l'étendue des lieux, je ne suis pas près de le trouver.

Finalement, je reconnais quelqu'un dans la foule : Stacey, la directrice adjointe de la Stark Children's Foundation. Après l'avoir saluée, je l'interroge :

– Savez-vous où se trouve Jackson ?

– Il est du côté du zoo pour enfants. Son amie, avec la petite fille, ne pouvait pas rester longtemps, alors je lui ai donné une heure de pause pour qu'il puisse les voir.

– Elle ne peut pas rester ?

Mon cœur se fend pour Jackson ; il était si impatient de passer un peu de temps avec Ronnie. Et de mon côté, j'avais hâte de les rencontrer toutes les deux. Comme Stacey me l'a indiqué, je retrouve Jackson au mini-zoo qui a été installé au fond du parc. Il est agenouillé à côté d'une petite fille aux cheveux bouclés aussi bruns que les siens. Elle porte le petit costume de cow-boy qu'il lui a choisi hier, et je ne peux retenir un sourire.

Je promène mon regard alentour mais ne vois pas Megan, alors je me rapproche d'eux. Je ne veux pas déranger Jackson dans son tête-à-tête avec Ronnie, mais en même temps j'ai très envie de faire sa connaissance.

Je peux voir son visage à présent. Ses grands yeux myosotis et l'arc de Cupidon de sa petite bouche. Elle a la main tendue, et Jackson dépose quelques granulés pour chèvres au creux de sa paume.

– Voilà, tends-lui ta main, et elle mangera dedans.

Elle s'exécute, mais dès que la biquette survoltée s'approche Ronnie recule sa main, faisant rouler les granulés à terre.

Jackson éclate de rire.

– Non, poussin. Garde ta main bien à plat.

– Elles vont me mordre.

– Comment ? Comme ça ? demande-t-il avant de s'approcher d'elle en grognant « miam miam », faisant mine de s'apprêter à la dévorer.

Elle glapit en se tortillant.

– Non, oncle Jackson ! Ça chatouille !

– C'est le but, morveuse. Bon, tu veux réessayer ?

Il lève les yeux et m'aperçoit. Pendant quelques secondes, j'ai l'impression de faire intrusion, et puis son sourire s'élargit pour m'accueillir.

Je m'approche lentement car Ronnie fait une nouvelle tentative, et je ne veux pas effrayer accidentellement les chèvres tandis qu'elle leur présente sa petite main, avant de glousser quand l'une d'elles lui lèche les doigts.

Dès que je suis à leurs côtés, Jackson se relève et passe un bras autour de mes épaules.

– Est-ce que tu sais qui c'est ? demande-t-il à Ronnie.

– Sylvia !

Je m'accroupis pour être à sa hauteur.

– Bravo ! Comment tu as deviné ?

– Parce qu'oncle Jackson a dit que t'étais belle.

Je relève la tête pour croiser son regard.

– Oh vraiment, il a dit ça ?

– Ouais. Et moi, je suis qui ?

– Tu es Ronnie.

– Oui !

Elle lève sa main couverte de bave de chèvre, manifestement désireuse de toper avec moi.

Je m'exécute avec joie.

– Encore des granulés ?

Maintenant que les présentations sont faites, son attention se tourne de nouveau vers les chèvres. Je me relève et me glisse dans les bras de Jackson.

– Quel amour !

– Tu peux le dire.

À quelques mètres de nous, j'entends une femme appeler :

– Jackson ! Vous avez bientôt fini ? Le taxi attend.

– C'est Megan ?

– Oui. Tu peux rester avec Ronnie une minute ?

– Pas de problème.

Je prends le sachet de granulés et rejoins la fillette.

Bien que je ne cherche vraiment pas à être indiscrète, je ne peux faire autrement que d'entendre des bribes de leur conversation ; Megan dit qu'elles doivent vraiment y aller, et Jackson essaie de la faire changer d'avis, promettant de ramener Ronnie à l'hôtel suffisamment tôt pour qu'elles puissent prendre l'avion ce soir.

Megan n'en démord pas, et au bout d'un moment Jackson m'appelle, me faisant signe de laisser Ronnie dans l'enclos. Je les rejoins, et tandis que Jackson fait les présentations j'essaie de me faire une opinion sur Megan. Je sais qu'elle est amie avec Jackson, je sais qu'il se fait du souci pour elle, et je sais qu'elle a beaucoup de problèmes. Mais, problèmes ou non, je vois aussi une femme excessivement dure. Après tout, cette pauvre gosse n'a vu que les chèvres, et le parc est quasiment transformé en fête foraine aujourd'hui. Si bien que mon désir de l'apprécier est amoindri par mon sentiment d'être face à quelqu'un de déraisonnable.

Et puis, ouais, ma bonne vieille jalousie me colle toujours aux basques.

Après avoir fait les présentations, Jackson retourne chercher Ronnie, et je reste avec Megan.

– Tu t'inquiètes parce que Jackson s'occupe de Ronnie pendant son truc d'intérêt général ? Il ne faut pas te faire de souci, je suis ravie de lui donner un coup de main.

– Non, c'est pas ça. Il faut juste qu'elle vienne avec moi.

– Mais puisqu'il veut bien la garder et la ramener…

– Ce n'est pas son boulot.

Elle a répondu d'un ton sec, sans appel, et je comprends qu'il est préférable que je reste en dehors de tout ça.

J'accompagne Jackson pour les installer dans le taxi. Je serre Ronnie dans mes bras et obtiens un bisou mouillé sur la joue en retour. Jackson m'imite et se trouve récompensé de la même manière. Après qu'il a étreint Megan, nous nous écartons pour laisser partir le taxi tandis que la fillette agite la main derrière la fenêtre pour nous dire au revoir.

– Bon Dieu, qu'est-ce que j'aime cette gamine !

– Ça ne m'étonne pas. Elle est vraiment craquante.

– Je suis désolé que tu n'aies pas rencontré Megan dans un bon jour. Elle est très stressée en ce moment.

– Je comprends. Ça doit être dur d'être seule pour élever son enfant. Et le père biologique de Ronnie, dans tout ça ?

Jackson hésite, puis secoue la tête.

– Il n'est pas impliqué.

– C'est dommage.

Jackson me devance sur un sentier de pierre, et je le suis en lui tenant la main.

– Tu crois ?

Je relève la tête, surprise.

– Comment ?

– C'est seulement que tout le monde dit que c'est difficile de grandir sans père. Mais regarde-toi, regarde-moi. On s'en serait sans doute mieux sorti sans les nôtres.

Je réfléchis un instant. Je ne peux pas vraiment nier la pertinence de son argument.

– J'imagine qu'on ne peut répondre à ce genre de question qu'au cas par cas. Comment décider de ce qui serait le mieux pour Ronnie sans connaître tous les détails ? Quant à ton père ou au mien… Ce sont des questions philosophiques dont on ne peut pas discuter sans une bouteille de vin pour nous accompagner. Si j'avais grandi sans mon père, est-ce que ça veut dire qu'Ethan serait mort ?

Il me dévisage, puis m'embrasse sur le front.

– Tout ce qu'on peut faire, j'imagine, c'est vivre la vie qu'on a, soupire-t-il.

– Ensemble ?

– Absolument.

– Bonne réponse.

Nous nous arrêtons pour regarder des enfants jouer au ballon avec des parents et des bénévoles. Je m'appuie contre lui, ses bras m'enveloppant confortablement. C'est agréable. C'est réconfortant. Et bien que je souhaite que ce moment dure toujours, je ne peux m'empêcher de songer à ce lieu, à ces gens. À Ollie. À Charles.

– Tu es tendue, remarque Jackson, et je fronce les sourcils à l'idée d'être si transparente. À quoi penses-tu ?

– À ce que Damien a dit vendredi soir, finis-je par admettre. Au fait que Reed risque de porter plainte au civil, maintenant que l'affaire pénale est classée.

– Mmm...

– J'ai aperçu Charles. Vous avez parlé de ça ?

– De ça et d'autres choses. Il pense que Reed va probablement se servir de la menace de poursuites civiles pour faire pression sur moi. Et comme j'ai plaidé coupable en premier lieu, je suis coincé.

– Tu t'en sortirais en lui payant des dommages et intérêts.

– Ou en le laissant faire le film, pour qu'il abandonne les poursuites.

– Quel enfoiré !

– Comme tu dis. Bien entendu, j'ai fait savoir par Charles que je paierais les dommages et intérêts. Je ne sais pas à combien ça peut monter, évidemment, mais mon compte en banque se porte bien. Et je ne suis pas du genre à tolérer le chantage.

– Quel merdier…

– Il y a de bonnes nouvelles, quand même. Charles m'a dit qu'Ollie faisait du bon boulot avec Cass. Il pense que sa boîte est tout à fait adaptée pour une franchise, et Cass pose les bonnes questions. Elle est consciencieuse… Elle fait le grand saut, mais ça ne l'empêche pas de rester prudente.

– C'est une bonne nouvelle, en effet.

Il m'en dit un peu plus sur les personnes avec qui il a discuté depuis son arrivée, tandis que nous cheminons sur le sentier. Nous sommes assez loin quand je me rappelle que Jackson est censé retourner travailler. Quand je le traite de tire-au-flanc, il se contente de rire.

– Il me reste encore quelques minutes de liberté sur mon heure de pause. Et en plus, je suis en route pour ma prochaine mission.

– Qui consiste à ?

Il me lance un regard inexpressif.

– Apparemment, je vais devoir remplacer mon frère.

Je reste perplexe, jusqu'à ce que nous arrivions au terrain qui a été converti en petit court de tennis. Damien est là, échangeant des balles avec un garçon d'environ huit ans.

Il nous aperçoit et nous salue de la main, puis appelle l'un des bénévoles pour le remplacer. Après avoir dit quelques mots au gamin, il nous rejoint.

– Merci de prendre le relais, dit-il. Je pense que ça va te plaire. Les gosses sont si contents quand ils touchent la balle.

– C'est pareil pour moi, répond Jackson. Il faut me croire quand je dis que le tennis n'est pas dans les gènes.

– Tu t'en sortiras très bien, assure Damien en faisant un pas en direction du court. Viens.

– On peut parler une seconde, avant ?

Damien l'observe avec curiosité, puis hoche la tête.

– Qu'est-ce qui te tracasse ?

Jackson fait un signe de tête vers moi puis prend une grande inspiration.

– On a dîné avec Reggie Gale hier soir, Sylvia et moi. Je te dois des excuses.

– Ah oui ?

– Je t'ai accusé d'avoir saboté l'affaire à Atlanta. J'aurais dû te remercier, en fait.

– J'ai pris une décision stratégique pour ma boîte, réplique Damien sur un ton strictement professionnel. C'est tout.

Jackson le jauge du regard.

– D'accord, dit-il en se dirigeant vers le court. On y va ?

– Attends.

Jackson s'immobilise. Malgré mon sentiment d'être une intruse, je ne bouge pas non plus, de peur de perturber ce qui se passe entre les deux hommes si je pars maintenant.

– Je veux te montrer quelque chose, dit Damien.

Il sort son téléphone, pianote dessus un instant et le tend à Jackson.

Jackson prend connaissance de l'article, puis fronce les sourcils.

– La presse t'étrille à cause des grillons cavernicoles ?

– Un message interne a filtré ce matin, explique Damien, m'apprenant la nouvelle au passage. Dans le mail, je dis qu'on ne va pas laisser tomber Cortez sous prétexte que l'île est occupée par une espèce de grillon protégée, d'après l'EPA.

– Et d'une façon ou d'une autre, la presse a été mise au courant de cet e-mail.

– Et ils sortent la phrase de son contexte. On discutait avec mon équipe, et le but était de se renseigner pour savoir si l'espèce était réellement menacée. Il se trouve qu'elle ne l'est pas.

Jackson rend le téléphone à Damien.

– Pourquoi tu me montres ça ?

C'est exactement la question qui me brûle les lèvres – d'autant que l'EPA m'a déjà confirmé que nous étions hors de cause et que notre projet pouvait se poursuivre.

– Le problème des grillons cavernicoles a été réglé. Mais la fuite de cet e-mail n'est pas de bon augure pour le Domaine. Et le fait que cette nouvelle tentative de sabotage survienne exactement le lendemain de ton retour sur le projet n'est pas dû au hasard.

Je vois Jackson se raidir. Et de son côté, mon estomac fait quelques nœuds.

– Qu'est-ce que tu veux dire exactement, Stark ?

– Je veux dire que quelqu'un cherche à nous baiser. Tous les deux.

Pendant un instant, Jackson ne réagit pas. Son visage demeure de marbre, comme celui de Damien lors des réunions du conseil d'administration. Et puis, lentement, il avance :

– Tu ne penses pas que c'est moi.

– Je l'ai pensé, admet Damien. Mais plus maintenant. En revanche, je suis persuadé que le timing est l'élément clé.

– Alors, qui fait ça ? Jeremiah ?

– Il est tout en haut de ma liste, bien entendu.

Jackson secoue la tête.

– Je n'y crois pas.

– N'y crois pas si tu veux. Mais il faut que tu saches quelque chose. Que Jeremiah soit ou non derrière cette histoire de sabotage, ce n'est pas un type bien. Ce n'est pas une victime. C'est un pervers narcissique. Plus tôt tu l'auras compris, mieux ce sera.

– Qu'est-ce que tu t'imagines ? Que je vois la vie en rose ? Je sais parfaitement que Jeremiah n'est pas un ange.

– Je suis content que tu puisses agir en connaissance de cause.

– Bien plus qu'auparavant, reconnaît Jackson.

Il promène son regard sur le parc occupé par les stands de collecte de fonds au profit des enfants victimes d'abus.

– J'ai lu les journaux, après ton procès.

– Ah bon ?

Damien parle d'une voix tranquille. Bien qu'il soit extrêmement secret, il a récemment révélé au public une partie des choses atroces qui ont marqué son enfance. C'était incroyablement courageux de sa part ; je n'aurais pas été capable d'en faire autant.

– Il était au courant ? demande Jackson. De ce que Richter t'a fait ? Est-ce que notre père était au courant ?

Pendant un instant, je suis persuadée que Damien ne va pas répondre, et pour être honnête j'aimerais vraiment m'éclipser. Cela dit, je ne crois pas qu'aucun des deux hommes soit encore conscient de ma présence, à ce stade de la conversation.

Le temps semble se dilater, et Damien ne dit toujours rien. Puis il plante son regard dans celui de Jackson.

– Il était au courant.

Jackson ferme les yeux. Quand il les rouvre, son expression est dure, et son désir de frapper quelqu'un quasiment palpable.

– Il nous a fait du mal à tous les deux, Damien. Il

nous a étranglés avec ses mensonges et ses tromperies.

– Tu penses que je ne le sais pas ?

Jackson me regarde d'un air abattu.

– Ce n'est pas le genre d'attitude qu'un père devrait avoir envers ses enfants. On s'attend à ce que les parents fassent ce qu'il y a de mieux pour eux. Qu'ils assument leurs responsabilités, quel qu'en soit le poids. Et certainement pas qu'ils les utilisent comme des pions.

Il reporte son attention sur Damien.

– On était des pions, Damien.

– Plus maintenant.

– Non, c'est vrai. Plus maintenant.

Jackson me tend la main, et je vais à lui, soulagée qu'il ne semble pas gêné par ma présence durant toute la scène, heureuse qu'il souhaite m'avoir à ses côtés.

– Je ne pensais pas dire ça un jour, mais je t'apprécie, Stark. Sans toutes ces saloperies autour de nous, on aurait pu être amis.

Damien se fend d'un sourire.

– Nikki est arrivée à la même conclusion, à peu de choses près.

– Vraiment ? Quand ?

– Quand je t'ai proposé ce premier projet de complexe hôtelier lors de notre rencontre aux Bahamas et que tu m'as envoyé me faire foutre. Je lui ai dit que je n'arrivais pas à te cerner. Que je n'arrivais pas à savoir si je t'appréciais ou si je ne pouvais pas te saquer. Elle a répondu que je t'appréciais.

– Ah bon ? Pourquoi ?

Damien sourit.

– Parce que tu es l'une des rares personnes à avoir réussi à me dire non.

Jackson s'esclaffe, et j'étouffe un gloussement de mon côté.

– N'en fais pas une habitude, ajoute Damien.

Mais Jackson se contente de désigner le court du menton.

– Allez, viens, frérot. Allons taper quelques balles.

21

Ce lundi, je suis de retour au bureau de Damien puisque Rachel a eu un jour de congé. Damien a des rendez-vous à l'extérieur toute la journée jusque vers 17 heures, mais je n'ai pas le temps de me la couler douce. Il y a un travail de Titan à écluser ici. Déjà parce que Damien est monstrueusement occupé, mais aussi parce que Rachel continue d'écarter certaines tâches et certains projets avec lesquels elle n'est pas très à l'aise.

Ce ne serait pas un problème si elle me remplaçait simplement pendant mes vacances. Mais elle est censée reprendre ce poste après moi ; ça signifie que je dois la former et prendre du temps pour lui détailler le travail, rallongeant au passage ma *to-do list* dont je ne vois pas la fin.

Cela dit, je ne considère pas cette charge de travail comme une mauvaise chose. Elle me permet de maintenir mon esprit à l'écart de toute spéculation sur les réseaux sociaux au sujet de Jackson et moi, de Jackson et Megan, de Jackson, et du film, de Jackson, et de Reed agressé par Jackson. Sans compter mes pensées qui s'égarent du côté d'Ethan et de ce dîner chez mes parents. Tout bien considéré, je suis ravie de la distraction que m'apporte ce surcroît de travail au bureau de Damien.

Je viens de prendre l'appel du P-DG de Stark Manufacturing à Hong Kong quand Damien fait son apparition. Je coupe le son du téléphone et tends à Damien une pile de courrier.

– J'ai M. Cheng en ligne. Est-ce que je vous le transfère ?

Comme il s'agit probablement d'une urgence, je m'attends à ce que Damien dise oui, et j'ai déjà le doigt sur la touche de transfert d'appel.

Cependant, Damien me surprend.

– Dites-lui que je le rappelle dans une demi-heure, et venez. Je dois discuter de quelques points avec vous.

Il n'a pas l'air fâché mais ne semble pas ravi pour autant. Je ne vois pas ce que j'aurais pu faire de travers, et surtout j'en aurais déjà entendu parler. Rachel aurait-elle fait des bêtises que je dois réparer ? Y a-t-il une nouvelle attaque de la presse au sujet du Domaine ?

Je passe plus ou moins en pilotage automatique pour expédier la conversation téléphonique avec M. Cheng, j'attrape un bloc-notes et pars rejoindre Damien. Il est assis à son bureau, occupé à passer le courrier en revue, et m'invite à m'asseoir d'un geste de la main. Je m'installe puis croise et décroise les jambes en attendant de voir de quoi il retourne.

Damien pose finalement le document et me regarde. Il reste muet si longtemps que je dois faire un effort pour ne pas me tortiller sur ma chaise. Au bout d'une éternité, me semble-t-il, il se lève et contourne le bureau pour se retrouver en face de moi. Il s'appuie nonchalamment dessus, mais je le connais suffisamment pour savoir que cette nonchalance est feinte. Ses gestes sont étudiés, et son apparente quiétude, délibérée.

Mais ses raisons m'échappent.

Enfin, il tend la main derrière lui pour attraper un dossier sur le coin de son bureau.

– Il y a quelque chose que vous devriez regarder.

Je prends le dossier et vois qu'il vient de chez Pratt & Associés, l'agence de détectives privés à laquelle nous faisons habituellement appel pour vérifier les antécédents des employés. Je jette un œil à Damien, mais je n'ouvre pas encore le dossier.

– J'apprécie Jackson, enchaîne-t-il, comme si nous devisions simplement au cours d'un cocktail mondain. Et je ne crois plus qu'il soit à l'origine des problèmes que nous avons avec le Domaine.

– Mais ?

Son regard se pose sur le dossier dans mes mains.

Il est évident que je ne peux pas éviter son contenu, quel qu'il soit. Je prends une inspiration, ouvre le dossier puis recule brusquement comme si un serpent m'avait mordue.

C'est une action en justice visant à établir la paternité et les droits parentaux de Jackson vis-à-vis de Veronica Amelia Fletcher.

Veronica. Ronnie.

Le bateau. Mais bien sûr. Le bateau de Jackson se nomme le *Veronica*.

C'est sa fille.

Oh mon Dieu, Jackson a un enfant.

Et pas une fois il n'a ne serait-ce qu'évoqué cette réalité nouvelle, âpre, qui vient de me gifler. Même après cette nuit sur le bateau. Même après m'avoir tout raconté au sujet de Megan, il n'a rien dit.

Oh mon Dieu.

Je me sens fiévreuse, j'ai la gorge nouée.

Je déglutis et parcours le document. En annexe se trouve un test de paternité positif, réalisé à partir d'une analyse ADN. Et bien que la requête soit récente, le test de paternité, lui, date d'il y a plusieurs années.

La nausée me prend, et je me demande sérieusement comment je vais réussir à sortir de cette pièce sans vomir. Je dois rassembler toutes mes forces pour conserver une apparence calme et une expression neutre.

– Je n'étais pas certain de devoir vous en informer, dit Damien d'une voix douce. Pour ce que j'en sais, Jackson aurait très bien pu vous l'apprendre lui-même. Ou c'est peut-être le genre de choses que vous ne voulez pas savoir. Mais étant donné l'attention médiatique dont vous êtes tous deux l'objet ces temps-ci, j'ai pensé que je devais vous prévenir.

Je fais mine de me replonger dans le document, afin que Damien ne voie pas mon visage. Je suis en colère, blessée et perturbée.

Mais surtout je me sens trahie. En état de choc.

Je rends le dossier à Damien. Ce truc me brûle les doigts.

– D'où sortez-vous ça ?

– On vérifie les antécédents de toutes les personnes qui travaillent ici. Vous le savez.

– On ne va pas jusqu'à chercher des recours en justice dans d'autres États, j'objecte.

– En fait, je crois que ma politique est assez claire : si un employé ou un contractuel se trouve également être mon demi-frère, il fera l'objet d'une investigation plus poussée.

Je m'adosse à ma chaise, abasourdie.

Damien hausse les épaules.

– Je ne cherchais pas de ragots. Je voulais simplement en savoir plus sur mon frère.

J'ai envie de me blottir dans un coin, parce que j'ai froid – si froid –, mais je ne veux pas que mon vernis se craquèle. Je ne veux pas que Damien voie combien je suis dévastée, ni combien ces quelques feuilles de papier me bouleversent.

Je hoche la tête et me force à sourire.

– Eh bien, j'apprécie que vous m'en ayez parlé. Vraiment. Ça me touche beaucoup que vous ayez pensé à le faire. Que vous vous soyez fait du souci pour moi. Mais pour vous dire la vérité, je le savais déjà. Jackson me l'avait dit.

– Ah bon ?

– Bien sûr, dis-je comme s'il ne pouvait en être autrement.

Quelle imposture.

Je m'extrais de mon siège, espérant ne pas avoir l'air aussi paniquée que je le suis.

– Je pars tôt aujourd'hui, vous vous rappelez ? Je devrais aller m'assurer que la personne envoyée par les ressources humaines pour me remplacer est prête.

Il hoche la tête, me dévisageant avec cette façon bien à lui, comme s'il pouvait lire dans mes pensées et déceler mon mensonge.

J'espère vraiment que je me fais des idées.

Il me fixe si longtemps que je commence à craindre qu'il m'interroge. Mais finalement il sourit, charmant et plein de bonne volonté.

– D'accord. Donc on se voit ce soir à Santa Monica ?

L'apéro. Après notre cours particulier avec Nikki et Wyatt. Merde.

– C'est ça, à ce soir, dis-je gaiement.

Il retourne à son bureau, fait un signe de tête pour clore notre entretien, puis se replonge dans ses papiers.

J'expire lentement et me dirige vers la porte qui mène à mon propre bureau. Je m'attends à trouver l'un des secrétaires volants à mon poste.

Au lieu de quoi, je tombe sur Jackson.

– Salut, dit-il. Tu es bientôt prête ?

Sur le seuil, j'hésite. *Je ne suis pas prête pour ça. Je ne suis pas du tout prête pour ça.*

Je reste plantée là, incertaine. Et puis la porte se ferme derrière moi, et le cliquetis du pêne agit comme un signal pour me faire démarrer. J'avance vers mon bureau.

– On a reporté, pour la photo.

Je garde les yeux baissés, comme si les notes sur mon bloc étaient les gribouillis les plus importants au monde.

– Il se passe un truc au bureau de Hong Kong. Je vais devoir travailler tard avec Damien.

– Quel dommage.

En me glissant derrière mon bureau, je l'aperçois du coin de l'œil et parviens à lui adresser un sourire désolé.

– Eh oui. Ce sera pour une autre fois. Mais tu devrais y aller.

– C'est bon, je peux rester. J'ai plein de choses à faire. On pourra aller dîner quand tu auras fini.

– Je vais sans doute manger ici.

Je lui parle, mais toujours sans le regarder. Je ne peux pas, parce que je ne veux pas me mettre à pleurer ou à crier, et crains vraiment que ça se produise si je lève les yeux. Là, je veux juste qu'il s'en aille. Et ce simple constat me donne encore plus envie de pleurer.

– Syl ? (Sa voix est à la fois douce et inquiète, et je me rends compte que je ne peux pas cacher grand-chose à ce type.) Qu'est-ce qui ne va pas ?

Je sais que je devrais le lui dire, mais je n'y arrive pas. Il a gardé son secret ; je peux bien garder le mien un peu plus longtemps.

– Rien. C'est Hong Kong. J'ai la tête ailleurs.

Il est évident qu'il ne me croit pas, mais il ne relève pas.

– D'accord, dit-il prudemment. Je serai à mon étage. On pourra rentrer à la maison ensemble plus tard.

– Je rentrerai avec une voiture de la boîte.

– Ce n'est pas nécessaire. J'ai beaucoup de travail. (Il me fixe du regard, et je sens qu'il ne croit pas un mot de ce que je dis.) Je te conduirai à la maison. Ce sera sympa d'avoir un peu de temps pour discuter.

Il s'éloigne sans attendre ma réponse. Il appelle l'ascenseur. Et ne se retourne pas une fois.

Merde.

Je ne me rends même pas compte que ma décision est prise avant d'avoir atteint l'ascenseur, moi aussi. Il vient d'arriver, et tandis que Jackson entre dedans je m'y engouffre à sa suite. Et dès que les portes se sont refermées, je me tourne vers lui, laissant éclater toute la colère que je retenais.

– Bordel de merde, Jackson Steele !

Je suis à la fois bouillante et glacée, et si pleine de fureur que je pourrais exploser.

– Tu me sors le grand jeu. Tu me dis que tu ne veux rien me cacher. Et pourtant, quand tu as un boulevard devant toi pour tout me raconter, tu ne dis pas un seul putain de mot.

– De quoi tu parles ?

– Je parle de Ronnie ! je m'écrie en le poussant, lui faisant momentanément perdre l'équilibre. Je parle du fait que tu as une fille.

Son visage devient gris comme la cendre, comme vidé de tout son sang. D'une main, il cherche un appui derrière lui, comme s'il avait besoin de la cloison de l'ascenseur pour se stabiliser.

Je reste figée, attendant qu'il nie. Qu'il me dise que je me trompe – sur toute la ligne.

Mais il ne nie rien du tout.

Il demande :

– Comment tu sais ?

Je relève le menton.

– Le test de paternité. C'est du domaine public, Jackson.

– Du domaine public ? Seulement si on cherche. Qui pourrait bien… le fils de pute !

Il croise mon regard, le sien étincelle de colère. Et de douleur.

– Damien.

Je ne réponds rien, mais peu importe. Je suis certaine que la vérité se lit sur mon visage.

– Quel petit connard…

Je grimace en m'apercevant que, quel que soit le degré de réchauffement que les deux hommes ont réussi à atteindre dans leur relation, je viens clairement de tout foutre en l'air.

Il fait un pas prudent vers moi.

– Syl, il faut qu'on parle.

Sa voix est plus douce à présent, comme s'il avait muselé sa colère. Pendant quelques secondes, je suis fière de lui parce que j'ai l'impression que la seule chose qu'il ait vraiment envie de faire à cet instant, c'est de cogner quelque chose.

Je ne suis cependant pas fière de lui au point de l'accompagner. Pas maintenant. Pas quand j'ai besoin d'être seule.

– Non. On a peut-être besoin de parler, mais là tout de suite je ne peux pas. J'ai besoin de réfléchir.

Je me sens soudain flancher sous le poids d'une immense lassitude.

– Syl…

Il tend la main vers moi, et ces fichues larmes me montent encore aux yeux.

– Non, je répète. Je suis désolée, mais je vais à Santa Monica ce soir. (Je le regarde bien en face.) Et je ne veux pas que tu viennes, Jackson.

*
**

– À mes merveilleuses étudiantes et aux « espaces négatifs », dit Wyatt en levant sa bière pour trinquer.

Nous sommes au Hard Tails, un bar qui a ouvert récemment sur Third Street Promenade, à quelques encablures de mon appartement. Damien et Nikki sont assis côte à côte, tandis que Wyatt et moi leur faisons face.

Ça me fait bizarre de ne pas être à côté de Jackson, mais j'essaie de ne pas penser à lui. J'ai passé la soirée à essayer de ne pas penser à lui.

Jusqu'ici, on ne peut pas dire que j'aie excellé dans cet exercice.

– Alors les filles auront un bon bulletin ? demande Damien.

– Oh oui. Vingt sur vingt pour toutes les deux.

– Je suis si fière, minaude Nikki avant de passer son appareil à Damien pour qu'il puisse voir les photos qu'elle a prises.

– Elles sont superbes. J'aime particulièrement celle avec la jetée.

– Celle-là, c'était l'idée de Syl. Mais je pense qu'on a assuré toutes les deux.

Wyatt lève l'index en nous regardant à tour de rôle.

– Qu'est-ce que je vous disais ? Les espaces négatifs…

Nous ne voyons pas Wyatt aussi régulièrement que je le souhaiterais, mais à chaque leçon il propose un nouveau thème. Aujourd'hui, c'était la composition et le fait d'utiliser l'espace négatif, à savoir les zones de vide autour d'un sujet, pour raconter une partie de l'histoire.

Ma passion me porte vers la photo d'architecture, et après avoir mitraillé les immeubles du front de mer je m'étais tournée vers la plage pour saisir ce que tant de photographes avaient déjà découvert : la célèbre jetée de Santa Monica est un sujet en or.

J'avais placé la jetée en bas à gauche de mon image, en laissant un grand espace négatif emplir le cadre – l'océan dense, le ciel assombri. Je l'avais montrée à Nikki, et même si elle préfère les portraits elle avait fait une image similaire.

Mon esprit tourne autour de cette idée d'espace négatif. Du fait de voir ce qui n'est pas révélé et d'en extraire du sens.

Jackson et moi avons chacun nos secrets – nos propres espaces négatifs. Et je suppose que Wyatt a raison quand il dit que les espaces négatifs racontent l'histoire, car Dieu sait combien la part mystérieuse d'une vie est importante. Mon père et Ethan. Megan. Ronnie.

Cela signifie-t-il que l'espace négatif dans les relations amoureuses marque la frontière entre la vérité et les secrets ? Peut-on jamais atteindre un moment où l'espace négatif n'existe plus ?

Dans une photographie, ce serait laid et suffocant. Mais dans la vie ?

Dans la vie, ne cherchons-nous pas à révéler les secrets pour emplir ces espaces vides ?

Je n'en sais rien, et lorsque la serveuse revient

avec une nouvelle tournée de bières et une énorme corbeille de frites au fromage, j'abandonne avec joie mes réflexions philosophiques.

Nous parlons de tout et de rien. Les spectacles auxquels Nikki et Damien ont assisté à Manhattan. Le prochain voyage de Wyatt à Chicago. Assez tôt, nous décidons de rentrer. Damien a une conférence téléphonique avec l'étranger prévue à l'aube demain, et je suis prête à rester seule.

– Il faut que je passe aux toilettes, dit Nikki. Tu m'accompagnes ?

Tout le monde sait qu'elle me fait cette proposition pour avoir une discussion en privé, néanmoins j'accepte.

– J'ai entendu parler de l'action en recherche de paternité, dit-elle dès que nous nous retrouvons seules dans la petite pièce. Est-ce que ça va ? Tu as l'air un peu sous le choc.

– J'imagine que Damien ne m'a pas crue quand je lui ai dit que j'étais déjà au courant, dis-je en grimaçant. Et moi qui croyais savoir jouer la comédie.

Un petit sourire lui vient aux lèvres.

– J'ai juste eu un aperçu. (Elle pose une main sur mon bras.) Sérieusement, si tu veux en parler…

Oh oui, je réalise soudain. *Oui, j'en ai vraiment besoin.*

– C'est seulement que… je veux dire, il a une fille. Ça ne lui a pas traversé l'esprit que c'était peut-être une information importante à mentionner ?

– Ça te dérange ? Qu'il ait un enfant ?

– Non. C'est le fait qu'il ne me l'ait pas dit, alors que le moment idéal pour me l'annoncer s'est présenté tant de fois.

– Crois-moi, je comprends. Je suis mariée à un homme qui, par défaut, ne raconte rien.

– Et ça ne te gêne pas ?

Nikki hausse les épaules.

– Je ne peux pas nier que ça me rende folle parfois. Mais je ne suis pas dans sa tête, tu sais. Et puis, surtout avant qu'on soit mariés, je pense que je voulais tout savoir pour me prouver que lui et moi, c'était du solide. Mais ça ne veut pas dire que j'étais dans mon bon droit. Sauf si les secrets en question m'affectaient, moi aussi.

– Oh, je pense que cette histoire d'enfant m'affecte.

– Peut-être pas. Ou peut-être qu'il avait peur de te le dire, suggère-t-elle prudemment.

Je secoue la tête, ne sachant que répondre à tout cela.

– Allons, Syl. Vous êtes faits l'un pour l'autre, mais ça ne change pas le fait que tu l'as éjecté de ta vie cinq ans plus tôt. Il a peut-être la trouille que tu recommences.

– Non !

J'ai répondu avec véhémence, sans la moindre hésitation.

– Jamais de la vie. Il n'y a rien qui puisse me séparer de lui.

Même cette histoire, je m'en rends compte à présent. C'est juste un accident de parcours. Une dispute. Mais au final, on parviendra à se rabibocher. N'est-ce pas ?

– Et il le sait, ça ? demande Nikki.

– Bien sûr.

– Bon. Peut-être qu'il ne veut pas t'en parler parce qu'il n'y a rien à raconter. Damien m'a dit que son avocat n'a pas obtenu d'audience. Peut-être qu'il ne va pas donner suite. Ou peut-être qu'il avait prévu de t'en parler demain ou la semaine prochaine, et que tu lui as coupé l'herbe sous le pied. Je n'en sais rien, Syl. Mais toi non plus.

– Tu penses que je ne devrais pas lui en vouloir.

– Ce n'est pas ce que j'ai dit. Sois fâchée autant que tu veux. Mais ne sois pas injuste.

Je médite ses paroles. Ai-je été injuste ?

Elle s'appuie au lavabo de porcelaine.

– Écoute, je vous ai vus, et vous êtes vraiment complices. Vous vous êtes trouvés. Et j'imagine que vous êtes encore plus proches que ce que vous laissez paraître. Mais ce n'est pas… je veux dire… oh, merde.

– Quoi ?

– C'est seulement que l'intimité, ça se construit, tu sais ? On ne devient pas proche de quelqu'un comme ça, on ne peut pas s'attendre à ce que, tout à coup, tout soit étalé au grand jour, comme si on venait d'ouvrir un placard qui déborde.

Je soupire malgré moi. Parce qu'elle a raison. Et je le sais. C'est juste que ce secret est si énorme qu'il m'a paru changer la donne. Mais peut-être que ce n'est pas le cas. Peut-être que rien n'a changé.

22

Jackson ne répond pas à son téléphone ; ça signifie probablement qu'il ne souhaite pas me parler.

Je m'en fiche. Il faut qu'on parle, et s'il veut m'envoyer promener ou me laisser sur le pont et s'enfermer dans son bateau, grand bien lui fasse.

Mais tant qu'il ne se sera pas rendu à ces extrémités, je ferai tout ce que je peux pour le retrouver. Pour lui parler.

Pour lui expliquer ce que j'éprouve.

Et, oui, pour lui dire que j'ai eu tort.

Voilà pourquoi je gare ma voiture sur la marina. En manœuvrant, je me rends compte que si j'ai trouvé une place si proche du bateau de Jackson, c'est parce que sa propre voiture n'y est pas.

Putain.

J'essaie de deviner où il pourrait se trouver, mais je dois me rendre à l'évidence : je n'en sais rien. Los Angeles est une grande ville, et il pourrait être n'importe où.

Je prends mon téléphone et compose le numéro du bureau pour me renseigner auprès du gardien de nuit et du personnel de sécurité, mais on m'assure que Jackson n'est pas à la Stark Tower.

Il n'a pas pu aller en boîte – pas même pour relâcher la pression.

Et bien que son mode opératoire habituel, dans ce genre de circonstances, consiste à baiser pour se calmer, même après une dispute, je ne crois pas qu'il ait pu aller chercher une autre femme.

Mais après tout, ce n'est pas exactement comme cela qu'il procède, non ? C'est moi qui l'ai supplié de m'utiliser quand il perdait les pédales. Quand il avait besoin d'une soupape.

Ce n'est pas une bonne baise, aussi crue qu'expéditive, qu'il va chercher.

C'est une baston.

Merde.

Je ferme les yeux et réfléchis. Je suis certaine de ne pas me tromper, mais cette certitude ne me plaît pas trop. On est à Los Angeles, après tout, et le culte du corps est tel ici qu'on y trouve plus de salles de sport que Damien n'a de dollars.

Je ne sais même pas par où commencer.

Et puisque je ne sais pas où aller, il va falloir que je me décide à n'aller nulle part.

Je me rends sur le bateau, heureuse que Jackson m'ait donné un double des clés.

Je me sers un verre de vin et m'installe sur le canapé qui trône dans son bureau. Je songe à regarder un film pour oublier son absence, mais je suis beaucoup trop distraite pour qu'un tel plan fonctionne. Je commence à envisager de contacter Ryan pour qu'il mette son pote des renseignements sur le coup, et qu'il localise Jackson grâce au service OnStar, quand je réalise que j'ai négligé une piste.

Je me relève, essayant de me rappeler le nom de l'ami qui trempe dans le milieu des combats clandestins. Butter ? Cutter ? Non, *Sutter* ! Je serre victorieusement le poing, sûre de ma mémoire.

Certes, je ne suis guère plus avancée, mais si jamais Jackson avait laissé traîner ses coordonnées quelque part…

Je vais à son bureau et farfouille à la recherche d'un quelconque carnet d'adresses. Mais, comme nous tous, Jackson est un pur produit du XXIe siècle, donc ses contacts sont stockés dans son ordinateur.

Ça veut dire que je ne peux y accéder que si je trouve son mot de passe.

Et je ne vais pas me priver d'essayer. Tant pis pour la protection de la vie privée ou toutes ces histoires de confidentialité des données. Parce que, franchement, je me ronge les sangs. Et, oui, il faut que je le voie.

Je commence par les grands classiques – sa date d'anniversaire, son numéro de Sécu – que j'obtiens en appelant le service de sécurité à la Stark Tower. L'immatriculation de sa voiture. Rien de tout ça ne fonctionne, aussi je tente le nom de ses projets. De sa boîte. De son bateau.

Nada.

Finalement, je me hasarde à entrer mon propre nom, et je constate avec une pointe de déception que ça ne mène à rien non plus.

Mais cela me donne une idée et, au lieu de *Veronica,* je tente un simple *Ronnie.*

Bingo. L'ordinateur démarre.

Comme je ne veux vraiment pas jouer les espionnes, j'ouvre directement son fichier de contacts et recherche Sutter. Je le trouve assez facilement, et je griffonne ses numéros, bureau et portable, sur un bout de papier. Puis j'éteins l'ordinateur, sors mon téléphone et compose le numéro de son bureau.

Personne ne répond, ce qui ne me surprend pas tellement puisqu'il est déjà 22 heures passées. Je raccroche en entendant le répondeur s'enclencher, puis j'essaie le portable. Répondeur également.

Et merde !

Je raccroche, parce que je ne sais pas trop quoi laisser comme message. Est-ce qu'il l'aura ce soir ? Et surtout, est-ce qu'il le transmettra ?

Je conclus rapidement que je n'ai pas vraiment le choix, et je suis sur le point de le rappeler quand j'ai l'idée de lui envoyer un texto – beaucoup plus direct, et plus simple à consulter qu'une messagerie, surtout quand on ne reconnaît pas le numéro.

Alors je tape un message, je me relis, j'efface, je reformule. Finalement, j'envoie ma bouteille à la mer...

> « Je cherche à joindre Jackson de toute
> urgence. C'est Sylvia. S'il vous plaît, savez-
> vous où il est ? »

Ça donnera quelque chose, ou pas, mais je me dis que j'ai fait de mon mieux, et, le téléphone entre mes deux mains jointes, je récite une prière en silence.

Moins d'une minute plus tard, il sonne, et je manque le faire tomber en cherchant à décrocher.

– Allô ? Sutter ? Allô ?

– C'est vous, Sylvia ? Z'êtes sa nana, c'est ça ?

J'étais debout, mais je m'effondre à présent sur le siège de bureau, mes genoux soudain trop faibles pour me porter.

– Oui. C'est moi. Je le cherche partout. Vous savez s'il...

– Il est au gymnase. Enfin, il y était quand je suis parti, il y a une heure. Il était dans un sale état, le pauvre garçon. Il avait besoin de se défouler. Alors je lui ai donné le double des clés et je lui ai dit de fermer quand il partirait.

Mon cerveau confus assimile ces éléments.

– Donc il n'est pas en train de se battre ? Il n'est pas dans un de ces cercles clandestins ?

– Non, pas ce soir. Je ne crois pas qu'il y ait rien de prévu, nulle part ce soir.

– Il faut que je le voie. Est-ce que je peux y aller ? Vous voulez bien me dire où je dois aller ?

Il hésite.

– S'il vous plaît.

Ma voix se brise.

– Il n'y a pas d'autre clé, dit-il finalement, et je doute que Jackson vous entende toquer. Garez-vous à l'arrière et passez par mon bureau. La porte s'ouvre avec un code.

Il débite l'adresse et le code d'accès, et je lui suis si reconnaissante que je l'embrasserais si je pouvais.

J'entre l'adresse sur mon téléphone et je suis les indications du GPS, pour atterrir au fin fond d'une zone commerciale délabrée du côté de l'aéroport. La plupart des enseignes lumineuses sont cassées et les vitrines recouvertes de papier brun, mais il reste trois commerces encore en activité. Une friperie, une boutique de vins et spiritueux, et la salle de sport.

C'est tout ce que le panneau sur la façade indique : SALLE DE SPORT ; mais je n'ai besoin de rien d'autre pour savoir que je suis au bon endroit. Ça, et la Porsche de Jackson sur le parking, l'air franchement vulnérable, perdue dans ce quartier miteux.

Ma propre voiture, une simple Nissan que je possède depuis que j'ai commencé à travailler pour Damien il y a cinq ans, n'est pas aussi luxueuse ni aussi affriolante que la Porsche ; mais elle semble tout aussi vulnérable, garée toute seule derrière le bâtiment. Elle est dotée d'une alarme que j'utilise rarement. Ce soir, je l'active.

Heureusement, Sutter a été suffisamment précis dans ses indications, et je n'ai aucun mal à trouver la porte d'entrée. Une fois à l'intérieur, je découvre une pièce assez dépouillée, mais ordonnée, avec un bureau qui semble issu du surplus de l'armée, deux armoires de rangement et, accrochés au mur, des tas de récompenses et de diplômes, dans des cadres noirs tout simples comme on en trouve partout.

La salle de sport est tout aussi spartiate. Des tapis, des haltères. Elle ne ressemble en rien à celle du boulot, avec ses rangées d'appareils de musculation et de vélos elliptiques. Ici, j'aperçois tout de même un tapis de course, mais c'est tout. Il y a aussi un ring de boxe, légèrement surélevé et capitonné, et j'imagine que c'est aussi un bon entraînement pour le souffle.

Mais c'est au fond de la salle, sur la gauche, que mon regard se porte tandis que je me tiens sur le seuil. Car c'est là-bas que Jackson se trouve, torse nu, en short. Son dos est luisant de sueur, et il s'acharne sur un sac de frappe.

J'ignore combien de temps je passe à l'observer – une minute, une heure, une année ? –, mais finalement il semble commencer à fatiguer. Il s'écarte, le souffle court et, tandis que je recule d'un pas pour rester dans l'ombre, je note que la férocité de ses coups de poing ne se reflète pas sur son visage. Non, il paraît fatigué, un peu perdu. Et je crois que c'est à cause de moi.

Il se dirige vers le vestiaire, et dès qu'il a disparu je sors de ma cachette. Lentement, j'entre à sa suite dans la pièce blanche, nue, qui sent le savon et l'antiseptique. Je vois une rangée de casiers, et sur la gauche des cabines de douche isolées par de minces rideaux de plastique. Jackson est là. Il se croit seul, et il n'a pas tiré le rideau. Tourné vers le mur carrelé, il laisse l'eau ruisseler sur lui. Au bout d'un moment, il se penche en avant et s'appuie des deux mains sur le carrelage, tête basse.

Non.

Je retire mes ballerines, mon jean, ma culotte. Puis je me débarrasse de mon tee-shirt, et enfin de mon soutien-gorge. Je laisse tout tomber au fur et à mesure sur le sol fraîchement passé à la serpillère, si bien qu'arrivée à la douche j'ai laissé derrière moi un chemin semé de vêtements, façon Petit Poucet.

Je m'arrête un moment derrière lui, craignant de commettre une erreur. Mais tant pis, j'y vais. Quelles que soient les conséquences, il faut que je lui parle. Il faut que je m'excuse. Et il faut que je connaisse l'histoire ; il faut qu'il me raconte, pour Ronnie.

Je pénètre dans la cabine de douche puis passe mes bras autour de sa taille.

Il commence par se figer, et pendant une fraction de seconde je pense que faire irruption dans la douche d'un homme nu qui me tourne le dos est vraiment une idée à la con.

Et puis, son corps se détend. Il ne dit rien mais se retourne pour me faire face. Je croise son regard avant de constater en baissant les yeux qu'il commence à bander, comme si l'intensité de son expression le concernait tout entier.

Il me dévore du regard. Quand je commence à parler, il secoue la tête. À peine, mais cela suffit à me faire taire. Puis il me pousse contre la paroi, écrasant ma peau brûlante contre le carrelage. Son regard est empli de chaleur. De faim. Et d'un mouvement rapide, presque violent, sa bouche vient chercher la mienne et m'embrasse fiévreusement, tandis que ses mains se posent sur le mur derrière moi.

Seules nos lèvres se touchent, et pourtant je le sens dans tout mon corps. Ma peau picote. Ma chatte palpite. Mes seins semblent supplier qu'il me touche, qu'il me prenne, qu'il me soumette et...

Il me fait faire demi-tour, et je me retrouve face au mur. Il empoigne mes hanches pour m'empêcher de glisser et les rapproche des siennes. Il ne dit toujours rien mais me fait poser les mains sur le carrelage, assez bas pour que je me retrouve penchée en avant, pliée en deux. Il est juste derrière moi. Il caresse mon dos puis mon cul, avant de glisser une main entre mes jambes pour me les faire écarter. Je mouille comme une folle, je suis terriblement excitée. Je veux qu'il m'utilise. Je veux qu'il me baise.

Et puis il fond sur moi, pétrissant mes seins d'une main tandis que l'autre guide sa queue en moi. Quand il m'a pénétrée, il empoigne mes seins et commence immédiatement des va-et-vient vigoureux, encore et encore, toujours plus profondément.

J'ai le feu à la peau. Le fait de venir à lui, de m'offrir à lui, à la fois en guise d'excuse et sous l'emprise de la passion. Le fait de sentir qu'il a besoin de ça. Qu'il a besoin de *moi*.

Ce sera rapide pour tous les deux, je le sais. Je sens la pression monter en lui comme en moi. Je suis tout près, si près de l'orgasme que lorsqu'il rugit finalement d'extase je me joins immédiatement à lui, mon corps presque tétanisé, désireux qu'il agrippe mes seins encore plus fermement, et je miaule presque de bonheur, ravagée par l'animalité de ce plaisir total, extrême.

C'était rapide, brutal, incroyablement puissant.

Il m'étreint tandis que nous reprenons notre souffle, ses lèvres effleurant ma nuque. Puis il m'aide à me redresser et m'entraîne sous la douche. Sans s'éloigner de plus de quelques centimètres de moi, il nous savonne l'un et l'autre et nous rince avant de couper l'eau. Il attrape une première serviette de la pile à proximité et me sèche soigneusement, puis il en prend une deuxième pour m'envelopper dedans. Il s'essuie à son tour et enroule la serviette autour de sa taille.

– Sylvia.

C'est le premier mot qu'il prononce depuis mon arrivée.

Je ferme les yeux et prends une inspiration.

– Je suis désolée de m'en être prise à toi. Je te suis tombée dessus sans te prévenir et je t'ai puni pour ne pas avoir été transparent avec moi ; c'était vraiment dégueulasse de ma part, surtout après t'avoir dit que je comprenais que tu aies des secrets. Ce sont les tiens, pas les miens, et je n'ai absolument pas le droit d'exiger que tu me les dévoiles.

– Tu as tous les droits sur celui-là. Un enfant, ça te concerne aussi.

J'essaie de ne pas pleurer.

– Tu ne m'as pas dit et… et j'ai cru qu'en fait, pour toi, je comptais moins que ce que je croyais.

À son expression, on croirait que je viens de le gifler.

– Oh, ma chérie, non.

– Alors, pourquoi ne pas me l'avoir dit ?

Il me dévisage un instant sans rien dire, l'air songeur, puis me conduit aux vestiaires. Je ramasse mes affaires au passage, et tandis que Jackson ouvre son casier et enfile ses vêtements je fais de même avec les miens.

– Tout s'est passé si vite entre nous, et je me suis décidé tout récemment à propos de Ronnie. À prendre un avocat, à demander une audience au tribunal, pour pouvoir ramener ma petite fille à la maison.

Je fronce les sourcils, parce que quelque chose me chiffonne dans ce qu'il raconte. Mais je ne parviens pas à mettre le doigt dessus.

– Cela dit, je crois surtout que j'avais peur de t'en parler.

– Peur ?

– Tu n'as pas signé pour un père de famille, dit-il platement.

Ses paroles m'accablent.

– Signé ? Genre, on choisit une file pour nos vies, pour nos amours, et c'est là qu'on va, et on ne dévie plus d'un centimètre ? Mais ce n'est pas comme ça que ça fonctionne, Jackson.

Entièrement rhabillée, je vais à lui. Il a remis son jean, mais il n'a pas encore boutonné sa chemise, et je presse ma paume contre son torse nu. Je sens les battements de son cœur résonner à travers moi.

– J'aime l'homme, Jackson. L'architecte, l'amant, le père. Et je ne dis pas qu'un enfant ne changera rien entre nous, mais on peut faire en sorte que ça marche. En tout cas, j'ai envie de faire en sorte que ça marche. (Je croise son regard, et je suis submergée par la tendresse qui en déborde.) Je ne connais rien aux gosses. Mais je t'aime, Jackson. Et j'aime Ronnie. Pour moi, la question ne se pose pas.

– Oh, chérie…

Il m'attire à lui et m'embrasse longuement, passionnément, et avec tant de sensualité que, lorsqu'il cesse enfin, j'ai besoin de m'asseoir sur le banc pour recouvrer mes esprits.

– Tu es incroyable, tu sais ça ? dit-il.

Je souris.

– J'aime à le croire, dis-je pour le faire rire. Mais qu'est-ce que tu voulais dire en parlant de la ramener à la maison ?

J'ai enfin trouvé ce qui me tracassait. J'ajoute :

— Et Megan ?

— Megan n'est pas sa mère. C'est sa tutrice légale.

— Oh ! dis-je en fronçant les sourcils. Mais alors, qui est sa mère ?

— Amelia, répond-il.

Tout s'éclaire dans mon esprit.

— Le scénario était juste. Elle était folle de toi.

Il termine de boutonner sa chemise et s'assied sur le banc à côté de moi pour me prendre la main. Les yeux rivés à nos doigts entremêlés, il explique :

— Je sortais avec Carolyn, la jumelle d'Amelia. Rien de sérieux, mais on s'aimait bien. Elle était facile à vivre et je… je ne cherchais pas de relation à long terme. J'étais écorché vif après toi, Syl. Je voulais juste avoir quelqu'un dans mon lit. Quelqu'un pour relâcher la pression.

C'est douloureux à entendre, surtout parce que je me sens à l'origine d'une réaction en chaîne, mais je ne dis rien et me contente d'écouter.

— Amelia avait le béguin pour moi, mais elle ne m'a jamais plu. Et si elles étaient de vraies jumelles, elles n'avaient vraiment que leur apparence en commun. Amelia était narcissique, et elle avait un mauvais fond. Elle était cruelle, égoïste. Et une nuit, elle est venue dans mon lit, habillée comme Carolyn, parfumée comme elle. Elle n'a rien dit, elle m'a réveillé avec des baisers, des caresses et… quoi qu'il en soit, je n'avais pas les idées claires. J'ai cru que Carolyn était rentrée de voyage plus tôt que prévu. Ce n'est qu'après l'avoir baisée que je me suis repris, et là j'ai compris que c'était Amelia. Ça n'est arrivé qu'une fois, mais ça a suffi.

— Elle est tombée enceinte.

— Oui. Et elle a essayé de me mettre la pression pour

que je l'épouse. J'ai dit non. Je ne l'aimais pas. Je la méprisais, en fait. Ou du moins, je la plaignais. Et je n'étais pas non plus amoureux de Carolyn.

Il inspire profondément, et bien que j'aie un milliard de questions je me force à rester silencieuse pour le laisser continuer.

– Je lui ai dit que je ne savais même pas si ce bébé était bien de moi, et c'était vrai. Amelia avait pas mal d'amants. Mais elle a juré que j'étais le père, et une part de moi la croyait. Seulement, il était hors de question que je l'épouse, et quand la maison a été terminée, je suis parti. Le bébé est né quelques mois plus tard. Une semaine après, elle a attiré sa sœur dans l'atelier. Elle s'est servi d'un revolver pour lui tirer dessus, cinq balles, et avec la dernière elle s'est suicidée.

Il parle d'un ton égal, presque neutre. Mais il me serre la main très fort, et je sais que chaque mot est douloureux.

– Megan a eu la garde du bébé.

– Oui. Et elle m'a appelé. Elle savait – à peu près tout le monde savait – que j'étais le père de Ronnie. Elle savait aussi que toute cette histoire ferait un scandale monstrueux – qui, du coup, impliquerait aussi Arvin. Elle a été désignée comme tutrice légale, et la famille m'a demandé de ne pas reconnaître l'enfant. À l'époque, je pensais que c'était mieux comme ça. J'étais en état de choc. Perturbé. Paumé. Malheureux. Je ne sais même pas. Et je voyageais sans arrêt, je bossais comme un taré, je ne voyais pas comment j'aurais pu être un bon père. Le genre sur lequel on pouvait compter. J'envoyais de l'argent régulièrement, j'avais ouvert un compte d'épargne pour financer ses études, j'achetais des cadeaux. Et puis, j'ai commencé à leur rendre visite. Megan et moi, on s'est liés d'amitié – et oui, on a couché ensemble une fois, mais ce n'était pas sérieux. En revanche, entre Ronnie et moi, c'était autre chose. Je me suis mis à l'aimer plus que tout. Et même si je n'avais pas besoin de test de paternité pour savoir que c'était ma fille, j'en ai quand même fait un. Je repense aux yeux et à la chevelure de la petite fille, et je me sens stupide de n'avoir rien deviné. J'enfonce une porte ouverte :

– Et le test était positif... À quel moment tu l'as fait ?

– Ronnie avait huit mois, environ.

Je le sais, bien sûr ; j'ai vu le test, joint aux documents de la procédure.

– Pourquoi tu n'as pas intenté une action en reconnaissance de paternité à ce moment-là ?

– J'y ai pensé. Mais le bien-être de Ronnie a toujours été ma principale préoccupation. Et à l'époque, ça voulait dire endosser le rôle de l'oncle Jackson. Ronnie avait Megan et Tony, et même si techniquement ils ne l'avaient pas adoptée, pour elle ils étaient « Maman » et « Papa ».

Il soupire.

– Elle avait une vie stable. On s'occupait bien d'elle. Et les grands-parents maternels de Megan étaient là aussi pour aider. Ils sont toujours là, bien sûr, même si le grand-père de Megan, David, a eu une petite attaque l'année dernière. Il est alité depuis. Mais Betty, la grand-mère, c'est un roc. Je suis à peu près sûr que cette femme est invincible.

– Et Arvin ? Et les grands-parents paternels de Megan, tant que j'y suis ?

– Décédés. Quant à Arvin, il ne voulait pas entendre parler de cette histoire, et comme il était veuf depuis un moment déjà, il n'avait pas de femme pour le faire revenir sur sa position. Malgré tout, il valait mieux que Ronnie reste à Santa Fe avec Megan, Tony et Betty plutôt que d'être par monts et par vaux avec moi, en étant élevée par une nurse.

– Ça n'a pas dû être facile.

Je perçois très bien le chagrin et le manque dans sa voix quand il répond simplement :

– Non.

– Mais à présent, tu essaies de faire valoir tes droits en tant que père ?

– Je veux avoir sa garde. C'est ce qu'il y a de mieux pour elle.

– Parce que sa vie était stable du vivant de Tony, mais maintenant, avec les problèmes de Megan…

– Exactement. Ça me fait mal de l'admettre, mais Megan perd pied, et il faut que je garde Ronnie à l'abri. Il faut que je sois son père, pas son oncle. (Sa voix devient plus ferme.) Mais par-dessus tout, je veux être son père.

– Et ça convient à Megan ?

– Oui et non. Quand son humeur est stable, elle est d'accord. Et sa famille aussi, surtout Betty ; elle me soutient vraiment à fond depuis un moment.

– Et quand Megan ne va pas bien ?

– Elle veut que je lui foute la paix. Même quand elle est à peu près en forme, cela dit, elle est inquiète. Tu te rappelles, la première fois que tu l'as vue, à la projection du documentaire, comme on se disputait ?

J'acquiesce d'un signe de tête.

– Megan m'engueulait parce que j'allais embringuer Ronnie dans une situation pas possible. Elle disait qu'elle allait déjà avoir sa dose de scandales, et que ce serait encore pire si là-dessus on lui révélait que j'étais son père. Et malheureusement, c'est vrai.

Il a raison. Avec toutes ces histoires, la gamine va être le plat de résistance de ces hyènes de journalistes.

– C'est pour ça que tu ne veux pas que le film se fasse.

Il presse ma main.

– C'est pour ça qu'il ne se *fera pas*. Et c'est ce que j'ai répondu à Megan. Il n'y aura pas de film. Il y a deux personnes dans ce monde que je protégerai quoi qu'il arrive. Toi et Ronnie. Ce film n'existera jamais, Sylvia. Il y a déjà eu trop d'horreur dans la vie de cette petite fille. Je ferai ce qu'il faudra pour faire taire Reed.

*
**

– Tu sais ce que j'ai envie de faire ce soir ? demande Jackson.

Nous sommes dans la Porsche, qu'il gare sur la marina. Il est 23 heures passées, et nous sommes brisés de fatigue. C'est l'effet que font les révélations et les émotions fortes qui vont avec.

– Si tu parles de sortir en boîte, je vais devoir te péter les genoux.

– J'ai envie de me coller au lit avec toi devant un truc débile à la télé. Avec un verre de vin, et un bouquin éventuellement, mais ce sera en fonction du degré de débilité de l'émission. Quoi ? demande-t-il, voyant que je le fixe intensément.

– Rien. C'est juste que je viens seulement de me rendre compte à quel point tu es absolument parfait.

Son regard s'assombrit.

– Je me fais du souci, tu sais. Je me demande si je fais vraiment le bon choix pour elle, même en mettant de côté les emmerdes liées au film. Je veux dire, je ne me rends pas compte de ce que c'est que d'être père.

Je lui prends la main.

– Je pense que ton inquiétude est un signe de ton aptitude à être un bon père. Se faire du souci, ça fait partie du jeu. (Je lui caresse gentiment la joue.) Tu vas faire du bon boulot. Elle a de la chance de t'avoir.

Je ne sais pas si j'ai apaisé ses inquiétudes, mais l'ombre se dissipe, lentement remplacée par un sourire.

– Et toi ?

– Moi ?

– Est-ce que tu as de la chance de m'avoir ?

Mon cœur pirouette.

– Je suis la femme la plus chanceuse du monde.

Il soutient mon regard ; le sien est si intense et vibrant qu'il m'hypnotise, corps et âme.

– Quoi ? finis-je par réussir à articuler.

– Je suis juste impatient de glander avec toi au lit ce soir.

– Oh…

La déception éteint quelque chose en moi.

– Dans un souci de transparence, reprend-il, je dois vous avertir que j'ai la ferme intention de vous baiser dès demain matin au réveil.

– *Oh !* (J'humecte mes lèvres.) Merci pour cette information, monsieur Steele. J'attends votre braquemart avec impatience.

La soirée se passe à merveille. *New York, police judiciaire* n'est pas complètement débile, mais nous avons tous deux déjà vu cet épisode, alors ça revient au même. Je feuillette un magazine de photo devant la série pendant que Jackson est plongé dans le roman dont Hitchcock a tiré *Psychose*. Il déclare que nous devons absolument le voir pendant le week-end d'Halloween.

– Peut-être après la fête de Jamie ?

– Vendu.

Je pousse jusqu'à inscrire notre rendez-vous sur le calendrier de mon téléphone, quand celui-ci sonne – affichant le numéro de Siobhan O'Leary. Malgré la surprise, je prends quand même l'appel.

– Siobhan ?

– Salut Sylvia. Ça fait un bail, hein ?

– Comme tu dis. Comment ça va ?

– J'ai vu les photos de toi et de Cass au Westerfield's. Et, euh, ben… je voulais l'appeler depuis un petit moment, alors je me suis dit que c'était un genre de signe du destin.

Je souris. Siobhan a toujours affirmé que c'étaient des conneries, ces histoires de signes.

– Enfin bref, j'ai essayé de l'appeler, mais je pense qu'elle a bloqué mon numéro.

– Oui. Effectivement.

– Oh…

J'entends un cliquetis et l'imagine jouer avec un stylo près du téléphone.

– Alors je suppose qu'il y a deux options. Je peux changer de numéro, ou lui demander de me retirer de sa liste noire. Je pense que la deuxième solution est la meilleure, parce que je suis assez attachée à mon numéro actuel. Et si j'en change et qu'elle me raccroche au nez, j'en serai pour mes frais. Ce n'est pas qu'elle n'en vaille pas la peine, mais j'ai un peu l'impression que ce serait du gaspillage.

Bon, elle a réussi à me faire marrer. Et c'est toujours bon signe.

– D'accord, dis-je.

– Vraiment ?

– Je ne te promets rien, mais je lui en parlerai.

Attends quelques jours avant de réessayer. Elle aura peut-être besoin d'un peu de temps pour se convaincre de le faire.

– Pas de problème. J'attendrai aussi longtemps qu'il le faudra.

Elle semble si mignonne au bout du fil, si enthousiaste et heureuse que je raccroche avec un grand sourire aux lèvres.

– C'était qui ?

– L'ex de Cass. Elle a envie de la revoir, manifestement. Je lui ai promis de demander à Cass de débloquer son numéro.

– C'est une bonne nouvelle ?

– Je pense. Siobhan et Cass ont toujours eu un lien particulier. Je veux dire, elles faisaient vraiment la paire toutes les deux, tu vois ?

– Je vois, dit-il avec un sourire en coin.

– Je suis tombée des nues quand elles se sont séparées, pour des mauvaises raisons, en plus. Siobhan est bi, et ses parents lui mettaient la pression pour qu'elle se remette avec un ex.

– Ça n'a pas marché…

– J'imagine que non. Mais je suis un peu inquiète, maintenant. Je n'ai pas envie que Cass se fasse à nouveau briser le cœur.

Il se tourne vers moi et embrasse mon épaule.

– Si elles sont vraiment faites l'une pour l'autre, ça ira pour Cass. Après tout, ajoute-t-il doucement, c'est à ça que ça sert, les deuxièmes chances. On est bien placés pour le savoir, tous les deux.

23

Je passe la matinée à courir partout comme une folle au boulot, si bien qu'il me semble légitime de prendre une petite pause en début d'après-midi pour descendre au département graphisme. Je voudrais faire imprimer en grand format ma photo de la jetée.

Ce n'est pas que je me prenne pour Ansel Adams – ou même Wyatt Royce –, mais je suis fière de cette photo, et je pense que Jackson l'aimera aussi. J'ai envie de lui faire une surprise. De lui offrir quelque chose d'unique. Quelque chose de personnel.

Ce qui explique pourquoi je m'apprête à détourner les ressources de mon travail à des fins personnelles. Ça ne semble poser de problème à personne dans ce département. En fait, la responsable, Joan, trouve l'idée si chouette qu'elle m'offre même son aide pour calibrer l'imprimante.

Elle me propose également de tirer les autres images qui se trouvent sur ma carte mémoire pour que j'en aie une version papier. J'accepte avec empressement, et pendant qu'elle copie mes fichiers je fais un petit tour dans le département pour discuter avec les artistes, et voir les premières ébauches de logo pour le Domaine de Cortez.

– Je te les ferai monter quand les impressions seront terminées, dit Joan en me rendant ma carte mémoire.

Je la remercie chaleureusement, avant de remonter pour un rendez-vous avec Aiden, suivi d'une conférence téléphonique au bureau de Damien avec Dallas Sykes au sujet de la succursale que j'avais suggérée lors du dîner. Au bout du compte, il trouve que c'est une excellente idée.

J'aimerais bien passer voir Jackson au vingt-cinquième étage, mais il m'a déposée à ma voiture ce matin avant de se rendre dans des entrepôts de San Bernadino pour examiner des échantillons de divers matériaux de construction, et il ne sera pas rentré avant un moment.

De retour dans mon box, je découvre avec plaisir que Joan a tenu sa promesse. Une épaisse enveloppe de papier kraft à mon nom m'attend sur mon bureau, et j'ai hâte de voir le rendu de mes images sur papier.

J'ouvre l'enveloppe, renverse son contenu sur mon bureau, avant de reculer vivement.

Je suis debout, le dos collé au mur de mon box, l'estomac sens dessus dessous.

Ce ne sont pas les photos de Santa Monica. Non, ce sont des photos de moi, adolescente. À demi nue. Cambrée devant l'objectif. Et je me caresse. Dans toutes les positions que Reed m'avait fait prendre. Et je m'étais exécutée, parce que c'était ça, le boulot : faire ce qu'il disait.

Pour récupérer l'argent.

Pour sauver mon frère.

Qu'est-ce que ça pouvait bien faire que j'aie honte ? Que je déteste ça ?

Je sursaute en m'apercevant que je suis toujours figée. Ce n'est qu'un box, et n'importe qui peut débarquer à tout moment.

Je me précipite sur les photos éparpillées pour les rassembler et les faire disparaître. Ce faisant, je tombe sur une petite enveloppe blanche, noyée au milieu des tirages. Il n'y a pas d'adresse dessus, seulement mon nom.

Je la regarde fixement, persuadée que son contenu, quel qu'il soit, est pire que ces photos.

Je ne veux pas l'ouvrir. Je ne veux pas savoir.

Brutalement, j'envoie valdinguer la petite enveloppe, puis je ramasse les photos pour les remettre en vrac dans la pochette que je fourre dans mon sac.

Je voudrais courir les jeter dans le destructeur de documents, mais je sais que je ne peux pas.

Il faut que je les garde.

Et il faut que je sache ce que dit le mot, bordel de merde.

Lentement, j'ouvre la petite enveloppe. Dedans, il y a juste un petit bout de papier, couvert d'une vingtaine de mots seulement, mais c'est suffisant pour me faire tomber dans mon fauteuil.

Le public voit le film, ou il voit ces photos. Dis-le à Steele. C'est comme il préfère.

Oh mon Dieu oh mon Dieu oh mon Dieu.

Je suis toujours assise, les mains sur les genoux, et je cherche désespérément à respirer. Je ne m'en tire pas très bien, et je crains de tomber dans les pommes d'une seconde à l'autre. Mais je sais que je dois me ressaisir. Je suis dans un putain de box et je ne veux pas qu'on me voie dans cet état.

Je tente de trouver une solution, mais je ne tourne plus très rond.

Jackson. J'ai besoin de Jackson.

Je fouille mon sac pour trouver mon téléphone, puis il me faut résister à l'envie de le balancer quand je tombe sur la messagerie vocale. Je réessaie, encore et encore, mais en vain. Je commence à écrire un texto, mais mes mains tremblent beaucoup trop.

Il faut que je sorte d'ici. Si j'arrive à sortir d'ici, peut-être que je vais pouvoir respirer.

J'attrape mon sac et mon téléphone, et je fonce vers les ascenseurs, direction le rez-de-chaussée. Dès que je sors de la cabine et que je capte à nouveau, j'envoie un texto à Rachel. Je suis fière d'avoir réussi à me calmer suffisamment pour accomplir cette microtâche. Je lui raconte que j'ai rendez-vous avec des entrepreneurs et que je serai absente pour le restant de la journée.

Puis je retourne dans l'ascenseur pour descendre au parking. Et lorsque je suis enfin dans ma voiture, je serre le volant et, paupières closes, je pleure tout mon soûl.

Ça suffit.

Après avoir pleuré à gros bouillons pendant une bonne dizaine de minutes, j'agrippe le volant, je ferme les yeux de toutes mes forces et je m'oblige à me calmer. C'est la merde, oui. Cette situation est complètement, totalement, absolument pourrie.

Mais ça ne veut pas dire pour autant que je dois me laisser aller à des crises de nerfs comme une hystérique.

Je ne suis pas une femme faible. *Certainement pas.*

Je voulais le Domaine de Cortez, et je suis allée le chercher, non ?

J'ai trouvé la force de quitter Jackson il y a cinq ans, quand je pensais que c'était la chose à faire. Et, oui, j'ai eu le courage d'admettre ensuite que j'avais besoin de lui, et que nous pouvions vaincre mes cauchemars ensemble.

Tout cela prouve que j'ai de la ressource, non ? Alors qu'est-ce que je fiche, là, à chialer dans ma bagnole ?

J'ai déjà flanché une fois à cause des photos de ce connard. Je ne vais pas remettre ça sous prétexte qu'il y en a davantage ce coup-ci. Même si ces photos-là sont mille fois pires.

Je ne suis pas faible. Plus je le dirai, et plus j'y croirai. *Je suis forte.*

Jackson ne me l'a-t-il pas répété, encore et encore ? *Jackson.*

Mon Dieu, quelle égoïste ! J'ai voulu qu'il soit là pour m'aider à être forte, alors qu'en réalité il est comme moi, dedans jusqu'au cou. Plus encore, peut-être, puisqu'au final ce que Reed veut, c'est faire le film, pas publier les photos. Jackson va être furieux, autant que je suis terrifiée. Et il va avoir besoin de moi, autant que j'ai besoin de lui.

Cette idée m'attriste, mais elle me réconforte tout de même. Parce qu'on est ensemble face à l'adversité, et il faut admettre qu'on fait une sacrée équipe. Non seulement on monte ce projet ensemble, mais en plus on a déjà survécu à un paquet d'emmerdes.

On peut y arriver. Je ne sais pas comment, étant donné que Reed nous a pris en tenailles en nous demandant de choisir entre la peste et le choléra… mais on trouvera une solution. On est bons pour ça.

J'ai néanmoins besoin de Jackson à mes côtés pour réussir, aussi je me frotte les yeux en me répétant très fermement que je ne peux pas fondre en larmes au téléphone ; puis je compose à nouveau son numéro.

Cette fois – *merci merci merci* –, il décroche dès la première sonnerie.

– Bonjour, mademoiselle Brooks, répond-il d'une voix qui indique qu'il est heureux de me parler, mais qu'il est en plein travail. Je suis avec M. Pierce et nous discutons le prix de quelques milliers de tonnes de cuivre poli. Puis-je vous reprendre dans un instant ?

– Je… Oui. D'accord.

Je patiente, et quand il s'adresse de nouveau à moi c'est d'une voix basse et prudente, comme s'il marchait sur du verre pilé.

– Je pars maintenant. Où es-tu ?

Je ferme les yeux, un peu honteuse d'être si soulagée, et qu'il me connaisse si bien.

– Je suis dans ma voiture, mais je te retrouve à la suite Stark du Century Plaza.

La boîte loue cette suite à l'année pour des clients de passage à Los Angeles. Il se trouve que je sais qu'elle n'est pas occupée en ce moment. Et même si c'est stupide, je ne veux montrer ces horribles photos à Jackson ni chez lui ni chez moi.

Je frémis tandis que le souvenir de ces photos me submerge de nouveau. Je me corrige :

– En fait, je te retrouve au bar, plutôt.

Parce que j'ai vraiment besoin d'un remontant.

Je l'entends jurer entre ses dents.

– Est-ce que ça va ?

– Non. Mais ça ira mieux quand je te verrai.

– Que s'est-il passé ?

Je ne peux pas lui raconter. Pas comme ça.

– Je laisse quelque chose pour toi à l'accueil de l'hôtel. Va le chercher et viens me retrouver.

Je sais qu'il veut me questionner, mais il se contente de dire :

– Je suis en chemin.

Il raccroche et je ferme les yeux, immensément soulagée.

Je prends un moment pour me remettre de mes émotions et rectifier mon maquillage, avant de quitter le parking et de prendre la route vers l'ouest, depuis le centre-ville jusqu'à Century City.

Arrivée à la réception, je récupère la clé de la suite puis laisse l'enveloppe pour Jackson. J'hésite avant de la remettre, pas très tranquille à l'idée qu'elle ne soit plus entre mes mains.

L'un dans l'autre, c'est une métaphore assez juste de toute cette fichue situation.

J'envisage de monter directement à la chambre, finalement, mais le bar de l'hôtel est trop tentant. Il n'est pas 16 heures, si bien que la foule sortant du travail n'est pas encore arrivée, et il reste des tables libres. Néanmoins, je choisis de m'installer au bar, le dos tourné à l'entrée, et je commande un verre de pinot.

Le barman n'est pas du genre pipelette, et ça m'arrange. J'ai surmonté la panique et la nausée, et à présent je flotte dans un entre-deux. Je ne suis pas vraiment bien – plutôt ailleurs, simplement.

Je redescendrai sur Terre dès que Jackson sera là. En attendant, je vais boire du vin et faire comme si rien ne déconnait dans ma vie.

Je siffle un premier verre, puis un autre. Je viens de prendre une gorgée du troisième verre que le barman a fait glisser devant moi quand je m'aperçois qu'il est là.

Je ne l'ai pas vu. Je ne l'ai pas entendu.

Je suis simplement consciente de sa présence. De sa chaleur. De son intensité.

Il est comme une radio émettant à une fréquence basse, puissante, et moi, à cet instant, je suis calée sur sa longueur d'onde.

Lentement, je pose mon verre puis regarde par-dessus mon épaule pour le trouver. Il se tient au niveau du tapis qui sépare le bar de l'espace de réception.

Même vêtu d'un jean et d'une simple chemise blanche, on ne peut ignorer la puissance et la férocité qui émanent de sa personne. Il tient à la main l'enveloppe contenant les photos et le mot menaçant, apparemment sans précaution particulière, mais ses jointures sont blanches, et je remarque la crispation de ses bras.

Son visage évoque la même tension. Ses mâchoires sont serrées, et dans ses yeux brûle le désir d'en découdre avec l'ennemi. Je suis sûre qu'une flamme similaire animait le regard des guerriers de jadis quand ils partaient mettre une ville à feu et à sang.

En d'autres termes, Jackson se domine, mais cet effort a un prix.

J'ouvre la bouche pour dire son nom, mais il secoue la tête et dresse l'index. Puis il s'approche et dépose un billet de cent dollars sur le comptoir. Il prend ma main pour m'aider à descendre du tabouret, et l'onde de choc qui se propage en moi à ce simple contact est suffisamment puissante pour que j'aie besoin de me retenir au bar un instant, le temps de permettre à mes genoux de ne pas céder.

Il est tout en énergie contenue, et je me mets à mouiller à l'idée d'être dans ses bras quand il se laissera aller.

C'est ça que je veux. C'est lui que je veux. Je veux pouvoir enfin relâcher la pression en m'abandonnant à lui. En me donnant à lui, en toute sécurité. J'ai besoin de cette transe, où je suis emportée loin de moi-même.

Et je veux ces heures de béatitude où les photos et les menaces et l'horreur qui nous entourent seront, sinon oubliées, du moins éloignées. Diminuées par la puissance de l'explosion qui aura lieu entre nous.

Tandis que nous rejoignons les ascenseurs, je me

sens quasiment vibrer de désir. Jackson est dans le même état que moi – je sens son intensité, les efforts qu'il doit fournir pour rester maître de lui-même –, et je crains que nous ne succombions tous deux avant même d'être arrivés dans la chambre.

Je suis loin d'avoir tort, et à la seconde où nous franchissons le seuil Jackson me plaque contre le mur, avec une telle violence que le cadre à côté de moi se décroche et tombe. Ses bras m'encagent et, bien qu'il ne me touche pas, il est si proche de moi que mon corps tout entier grésille en sentant la chaleur émaner du sien.

– Dis-moi que c'est ce que tu veux.

– C'est ce que je veux. S'il te plaît, Jackson, tu sais que j'en crève d'envie.

– Dis-moi ce que tu veux.

Je déglutis, mais je sais que je dois parler, parce qu'il ne me touchera pas tant que je n'aurai rien dit. Et Dieu sait que je ne pourrai pas attendre une seconde de plus pour le sentir contre moi.

– Je veux que tu me prennes. Que tu m'utilises. Tu te sens incontrôlable à cause de ce que ce salaud nous fait ? Reprends le contrôle. Prends-le sur moi, Jackson. Je veux que tu le prennes.

Je lui tends mes poignets.

Il penche la tête sur le côté et inspire lentement. Je peux deviner ses pensées – je vois le désir enflammer son regard. Et lorsqu'il défait sa ceinture et la retire de son pantalon, je sais que j'ai gagné. Mon corps en palpite d'avance.

Chaque centimètre carré de mon corps est ultra sensible, comme si tout mon corps n'était plus qu'une seule zone érogène, attendant d'être effleuré par Jackson. À un point tel que, lorsque ses doigts frôlent mon bras tandis qu'il attache mes poignets avec sa ceinture, c'est presque une secousse sismique qui me traverse, et je me sens sur le point de connaître l'orgasme le plus explosif de mon existence.

Il prend son temps pour s'assurer que la ceinture est correctement bouclée, et quand mes poignets sont solidement liés l'un à l'autre, il les élève doucement au-dessus de ma tête. Comprenant son intention, je garde les bras en l'air tandis qu'il promène lentement ses doigts sur mon corps toujours habillé.

Je tremble ; je veux tellement plus que ces caresses délicates. Que cette sensualité taquine.

– Maintenant, dis-moi pourquoi.

Il me serre contre lui pour que je sente son érection contre mon ventre. Je respire fortement, mes sens tournent en surrégime.

Pourquoi ? Parce que je vais crever s'il ne me baise pas.

Ce n'est pas ce que je réponds, toutefois. Mon esprit tourbillonne, mes pensées détalent dans tous les sens comme des lapins désorientés.

– Dis-moi, répète-t-il.

Il parle à voix basse, son murmure me chatouille agréablement. Mais j'entends, sous-jacente, la sommation. Soit je réponds, soit il arrête tout.

– Pourquoi ? insiste-t-il. Dis-moi, ma belle.

Il fait courir ses mains sur mes reins puis remonte le long de mes bras levés. Ses doigts atteignent la ceinture et l'agrippent avant de tirer encore plus vers le haut, si bien que je me retrouve sur la pointe des pieds, le souffle coupé.

– Pourquoi te donner à un mec, comme ça ?

– Pas n'importe quel mec, je chuchote. Toi. Seulement toi.

J'observe son visage, et je vois l'ombre d'un sourire se dessiner sur sa bouche, en réaction à mes paroles.

Mais ce sourire ne monte pas jusqu'à ses yeux. Eux sont toujours durs, brûlants, exigeants.

– Pourquoi ?

Je sais ce qu'il veut entendre. Que j'ai besoin de contrôler la situation. De me soumettre à lui – j'ai besoin de lui donner ce contrôle, plutôt que de me le faire arracher. Car ainsi, il m'aidera à retrouver la maîtrise des événements et à lutter contre les cauchemars que ces horribles photos provoquent.

Tout ça est vrai.

Mais il y a une autre raison, encore plus sincère.

– Parce que je t'aime.

Il ferme les yeux et prend une longue, une profonde inspiration. Et sa queue, déjà dure contre mon ventre, s'appuie presque douloureusement sur moi.

J'ai mis une robe ce matin, et l'encolure en V plonge dans mon décolleté. Il passe son doigt sur le renflement de ma poitrine, en suivant la frontière entre le tissu et ma peau. Ses yeux sont plongés dans les miens, aussi bleus et profonds que l'océan.

– Tu es à moi, déclare-t-il d'une voix rauque, dure, emplie d'une passion dévorante.

Et d'un geste assuré, il empoigne le tissu et déchire ma robe, découvrant mes seins et mon ventre, jusqu'à la ficelle de mon string.

Je halète. J'aimais bien cette robe, mais j'aime encore plus la sensation de m'abandonner aux mains d'un Jackson déchaîné. Et à cet instant, je suis persuadée de n'avoir jamais été aussi pantelante de toute ma vie.

Il caresse mes seins, trouve l'attache de mon soutien-gorge à l'avant et le dégrafe. Il me dénude un peu plus puis recule d'un pas, rompant le contact.

Ses yeux me parcourent lentement de haut en bas, et je frémis sous cette inspection minutieuse.

– Tu es vraiment adorable, dit-il d'un ton ravi.

Le fait d'être soudain si tendre dans un moment si érotique rend sa déclaration encore plus mignonne.

Il n'a pas l'intention d'être mignon, cela dit, et ce n'est pas ce dont j'ai besoin ; et je respire plus fort quand il pose la main sur mon épaule pour me faire m'agenouiller devant lui.

Je sais ce qu'il veut – oh, je sais ce que *je* veux. Mes poignets sont toujours attachés, mais mes doigts sont libres, et je parviens à déboutonner son jean avant de baisser la fermeture Éclair. Je libère son sexe, gros et dur, de l'acier gainé de velours, et je me sers de ma langue pour le titiller sur toute sa longueur, de la base jusqu'au gland. Ma chatte palpite tandis que je me délecte de son goût salé, et mes tétons – qui dardaient déjà de désir – supplient qu'on s'occupe d'eux.

– Vas-y, ma belle.

Sa voix est rauque. Je sais qu'il a besoin de cette fièvre. De ce déchaînement. Mais par-dessus tout, il a besoin de *nous*.

– Suce-moi.

Je le prends en bouche, juste un peu pour commencer. Pour nous ouvrir l'appétit. Je le lèche. Je titille son gland, puis je le gobe. Je joue, je suce, je trouve le rythme qui lui fait pousser des grognements de plaisir tandis qu'il empoigne mes cheveux. Je croyais avoir un certain contrôle sur la situation, mais ce n'est bien qu'une illusion. Car rapidement je suis à sa merci, et il ne s'agit plus de moi jouant avec son excitation, mais de lui me baisant la bouche. De plus en plus profondément, de plus en plus brutalement, jusqu'à ce que je doive me concentrer pour respirer. Pour l'accueillir. Parce que je ne peux pas reculer ou ajuster ma position. Je ne peux que me soumettre à lui, à son plaisir.

Cet abandon est étrangement puissant, suprêmement excitant. J'ai tellement faim de lui. Mais je ne veux pas baiser – pas encore. Non, je veux aller au bout de cette expérience. Je veux le sentir exploser dans ma bouche. Je veux lui faire perdre les pédales.

Je veux ressentir cette morsure de douleur quand ses doigts se crisperont dans mes cheveux. Quand il perdra la tête et se laissera aller.

Et surtout, je veux sentir que c'est moi qui suis à l'origine de tout ça.

Il est proche de l'orgasme – son corps est raide, tendu, sa queue tremble dans l'attente de décharger. Et bien que l'usage de mes mains me soit très restreint, je parviens à comprimer légèrement ses couilles, et suis récompensée de ce petit effort supplémentaire par sa mise à feu. Il explose dans ma bouche, agrippant un peu plus mes cheveux, ce qui déclenche en moi des vagues brûlantes de plaisir qui viennent inonder mon entrejambe, me rapprochant de l'instant où je vais basculer dans ma propre extase.

Je réussis à avaler, et lorsqu'il se retire nous sommes tous deux essoufflés et satisfaits, et je ne peux pas nier que, malgré ma soumission, je suis étourdie par la puissance de ce moment.

– Oh, ma chérie. Tu viens de m'anéantir.

Le compliment me fait agréablement frissonner.

– Dans le bon sens du terme, j'espère.

– Dans le meilleur sens qui soit.

Il m'aide à me relever et me tient serrée contre son torse, puis se penche pour m'embrasser. Dès qu'il s'est redressé, je lui tends mes mains toujours attachées puis hausse les sourcils d'un air interrogateur.

– Oh non, dit-il. Pas de sitôt.

Et ses paroles, prononcées avec une ardeur virile, déclenchent en moi de nouveaux frémissements.

Il me porte jusqu'à la chambre et me dépose douce-ment sur mes pieds, devant le lit.

– Monte. À genoux, ordonne-t-il en achevant de me retirer ma robe en lambeaux. La tête et les coudes sur le matelas. Oh, et je veux voir ton cul bien en l'air, ma jolie.

Je ne porte plus que mon string, le vibromasseur en pendentif que je garde toujours sur moi, et mes chaussures. J'obéis et, en grimpant sur le lit, j'aperçois mon reflet dans le miroir posé sur la commode. Ma peau luit, mes yeux brillent. J'irradie de volupté, et lorsque je croise le regard de Jackson dans le miroir, il abandonne son visage sévère un court instant pour laisser naître un petit sourire approbateur.

– Tu es faite pour ça, dit-il. Pour moi.

Il fait un signe de tête en direction du lit en avançant vers moi, et je détourne le regard, me positionnant comme il me l'a demandé. Il se place derrière moi et, du plat de la main, me caresse le dos avec légèreté, en descendant vers mon cul qu'il prend à pleines mains.

– Tu es à moi, Sylvia. Dès le premier instant où je t'ai vue à Atlanta, j'ai su qu'il n'y aurait pas d'autres femmes pour moi. Qu'il n'y en avait pas eu avant, qu'il n'y en aurait plus jamais après. Tu es le soleil qui brille sur mes jours, qui illumine mes nuits.

Je ferme les yeux, me délectant de ses paroles prononcées avec tant de passion.

– Tu es le rythme de mon cœur.

Il écarte la mince bande de tissu de mon string sur le côté puis glisse ses doigts dans ma chatte avant de remonter vers mon anus qu'il titille. C'est une sensation incroyable, et quand il commence à appuyer dessus, je sens mes muscles se contracter puis se relâcher tandis qu'il insère un doigt en moi.

– Oh oui, dit-il, et le plaisir inattendu de cette intromission inédite me coupe le souffle. Tu m'appartiens. Mais je suis à toi, aussi. Entièrement, complètement.

Il enfonce son doigt plus profondément, et ses paroles, si douces, si sensuelles, contrastent avec la lubricité de son geste. Il m'ordonne de ne pas bouger tandis qu'il continue de s'occuper de ma lune, et que mon corps s'habitue, petit à petit. Et que, oui, je me mets à en vouloir plus.

Trop tôt, il retire son doigt, et je geins.

– On aime ça, hein, dit Jackson, toujours derrière moi. Un jour, on essaiera un peu plus qu'un doigt.

Cette perspective m'excite terriblement, et lorsqu'il me gratifie d'une légère claque sur le cul, l'impact déclenche en moi une réaction en chaîne. Je frissonne tandis que des étincelles semblent jaillir de mon clitoris, comme un aperçu de l'orgasme foudroyant à venir.

– Ne bouge pas.

Il quitte la pièce. Je gémis de cette perte de contact, et je fais de mon mieux pour ne pas le supplier de revenir.

J'entends ses pas dans la suite. Des tiroirs qui s'ouvrent. Des cliquetis. Est-il dans la cuisine ?

Puis je l'entends revenir, et je commence à tourner la tête vers lui, mais immédiatement un « Non » ferme m'immobilise.

Je reprends la position qu'il m'a assignée.

Bientôt, il est de nouveau derrière moi. Il pose une main de propriétaire sur mon dos, ce qui me calme instantanément. Comme si ce n'était tout simplement pas dans l'ordre des choses que la peau de Jackson ne soit pas en contact avec la mienne.

– Je t'ai donné la fessée une fois en me servant de ma main, et j'ai adoré sentir les picotements dans ma paume. Mais il ne s'agit pas que de moi, et je me demande si tu apprécierais quelque chose d'un peu différent.

Oh. Il me caresse à présent avec quelque chose d'un peu rugueux. Ce n'est pas du cuir. Ni du métal.

Du bois, peut-être ?

Je n'en suis pas certaine et lorsqu'il l'éloigne de ma peau pour l'abattre gentiment sur mon cul, toute analyse plus approfondie de l'objet disparaît instantanément de mon cerveau. Il ne reste plus que cette sensation – un picotement léger, loin de me satisfaire.

– Tu en veux plus ?

– Oui.

Ma réponse a fusé, faisant rire Jackson.

– Comme tu voudras.

Il répète son geste, plus fort cette fois, et plusieurs fois, si bien que je commence à éprouver une douleur cuisante, qui semble vibrer et palpiter un peu plus à chaque nouvelle fessée. Entre chaque coup, il flatte ma croupe, et cette sensation de douceur sur ma peau délicate est à la fois apaisante et excitante, comme si chaque caresse aidait la douleur à pénétrer plus profondément. Mes sensations s'intensifient peu à peu, jusqu'à ce que je ne ressente plus de douleur du tout, mais plutôt une sorte de plaisir flottant qui se répand sur tout mon corps, augmentant ma sensibilité et ma faim dévorante d'en éprouver encore plus.

– Tu as mal ?

– Oh oui, je murmure.

Il glisse sa main entre mes jambes et me caresse lentement, titillant mon clitoris avant d'introduire deux doigts en moi. Je porte toujours mon string, et la sensation du tissu qui frotte contre ma peau tandis qu'il me pénètre apporte une autre pierre à l'édifice de sensualité démente qui s'élève en moi. Une de plus, qui me rapproche du moment où je vais basculer dans l'extase.

– Tu aimes ça ?

J'hésite.

– Oh oui…

Il ne relève pas, mais me récompense d'une autre fessée. Alors que sa main s'abat sur mon cul, ses doigts s'enfoncent plus profondément. Je pousse un cri de surprise et de plaisir tandis que ma chatte se contracte violemment autour de ses doigts, comme pour demander d'être baisée – et bien baisée.

Il recommence, encore, encore, encore, et je mouille tant que je dégouline, si avide d'être prise que j'en pleure presque. La douleur des fessées s'est transformée. En plaisir. En besoin. En exigence. Et quand Jackson attrape mes hanches et me tire contre lui, me faisant glisser sur le lit, j'ai du mal à retenir des larmes de joie.

Derrière moi, je l'entends se déshabiller. En un clin d'œil, il est prêt, et il lui faut à peine plus longtemps pour entrer en moi. Très vite, il se met à me limer, et chaque fois que son bassin cogne contre mon cul encore rouge et hypersensible, c'est une autre vague de plaisir proche de la douleur qui déferle sur moi. Cet excès de sensations qui m'assaillent de toutes parts me fait quasiment défaillir. J'ai besoin d'une ancre, et comme toujours Jackson sait ce qu'il me faut ; tout en continuant à s'enfoncer en moi, il fait glisser sa main autour de mon corps jusqu'à ce que ses doigts trouvent mon clitoris.

Il me branle, fait monter mon excitation encore plus haut, jusqu'à ce que je n'en puisse plus, que tout ce plaisir animal et cette douleur merveilleuse et cette électricité aveuglante se rejoignent en une explosion, si violente et si intense que j'ai la conviction que je ne m'en relèverai pas.

Mon corps est pris de convulsions, mes muscles se contractent autour de sa queue, mon dos se cambre tandis que je tente de contenir le plaisir. Je suis toujours à genoux, les poignets toujours liés, et j'agrippe les draps en criant alors que Jackson me donne un dernier coup de boutoir, avant de succomber à son tour. Sa petite mort le fait trembler de tous ses membres et s'écrouler sur moi, brûlant et repu.

– Oh mon Dieu, dis-je enfin. C'était…

– Incroyable.

J'émets un petit bruit d'approbation, mais rien de plus. Je suis si laminée que les quelques mots que j'ai réussi à prononcer m'ont achevée. Nous restons ainsi un moment avant que Jackson vienne s'étendre à mes côtés. Il m'aide à m'allonger sur le dos, puis tend la main vers la ceinture nouée autour de mes poignets.

Je me dérobe.

– Pas encore. Jackson, je veux…

– Plus ?

Je passe ma langue sur mes lèvres, puis lâche :

– Dis-moi ce dont tu as besoin.

– Je veux que tu me prennes en photo.

J'ai parlé vite, les mots s'échappant avant que j'aie pu changer d'avis.

– Comme ça. Attachée. Juste pour toi, j'ajoute rapidement. Mais j'ai besoin…

– De savoir que ça existe, achève-t-il, et je me sens extrêmement soulagée qu'il ait compris. De savoir que tu es à moi, et que c'est toi qui te donnes à moi.

– Oui. (Je m'humecte les lèvres.) Tu veux bien ?

– J'ai seulement mon téléphone.

Je hoche la tête.

– Et je veux te prendre en photo au moment où tu jouiras.

– Je… Oh.

Son sourire est légèrement diabolique.

– Si tu veux qu'on le fasse, autant faire les choses comme il faut.

Il retire mon collier et met le vibromasseur en marche, avant de me le donner.

– Écarte les jambes, ma belle, et branle-toi.

Je pourrais protester, mais je me remets à mouiller à l'idée que Jackson me regarde faire. À l'idée qu'il me photographie.

J'ignore ce que ça signifie, mais je n'ai aucun doute sur mon excitation.

Il place un oreiller sous ma tête, et je m'exécute. Je ferme les yeux, j'écarte les cuisses, et avec mes mains attachées je promène le pendentif vibrant sur mes lèvres, autour de mon clitoris. Je ne peux pas le toucher directement – il est bien trop sensible pour ça –, mais en faisant faire des petits cercles concentriques au vibromasseur – en songeant à Jackson qui me regarde depuis le pied du lit, aux photos qu'il va prendre –, mon corps s'élève de nouveau, de nouveau moite, de nouveau tendu.

Le pendentif en métal se réchauffe, et ce changement de température me fait haleter tandis que les pulsations décuplent mon excitation. Ma fièvre monte, monte, monte encore plus.

Rapidement, violemment, l'orgasme survient, et j'ouvre enfin les yeux. Jackson tient le téléphone d'une main et se branle de l'autre, et il me semble n'avoir jamais rien vu d'aussi sexy.

– Baise-moi.

Il balance le téléphone sur la commode derrière lui et revient me prendre, sauvagement, frénétiquement, parce que c'est ce qu'il nous faut à tous les deux.

Nous explosons de concert, et je me retrouve étendue, dans ses bras, à me demander comment une journée qui avait démarré si affreusement a pu devenir si incroyable.

Je connais la réponse. La réponse, c'est Jackson.

Lorsque nous sommes à nouveau en état de nous mouvoir, il délie mes poignets. Je m'allonge sur le côté pour pouvoir lui faire face.

– Merci. Je me sens regonflée à bloc. Comme si on ne pouvait plus m'anéantir.

– Je suis ravi d'entendre ça.

– Mais c'est toujours la merde. Reed, je veux dire. On est toujours dans ce dilemme atroce. Les photos ou le film. Quoi qu'il arrive, l'un de nous va en prendre plein la tronche.

– Non.

Il a répondu si vite et si fermement que j'en viens presque à le croire.

– Comment ? Comment on va s'en sortir ? Comment on va se tirer de cet enfer ?

– Je n'en sais rien, admet-il. Mais on trouvera. Je t'aime, Sylvia. Je t'aime, et j'arrangerai le coup pour toi.

Il m'aime. Ces mots m'envahissent, chauds et doux et merveilleux.

– Jackson… C'est la première fois que tu me le dis.

– Non, pas du tout.

Je m'apprête à répliquer, mais il poursuit.

– Je l'ai répété chaque jour depuis la première fois que je t'ai vue. Je le dis dans ma façon de te regarder. À la manière dont je te touche. Parce que je n'arrête jamais de penser à toi. J'ai dit « Je t'aime » un million de fois déjà, Sylvia. C'est simplement la première fois que je le déclare à voix haute.

La puissance de son aveu et l'émotion qui altère sa voix me font trembler. C'est chaud et enveloppant comme une couverture, et je m'y love avec bonheur.

— On va trouver une solution ensemble, promet-il, en écho à ce que j'ai espéré plus tôt, quand j'étais perdue dans un brouillard de larmes et de colère.

Mais le monde est limpide à présent, et la réalité m'apparaît dans une lumière vive et froide.

Cependant, même avec l'amour de Jackson pour me soutenir, je ne peux pas m'empêcher d'avoir peur.

24

– Bonjour, ma reine.

J'ouvre les yeux, en apesanteur, et la voix de Jackson ne fait qu'ajouter à ma béatitude. Il dépose un baiser sur ma tempe.

– Bonjour.

Je souris en m'étirant, et en dépit de l'inquiétude qui plane toujours au-dessus de moi je me sens aussi lumineuse et éclatante que le soleil de Californie qui pénètre par les fenêtres. Je m'enquiers :

– La nuit t'a porté conseil ? Ça y est, tu as une idée géniale ?

– Pas encore. Mais il est encore tôt. (Il se dirige vers la salle de bains, et je me laisse glisser hors du lit pour le rejoindre.) Ne t'inquiète pas. Il ne fera rien dans la précipitation, ce serait stupide.

– Stupide ? je répète en me penchant dans la douche pour ouvrir le robinet. Jusque-là, il n'a pas exactement brillé par son intelligence.

Enfin… Il réussit tout de même à bien nous faire chier tous les deux, ce n'est rien de le dire, alors peut-être qu'en fin de compte il n'est pas si stupide.

Cette idée ne me réjouit guère.

Je pose ma serviette à proximité de la douche et tends la main pour vérifier la température de l'eau. Jackson m'observe.

– Tu vas travailler, aujourd'hui ? demande-t-il enfin. Tu dois aller chercher Ethan.

– Euh, oui. (L'idée de rester ici ou de rentrer chez moi ne m'avait même pas effleurée.) Mais pas tout de suite. Je partirai de bonne heure, mais d'ici là j'ai des tonnes de trucs en retard qui m'attendent.

– Syl…

Il ne dit rien de plus, mais je sais à quoi il pense. Je m'avance vers lui et me blottis dans ses bras. Nous sommes tous les deux nus et, bien que ce moment n'ait rien de sexuel, je ressens la fermeté de son corps contre le mien. J'éprouve à son contact une sensation de sécurité, de solidité, de perfection, et je relève la tête pour observer son visage. Et l'inquiétude dans son regard.

– Oui, je répète. Je vais y aller. Et j'ai la force de le faire parce que je sais que tu assures mes arrières. Et qu'on va bien trouver un moyen de se sortir de ce pétrin.

Il reste silencieux un moment, me tenant simplement dans ses bras. Puis il pose un baiser sur le sommet de mon crâne.

– Bien sûr qu'on va trouver.

Je prends sa main et recule d'un pas puis souris, désireuse d'égayer l'ambiance.

– Viens. J'ai envie de profiter de ta peau sous la douche.

Il ne proteste pas, et tandis que l'eau ruisselle sur nos corps immobiles et enlacés je savoure ce moment dans toute sa perfection.

– J'aime ça… L'intimité. Ça me fait du bien. Je me sens bien.

– C'est parce que c'est bien.

– Dis-le-moi encore.

J'ai parlé d'une voix douce, mais j'ai bien revendiqué quelque chose, et même si je ne lui ai pas dit quoi, Jackson a très bien compris ce que j'ai besoin d'entendre.

– Je t'aime, dit-il, et, au creux de ses bras, je soupire de contentement.

*
**

– J'ai eu une idée, annonce-t-il en fin de matinée alors que nous roulons dans sa Porsche en direction du bureau.

Nous n'avons pas passé la matinée au lit. Non, Jackson est descendu chercher de quoi me vêtir à la boutique de l'hôtel – pantalon de jogging, tee-shirt – puis nous avons marché jusqu'au centre commercial de Century City, où il m'a offert un ensemble fabuleux de chez Michael Kors pour remplacer la robe qu'il avait si délicieusement déchirée la veille. J'ai laissé ma voiture à l'hôtel, mais je pourrai la récupérer plus tard. Malicieusement, je demande :

– Une idée cochonne ?

Il rigole.

– J'en ai un paquet chaque fois que je suis avec toi, donc ce n'est vraiment pas la peine de le préciser. Non, là, je crois que je vois un moyen de nous en sortir.

Je me tourne vers lui, devenue sérieuse.

– De nous en sortir ? Tu veux dire, de la menace de Reed ?

– On a abordé le problème comme si c'était une ligne avec un curseur. Comme un jeu de tir à la corde. Tu tires de ton côté, et mon côté perd. Je tire de mon côté…

– Et c'est le mien qui perd. J'ai pigé. Et alors ?

– Et si on jouait à autre chose qu'au tir à la corde ? Si on choisissait quelque chose d'entièrement différent ? Un triangle, plutôt qu'une ligne droite ?

– Je ne comprends pas ce que tu veux dire.

– Je veux dire que Reed nous monte l'un contre l'autre. Mais il ne tient pas compte de ton père.

Je me raidis.

– Mon père ?

– Écoute-moi. C'est ton père qui a organisé le truc au départ, non ? Alors si ton père l'affronte…

– T'es malade ?

J'ai besoin de me lever. De marcher. Et le fait d'être coincée dans une voiture en marche ne fait que m'irriter davantage.

– Ça voudrait dire que je dois affronter mon père. Tu sais très bien que je ne veux pas faire ça.

– Il est peut-être temps, suggère-t-il.

– Mon cul !

– Il faut peut-être qu'il prenne la pleine mesure de ce qu'il t'a fait, poursuit-il avec douceur, comme si je n'avais émis aucune protestation.

– Non. *Non !* Hors de question.

Rien qu'à cette idée, j'ai envie de vomir, et je me recroqueville sur moi-même, à défaut de pouvoir m'échapper de cet habitacle oppressant.

Cette simple perspective – imaginer que mon père voie ces horribles photos – m'emplit à la fois de rage et de terreur.

– Tu penses que je te proposerais cette solution si j'en voyais une autre ? J'ai tourné et retourné le problème dans tous les sens. Comment on va faire pour se sortir de ce merdier ? Et je t'avoue que j'en reviens toujours à ton père. À ses choix et à ce qu'il t'a fait.

– Ce qu'il m'a fait, à *moi*. Et je me suis fait une raison. Et je ne veux pas remuer le couteau dans la plaie.

– Ma chérie, on sait très bien tous les deux que tu ne t'es pas franchement fait une raison.

– Bordel de merde !

De toutes mes forces, je frappe le tableau de bord du plat de la main ; coincée dans cette voiture, je n'ai pas d'autre moyen d'évacuer ma fureur.

Il grimace, mais enchaîne sans hésitation.

– Et à vrai dire, tu n'es pas la seule à payer les pots cassés. Ton ordure de père joue avec ma vie, aussi.

Je croise les bras sur ma poitrine et ne réponds rien.

– Ces photos sont de sa faute, continue Jackson. Il t'a vendue, Sylvia. Il t'a abîmée. C'est ton père et il ne t'a pas protégée. Il est aussi coupable que Reed dans cette histoire.

Je garde les lèvres serrées, mais je ne peux pas nier. Je sais quel rôle j'ai joué – c'était mon choix de ne pas m'enfuir, parce que je pensais à mon frère –, mais rien de tout cela ne change ce que mon père a fait. Rien de tout cela n'efface le fait qu'il ait mis la machine en route, et qu'il ait fait exactement ce que Jackson a dit : m'utiliser pour protéger Ethan. Favoriser le bien-être d'un enfant au détriment de l'autre.

Alors, oui, je comprends ce qu'il dit. Et je comprends le reste, aussi.

– Reed me menace pour pouvoir t'atteindre, ça, j'ai pigé, Jackson. J'ai pigé. Mais je ne peux pas en parler à mon père. Je ne suis pas prête… Je ne sais pas si je serai prête un jour. Je t'en prie, dis-moi que tu comprends. Parce que j'ai besoin de toi, ce soir. Et j'ai besoin que tu ne sois pas en colère contre moi.

– Oh, ma puce, dit-il en tendant la main pour prendre la mienne. Je ne suis pas en colère. Pas contre toi, en tout cas. Quant à ton père… eh bien, c'est une autre histoire.

— Une histoire secrète, dis-je fermement.

— Oui, admet-il, même si je sens bien que c'est à contrecœur. Secrète.

*
**

— Oh là là, que tu es beau !

Je me jette au cou d'Ethan puis éclate de rire tandis qu'il me soulève et me fait tourner. Mon frère a une carrure d'athlète, et il me fait voltiger comme si je ne pesais pas plus qu'une plume.

Il n'en a pas toujours été ainsi. Quand il est tombé malade, à l'aube de l'adolescence, il était si diminué que le petit garçon costaud qu'on avait connu avait pratiquement disparu. Quand il eut retrouvé la santé, il s'est mis au sport. Et même s'il ne me l'a jamais dit, j'ai toujours pensé que ç'avait été une manière de dire à la maladie d'aller se faire foutre.

Aujourd'hui, il a beau être mon frère, je vois bien qu'il est canon. Il est très bien bâti, ce qui est déjà impressionnant en soi ; mais, ajouté à son regard ténébreux et à sa tignasse brune, c'est le genre de mec sublime qui n'a qu'à claquer des doigts pour que les filles lui tombent dans les bras.

À propos de mec sublime, je glisse mon bras autour de la taille de Jackson et penche la tête contre son épaule.

— Je te présente Jackson. Jackson, je te présente mon frère, Ethan.

— Je m'en doutais, dit Jackson avec un grand sourire.

Il tend la main pour serrer celle d'Ethan, mais

finalement tous deux se contentent d'une tape virile et amicale sur l'épaule, ce genre de choses que font souvent les hommes entre eux.

– Ta sœur parle de toi à longueur de journée.

Je lève les yeux au ciel et fais un signe à la limousine. Ce n'est pas tout à fait conforme à l'usage professionnel, mais j'ai envie d'impressionner mon petit frère, et Edward m'a assuré que la voiture serait restée au parking ce soir, de toute façon.

– Allez, dis-je avec fermeté, et nous nous installons à bord tandis qu'Edward referme la portière derrière nous.

– OK, dit Ethan. C'est bon, je suis sur le cul.

– C'était l'idée, je reconnais, tandis que Jackson s'occupe de nous servir un verre. Tu vois toujours Samantha ?

– Non. Ça s'est terminé de manière assez abrupte, dit-il en haussant les épaules. C'était mieux comme ça.

– Je suis désolée… Pourquoi ?

Il me regarde comme si j'étais folle à lier.

– Parce que je m'apprêtais à déménager à huit mille kilomètres d'elle.

Je choisis de ne pas lui rappeler que les gens ont parfois des relations à distance. Je connais trop bien mon frère ; étant de retour en Californie, il va avoir des envies de couleur locale. Et puisque des tas de Californiennes trouveront mon frère à leur goût, j'imagine que ce n'est pas un problème.

Il dévisage Jackson.

– Je t'aurais bien demandé conseil sur les meilleurs endroits pour rencontrer des filles ici, mais en fait j'espère vaguement que tu n'en as aucune idée. Au moins pour Los Angeles.

– C'est le cas, avoue Jackson en me lançant une

œillade. En ce qui concerne les lieux de drague, je suis loin d'être un puits de science. Même pas un tonnelet, ni même un verre à shot de science.

– Donc c'est vraiment du sérieux, tous les deux, alors ?

– Ethan !

– Quoi ? Je veux bien m'excuser d'être indiscret, mais tu es ma sœur et on est coincés tous les trois ici pendant au moins une heure, alors il me semble que c'est le moment idéal pour accomplir mon devoir fraternel.

Jackson esquisse un sourire avant de répondre.

– Oui. C'est du sérieux entre nous.

– Non, parce que j'avais un accès Wi-Fi dans l'avion depuis New York, et je peux vous dire que c'est long, quatre heures de glandouille sur Internet. J'ai vu des tas de trucs intéressants à votre sujet. (Il se tourne vers moi.) Tu sors avec une authentique célébrité. Tu es au courant, n'est-ce pas ?

– Ethan… dis-je à nouveau, en guise d'avertissement cette fois.

Il lève les mains.

– Je dis ça comme ça, c'est tout. (Il se décale pour se retrouver face à Jackson.) Et je dis aussi que si tu fais souffrir ma sœur à cause de cette jolie petite rousse, je bouffe tes couilles au petit déjeuner.

Jackson hausse les sourcils.

– Heureusement pour toi, je ne couche pas avec la jolie petite rousse. Megan est une amie, comme Sylvia le sait.

– Heureusement pour moi ? répète Ethan. Quoi ? Je te fais pas peur ?

Jackson jauge Ethan du regard. Pour être honnête, je parierais sur une victoire de Jackson, mais Ethan lui donnerait sûrement du fil à retordre.

– Je pense que ce serait une sacrée baston, dit Jackson avec diplomatie. Mais c'est surtout une bonne nouvelle que tu n'aies pas à goûter à un plat aussi peu appétissant. Et une bonne nouvelle que je n'aie pas à sacrifier mes couilles.

Pendant un instant, Ethan semble choqué. Puis il lève son verre en signe d'hommage, avant de le vider d'un trait.

– Ouais, dit-il à mon adresse. Il me plaît bien.

– Tant mieux, dis-je avant de gratifier Jackson d'un baiser furtif sur les lèvres. À moi aussi.

Ethan se prépare un autre verre puis m'en propose un aussi. Je lui montre le whisky que Jackson m'a versé, auquel je n'ai pas encore touché.

– Pas pour le moment, merci. Tu devrais y aller mollo.

– Je suis dans une limousine, rétorque-t-il. Y aller mollo n'est pas une option.

Je croise le regard de Jackson, et il termine son verre d'un trait.

– J'en veux bien un autre, moi, dit-il avant de hausser les épaules face à mon air surpris. Quoi ? Ton frère n'a pas tort.

– Je n'avais pas anticipé votre sketch, à tous les deux.

Je parle sévèrement, mais au fond de moi je jubile, ravie que le courant passe entre mon amoureux et mon frère.

– Ça m'étonne que tu ne te resserves pas, reprend Ethan, devenu sérieux. Je veux dire, on est en chemin pour aller voir papa et maman… Je sais que ça te gonfle, et ça me fait vraiment plaisir que tu m'accompagnes. Vraiment. Ça me touche.

– Ça ne me gonfle pas.

– Mon cul ! Je te connais, tu sais ? On a grandi ensemble. On a vécu sous le même toit. On a construit des cabanes avec des cartons et des couvertures. (Il me tend la main.) Ethan Brooks. Enchanté.

– Quand est-ce que tu es devenu aussi sarcastique ?

– Jeudi dernier. Et n'essaie pas de changer de sujet.

Je prends une grosse gorgée de whisky, avant de me lancer.

– C'est juste papa et maman, dis-je. Tu sais que je ne suis pas fan de tout ce cirque familial.

– Je sais que c'est pas ton truc. Mais je ne sais pas pourquoi. (Il dirige un regard inquisiteur vers Jackson.) Et toi, tu sais pourquoi ?

Il secoue la tête, mentant pour moi avec une aisance incroyable.

– Des tas de gens ont des problèmes avec leurs parents, plaide-t-il.

– Tu as raison. C'est ton cas ?

– Tu n'imagines pas à quel point.

– Tu sais qu'elle a donné de sa personne quand j'étais malade, non ? Je veux dire, elle te l'a raconté ?

– Elle a travaillé comme mannequin, dit Jackson. Oui, je suis au courant. Et je suis désolé que tu aies été si mal en point quand tu étais gosse. Les enfants ne devraient pas souffrir comme ça.

– Je suis bien d'accord là-dessus, répond Ethan, avant de me regarder à nouveau. Mais je vais bien maintenant, et c'est en grande partie grâce à toi. À toi, à maman et à papa. Et c'est juste que ça me fout vraiment les glandes que les personnes les plus importantes pour moi ne s'entendent pas entre elles.

– Ethan…

– Allez, Silly. Tu sais bien que tu peux tout me dire.

– Je sais.

En vérité, cela fait bien longtemps qu'on n'a pas vraiment parlé. Mais quand on était petits, on n'avait pas de secrets l'un pour l'autre. Et j'aimais bien ça. Ça me manque.

– Les parents bousillent leurs enfants, Syl. C'est comme ça. Et je sais que ça a dû être pire pour toi. Tu as dû encaisser tout ce qui allait avec ma maladie. Et tu as fait ce truc de mannequinat, c'est chouette et tout, mais ça a dû être un boulot difficile quand même, non ?

Je ne peux qu'acquiescer d'un hochement de tête. Il ne se doute vraiment de rien. Tandis que j'essaie de garder mes moyens, Jackson me prend la main.

Il semble n'avoir qu'un geste tendre, banal, envers sa petite amie. Et pourtant, la force de ce geste m'aide à rester calme et saine d'esprit. *Mon chevalier blanc.* Toujours prêt à me porter secours.

– Et donc, tu t'es tuée à la tâche pour que papa et maman récupèrent l'argent. Est-ce que tu as pu en garder un peu pour toi, au moins ? Je veux dire, pour financer tes études ou un truc dans le genre.

Je secoue la tête.

– Je ne voulais pas de cet argent, dis-je doucement, d'un ton sérieux. Je l'ai fait pour toi.

Je sens ma voix dérailler, et j'espère qu'il ne l'a pas remarqué.

– Ouais, bon… Écoute, si tu ne veux pas m'expliquer, c'est pas grave. Ce que je veux dire, c'est que je t'aime. Enfin, tu es ma sœur, donc voilà. Mais tu es aussi mon héroïne. (Il regarde Jackson.) Désolé pour ce moment de tendresse dégoulinante, mais j'ai été longtemps absent.

– Je pense que ce genre de tendresse est tout à fait approprié, répond-il en embrassant mon front tandis que de grosses larmes coulent sur mes joues.

– Tu n'as pas le droit de me faire pleurer.

– Bien sûr que si. C'est pour ça que les petits frères sont si pénibles.

J'éclate de rire – et je pleure de plus belle, aussi. Mais ce sont de bonnes larmes, et en les essuyant d'un revers de la main je m'aperçois que je souris. Bien qu'on soit en route pour la maison parentale, je souris pour de bon.

Et c'est là l'essentiel, comme je l'ai dit à Jackson. Peut-être que j'aurais pu m'enfuir. Peut-être que j'aurais pu dire non à Reed. Mais je ne l'ai pas fait.

Alors, oui, je me suis prostituée.

Mais je n'ai pas de haine pour moi-même. Parce que la raison pour laquelle je l'ai fait est juste là, assise en face de moi.

Et je l'aime de tout mon cœur.

Alors, je haïrai Reed pour ce qu'il m'a fait.

Et je haïrai mon père pour ne pas m'avoir protégée.

Mon frère, lui, est innocent. Et il n'aura jamais besoin de savoir tout ça.

25

À Irvine, c'est la maison idéale qui nous attend.

La pelouse est impeccablement entretenue. Les arbres ont pile la bonne taille.

Les voitures de prix sont élégantes, mais pas tape-à-l'œil.

Quelqu'un vient s'occuper de la piscine tous les jeudis. La femme de ménage est là tous les mardis.

Ma mère est bénévole à la bibliothèque. Mon père profite d'une retraite anticipée après que des placements immobiliers de longue date se sont révélés particulièrement juteux.

Ils sont, en somme, l'un de ces couples de la classe moyenne aisée, propriétaires d'une maison à la Norman Rockwell située dans l'une des plus jolies rues de l'une des plus jolies villes du pays.

Quel dommage que la vie entre ces murs ne soit pas aussi pimpante que vue de l'extérieur… Parce que les enceintes sans fil ont beau diffuser du Vivaldi, le rôti et les pommes de terre ont beau fumer sur la table, j'ai l'impression d'être coincée dans cette fameuse maison du Diable à Amityville, où d'une minute à l'autre du sang va suinter des murs.

Franchement, ça ne pourrait pas être pire que le sentiment d'horreur que j'éprouve en ce moment.

Ma mère, après m'avoir demandé quand Jackson et

moi comptions nous marier, m'interroge sur la nature exacte de mon travail chez Stark International. Ce serait une question raisonnable, si elle ne me l'avait pas posée déjà deux fois durant les quatre-vingt-dix dernières minutes. Je lui réponds, pourtant, mais les paroles que je lui adresse n'atteignent jamais leur destinataire et s'envolent Dieu sait où. C'est ainsi depuis qu'Ethan est tombé malade. Comme si depuis cette époque, elle n'avait plus l'énergie de se consacrer à son autre enfant et me balançait des platitudes en espérant que je ne remarque rien.

Et cette étrange déconnexion a persisté après la guérison de mon frère. À l'époque, je vivais à l'internat, mais même quand j'en revenais elle ne me questionnait jamais au sujet de mes devoirs, de mes amis, ni de rien d'autre. Et si je lui fournissais spontanément des informations, elle écoutait, mais sans m'entendre vraiment.

Je m'étais aperçue de cela très tôt, et au début je la testais en lui racontant des faits précis. Un jour, alors que nous déjeunions, je lui avais dit :

– Donna s'est acheté un cheval, mais elle est tombée et elle s'est cassé une jambe.

Elle m'avait répondu que c'était affreux, et qu'elle espérait que Donna se rétablirait rapidement.

– Je t'ai dit ce qui est arrivé à Donna ? lui avais-je ensuite demandé dans la soirée. À propos de son cheval ?

Et elle m'avait juré qu'elle n'avait jamais entendu parler de cette histoire auparavant.

Elle n'a pas une mémoire défaillante. Elle n'a pas la maladie d'Alzheimer. Non, elle a un fils. Et seulement ce fils.

Sa fille ne compte pas.

Je ne sais pas pourquoi.

Je ne sais pas si elle était complice des séances organisées avec Reed. Je ne sais pas si c'est la maladie d'Ethan qui a simplement brisé quelque chose en elle. Je ne sais pas si elle est en colère contre moi, à cause de quelque chose que j'aurais fait il y a très longtemps.

Je ne sais pas, et ça ne m'intéresse plus de savoir. Si je suis dans cette maison des horreurs ce soir, c'est uniquement parce que Ethan me l'a demandé.

Vaillamment, je fais un effort pour décrire mes tâches d'assistante à ma mère, puis je lui précise mon activité sur le Domaine de Cortez.

– Elle fait un travail épatant, renchérit Jackson, s'adressant à la fois à mon père et à ma mère.

Il a été le petit ami idéal jusque-là. Restant à mes côtés, serrant ma main en soutien quand mes parents devenaient bizarres. Et, Dieu merci, évitant toute allusion à mon passé ou à ces fichues photos.

Jackson commence à entrer dans le détail de mes fonctions – la manière dont je jongle entre mes responsabilités d'assistante et de chef de projet, la qualité de mon travail, la pertinence de mes idées. Ma mère garde un air absent, mais de l'autre bout de la table mon père intervient :

– C'est exactement ce que je disais.

Je me tourne vers lui, sans savoir au juste s'il s'adresse à Jackson et à moi, ou bien à Ethan, à qui il a tenu la jambe toute la soirée.

– Qu'est-ce que tu disais ?

– Ce que Jackson expliquait à ta mère à l'instant. À propos de ton boulot, et du surcroît de temps et de travail qu'il faut fournir quand on a deux casquettes. (Il se tourne à nouveau vers Ethan.) C'est comme ça qu'on réussit. En travaillant dur. En se sacrifiant. (Il croise mon regard.) Je suis fier de toi, Elle.

J'ai froid. À la fois à cause de ce prénom dont il s'est servi et que j'ai abandonné il y a longtemps, et de cette fierté affichée. Je ne veux rien recevoir de cet homme, et sa bénédiction encore moins que tout le reste. Et lorsque Jackson me serre la main sous la table en signe de solidarité, il me semble que je n'ai jamais été aussi heureuse d'avoir quelqu'un dans ma vie qui me comprenne si bien.

C'est son soutien qui me donne la force de répondre.

– Mais les sacrifices ne concernent pas toujours le travail, n'est-ce pas ?

Je sais que je ferais mieux de me taire. Parce que le silence est le seul moyen de contenir mes émotions.

Sauf que je n'arrive pas à suivre mon propre conseil. Et je continue de parler, vomissant les mots comme s'ils avaient leur propre indépendance.

– Je veux dire, certaines personnes sacrifient un rein pour sauver un être cher.

Je garde les yeux rivés sur mon père, et ma main serrée dans celle de Jackson. Je ne veux pas voir Ethan. Pas maintenant. Pas au moment où je me sens si fragile, comme à vif.

– Abraham était censé sacrifier son propre fils pour Dieu. Et dans ce film, *Le Choix de Sophie*, Meryl Streep doit sacrifier un de ses enfants pour sauver l'autre. (Délibérément, je bois une gorgée d'eau, sans quitter mon père des yeux.) Ça doit être dur.

C'est peut-être mon imagination, mais il me semble voir la transpiration perler au-dessus de ses lèvres. Je m'adosse à la chaise, avec un léger sentiment de suffisance.

– Je pense que je vais ouvrir une autre bouteille de vin, dit mon père.

Il parle très lentement, très posément, et bouge de la même manière, tout aussi précautionneuse, tandis qu'il se dirige vers la cuisine.

– Tu m'accompagnes, Sylvia ? À force de travailler pour Stark, tu dois t'y connaître un peu en bons vins, maintenant.

S'il m'avait appelée Elle, je pense que j'aurais dit non. Mais là, je me surprends à me lever.

Jackson ne relâche pas immédiatement ma main, et quand je le regarde il penche la tête, l'air de me demander : « Tu veux que je vienne aussi ? »

Je manque dire oui, mais je refuse d'un signe de tête. Je peux le faire. Je peux survivre à cette soirée en accomplissant mon devoir de fille dévouée.

Et alors je pourrai me barrer d'ici.

Je suis mon père à l'office, puis dans la cuisine. La cuisine est séparée du salon par un passage voûté, avec une grille à la place d'une porte. Mon père et moi franchissons la grille puis descendons les marches qui mènent à une petite cave à vins, juste assez spacieuse pour nous deux et la centaine de bouteilles soigneusement stockées dans les solides casiers de bois.

Je commence à examiner les bouteilles, à la recherche d'un rouge assez costaud pour m'aider à affronter le restant de la soirée. Mais avant d'avoir pu trouver quoi que ce soit, je suis interrompue par mon père.

– Tu es furieuse après moi depuis tes quatorze ans, dit-il, et je sursaute comme si j'avais reçu une décharge électrique. Tu ne crois pas qu'il serait temps d'arrêter ?

Je reste plantée là comme une imbécile tandis que sa question résonne en moi. Nous n'avons jamais parlé de cela – *jamais* –, et cette nouvelle réalité me désarçonne complètement.

– D'arrêter ? Pardon ? Est-ce qu'on a fait un gâteau

qu'il faut sortir du four ? Est-ce que l'arbitre a sifflé la fin du match ? Honnêtement, papa, qu'est-ce que tu racontes ?

— J'essaie de parler avec toi. J'essaie de tourner la page.

— Là, maintenant ? On va vraiment parler de ça maintenant ?

Ma voix est si pleine de mordant et d'amertume que j'en reconnais à peine le timbre.

— Ces années ont été dures pour nous tous, Elle…

— *Sylvia.*

Il marque une pause, inspire et reprend :

— Ethan était malade. Ta mère et moi, on était fous d'inquiétude. On s'est tous sacrifiés, Sylvia. On a fait tout ce qu'on a pu pour aider.

— Oh oui, tu t'es vachement sacrifié, toi, dis donc.

J'aurais voulu répondre en hurlant. Au lieu de quoi, les mots sortent tout bas. Puissants. Et remarquablement posés.

— C'est moi que tu as sacrifiée, putain.

Il devient écarlate et ouvre la bouche puis bafouille, comme s'il essayait de répondre. Mais il ne dit rien, et au bout de quelques secondes je commence à craindre qu'il ne fasse une crise cardiaque.

— Papa ? *Papa ?*

Je ne me suis pas aperçue que j'avais bougé, mais sans trop savoir comment je me retrouve à côté de lui. Je pose la main sur son épaule pour le calmer, en me demandant si je dois appeler ma mère à l'aide, ou l'allonger ou quoi.

Je m'apprête à faire les deux lorsqu'il me repousse violemment.

— C'est. Fi-ni.

Il détache chaque syllabe avec une extrême précision, lentement, soigneusement.

– Cette histoire est finie pour nous tous. Terminée. Cette porte s'est refermée, Sylvia. Pour de bon.

Il inspire profondément.

– Fini ?

Ma fureur a gagné en puissance à chacun de ses mots. Comment ose-t-il ? Comment ose-t-il, putain ! Et bien que je sois parfaitement consciente de mettre les pieds dans le plat, je ne peux pas m'empêcher de cracher :

– Tu es malade ? C'est pas fini. Ce ne sera jamais fini, papa. Ce ne sera jamais, jamais fini. (Je prends une inspiration, craignant que la crise cardiaque ne soit finalement pour ma pomme.) Ça me hante tous les jours. Est-ce que tu as la moindre idée de ce que j'ai subi ? De l'enfer que je vis depuis ? De ce que tu m'as laissé endurer ? Non, de ce que tu as *exigé* que j'endure ? Alors je t'interdis de dire que la porte est fermée. Je rêve qu'elle le soit. Mais elle ne l'est pas. Et elle ne le sera jamais. Ce fumier s'est servi de moi, papa. *Il s'est servi de moi.* Et même après tout ce temps, ce n'est pas fini. Il continue de se servir de moi, bordel. Je suis toujours prise au piège. Et je suis toujours… *Merde !*

Je m'interromps et me tourne pour envoyer mon poing dans le premier truc qui se présente, qui se trouve être un casier à vin. Il brinquebale mais encaisse heureusement le choc. Je suis penchée en avant, les mains sur les genoux, et je respire bruyamment.

– Quoi ? Mais de quoi tu parles ?

Allez, dis-lui.

Raconte-lui tout, et ensuite laisse-le te sortir de ce bourbier. C'est ce que font les pères, non ? Ils protègent leurs filles ?

Tu parles. Mon père a déjà eu mille fois l'occasion de me protéger. Et il ne l'a pas fait. J'étais une enfant, et il n'a pas levé le petit doigt.

Alors, pourquoi croire un seul instant qu'il serait prêt à tout pour m'aider aujourd'hui ?

– Sylvia ?

Sa voix est douce, et sa main sur mon épaule, plus douce encore. Peu importe : ce contact m'est intolérable, et je me dérobe. Il recule, les mains levées.

– Explique-moi.

Je ne bouge pas, l'esprit en ébullition, le cœur douloureux. Je voudrais prendre mes jambes à mon cou, mais j'ai l'impression d'avoir les pieds cloués au sol. Je voudrais crier, mais il n'y a plus de force en moi pour expulser le moindre son.

Le temps se fige, du moins jusqu'à ce que retentisse la voix d'Ethan, tonitruante et joyeuse, qui nous demande ce qu'on fabrique.

J'ai l'impression qu'il vient de rompre un sortilège. Je remonte l'escalier quatre à quatre pour retrouver mon frère.

– Désolée. J'avais la tête ailleurs. Désolée.

Je le suis jusqu'à la salle à manger, tenaillée par le besoin de voir Jackson, mais Jackson n'est pas là.

– Je crois qu'il est allé aux toilettes, dit ma mère quand je l'interroge. Qui veut du café ?

Elle s'apprête à se lever, mais je secoue la tête.

– Je m'en occupe.

Je la laisse avec Ethan et repars à la cuisine. J'envisage un instant de redescendre à la cave et de tout raconter à mon père. Juste pour vider mon sac. Juste pour que ce soit *fait*.

Mais je ne peux pas. Je ne peux pas supporter l'idée qu'il voie ces photos.

La main sur la boîte de café, je ravale mes larmes… et j'entends soudain mon père jurer dans la cave.

Je fronce les sourcils, craignant qu'il ait fait tomber une bouteille ou qu'il se soit blessé, et je me précipite dans l'escalier, avant de stopper net en découvrant la scène.

Parce que Jackson est avec mon père.

Et l'enveloppe que Reed a envoyée est là, aussi.

Et dans la main de mon père, une photo que je n'ai pas besoin de regarder de plus près pour savoir ce qu'elle représente. Et je n'ai pas besoin d'avoir entendu la conversation pour savoir ce que Jackson a dit.

Je suffoque. Mon cœur bat si fort qu'il me semble sur le point d'exploser.

Les deux hommes restent cloués sur place et me regardent fixement. Le temps s'est arrêté. Le monde s'est arrêté.

Et puis tout redémarre, et Jackson prononce mon nom en faisant un pas dans ma direction.

– *Non !*

Le mot s'est arraché si violemment de moi que j'en ai mal à la gorge.

Je tourne les talons et remonte à toute allure. Ethan est dans la cuisine.

– Il faut que j'y aille. Le boulot. Un projet. J'ai oublié. Je suis désolée.

Les mots dégringolent dans un enchevêtrement de mensonges.

Je le serre dans mes bras, mais sans attendre la moindre protestation ni le moindre assentiment. J'ai déjà filé.

Je monte dans la limousine et claque la portière. J'active la commande pour faire descendre la vitre qui me sépare du chauffeur et croise le regard d'Edward dans le rétroviseur au moment où il presse le bouton pour stopper l'écoute de son livre audio.

– Roulez, dis-je. S'il vous plaît, allez-y.

Je le vois tourner la tête vers la fenêtre côté passager, et je suis son regard. Jackson est là, dans l'allée, droit comme un i, une expression indéchiffrable sur le visage.

– Allez-y ! dis-je d'une voix tremblante, au bord de l'hystérie. Bon sang, allez-y, c'est tout.

Il s'exécute, et je me laisse aller sur le siège en cuir, en murmurant :

– Merci.

Mais je doute qu'Edward m'ait entendue.

J'appuie sur le bouton pour faire remonter la séparation tandis que nous nous éloignons de la maison, de mon frère, de mes parents et de Jackson.

Les souvenirs, en revanche, sont venus avec moi.

Je ne me rappelle pas avoir indiqué à Edward où se rendre mais en voyant qu'il s'est garé devant la maison de Cass à Venice Beach, je conclus que j'ai dû tout de même le faire.

Je n'ai pas téléphoné. Je n'ai rien fait d'autre que rester assise à l'arrière de la limousine, à m'apitoyer sur mon sort et à refouler mes larmes. C'est bien entendu pour cette raison que j'ai atterri devant chez ma meilleure amie. Parce qu'à cet instant je n'ai pas le courage de rentrer à la maison. Je n'ai pas le courage de rester seule.

Je ne peux pas supporter l'idée que tout soit fini entre nous, mais j'ai bien peur que ce soit le cas.

Il a dévoilé mon secret. Il a brisé ma confiance.

Et au passage, il m'a brisé le cœur.

Il est presque minuit et, en m'approchant de la porte, je me rends compte qu'il aurait peut-être été judicieux de téléphoner, malgré tout. Elle pourrait être sortie. Elle pourrait être au beau milieu d'ébats torrides. Elle pourrait aussi être endormie.

Mais il n'en est rien. En fait, elle est juste là, elle a ouvert la porte et elle se précipite sur moi, les bras tendus, son téléphone à la main.

– Bon Dieu, je n'ai pas arrêté de t'appeler.

– De m'appeler ?

J'avais mis mon téléphone en mode silencieux.

– Il a téléphoné.

Elle agite la main en direction d'Edward pour lui dire au revoir, et tandis que la limousine disparaît au coin de la rue elle me fait entrer. Je retire mes chaussures – Cass étant une maniaque de la propreté même en cas d'urgence amicale –, puis elle m'installe sur le canapé.

Elle se laisse tomber sur la table basse face à moi.

– Il m'a dit qu'il avait merdé. Il veut te parler, Syl. Mais surtout, je pense qu'il veut s'assurer que tu vas bien.

Elle me regarde attentivement, les coudes posés sur ses genoux.

– Est-ce que tu vas bien ?

Je prends une inspiration.

– Je ne sais pas, dis-je, et les larmes commencent à couler.

– Oh, ma grande, non.

En un clin d'œil, elle a quitté la table pour venir s'asseoir à côté de moi, et je me pelotonne dans ses bras tandis qu'elle me berce. Elle ne dit rien, et c'est tant mieux. À cet instant, je n'ai pas envie de parler. Je n'ai pas envie d'être conseillée. Je n'ai pas envie de revivre chaque minute de cette affreuse soirée.

Je veux seulement être câlinée. J'ai seulement besoin de réconfort.

Après un moment, tout de même, le sommeil me gagne, et je m'étends sur le canapé en m'enroulant dans la couverture chaude et douce que Cass a dénichée l'année dernière dans sa friperie préférée.

– Laisse-moi au moins déplier le canapé, tu seras mieux.

Mais je refuse d'un signe de tête. Je suis trop épuisée pour bouger ne serait-ce que d'un centimètre, et tandis que je sombre je l'entends téléphoner à quelqu'un.

– Je ne sais pas si elle viendra travailler demain. Mais si c'est le cas, elle arrivera plus tard que d'habitude. D'accord, merci Jamie. Dis juste à Ryan de prévenir Rachel, ou les autres personnes concernées… Bonne idée. À vendredi… tu me diras si tu as besoin d'aide pour préparer la soirée.

J'ouvre la bouche pour lui dire que j'irai au travail demain. Hors de question de laisser ma vie privée interférer avec mon boulot. Mais, curieusement, je ne parviens pas à articuler un seul mot. Ensuite, je ne sais plus trop, jusqu'au moment où une lumière vive m'éblouit, accompagnée d'une odeur de café.

Je m'aperçois que cette lumière est celle du jour, qui entre par les fenêtres dont les rideaux ont été ouverts en grand. Et ce n'est pas la maison entière qui embaume le café. C'est seulement le mug qu'on m'a collé sous le nez.

– Contente de te revoir, dit Cass.

Je m'étire en bâillant. Puis je m'assieds et prends la tasse. Lentement, gorgée après gorgée, je sens mon corps revenir à la vie.

J'entends un cliquetis dans la pièce d'à côté, et je tourne la tête pour voir Siobhan apparaître en ouvrant les portes à persiennes de la cuisine. Son short de course à pied révèle ses longues jambes, et sa casquette de base-ball dompte à grand-peine sa cascade flamboyante de boucles rousses.

– Oh, dis-je. Euh… Je suis désolée. Hier soir. Je ne voulais pas…

– Ne t'inquiète pas, me rassure Siobhan. On ne faisait rien de particulier, on discutait, c'est tout. Et puis de toute façon, ajoute-t-elle avec un sourire lumineux, je te devais bien ça.

– Moi aussi, renchérit Cass, puis elle se tourne à nouveau vers Siobhan. Tu t'en vas ?

– Je me suis dit que j'allais faire un petit footing pour vous laisser discuter toutes les deux. Je t'appelle d'ici une heure, pour voir si on peut prendre le petit déjeuner ensemble. Sinon, on pourra peut-être se faire un café en fin de journée ?

– Parfait.

Siobhan se penche pour l'embrasser sur la joue, puis elle sort. Je m'enfonce dans le canapé, assez contente de moi.

– J'imagine que j'ai bien fait de te dire de débloquer son numéro...

Cass rosit légèrement.

Je m'esclaffe.

– Vraiment, je n'ai rien interrompu ?

– Vraiment pas. On matait la télé et on discutait, c'est tout. Mais entre autres choses, on a parlé d'y aller lentement.

– D'*y* aller ? Donc vous allez bien quelque part ?

Cette fois Cass rougit franchement, et moi je bois du petit-lait. J'ai toujours bien aimé Siobhan, même si elle a été une connasse absolue en rompant avec Cass. Parce que, naturellement, quiconque plaque ma meilleure amie est une connasse absolue par définition.

– Siobhan peut attendre.

Cass se poste à nouveau sur la table basse, et je la vois faire un effort manifeste pour chasser Siobhan de ses pensées.

– Là, c'est ton cas qui m'intéresse. Tu veux qu'on parle ?

– Je ne veux même pas repenser à ce qui s'est passé. Mais bon, ouais, je suppose que je devrais te raconter.

Et pas seulement pour qu'elle me conseille ou me réconforte. En vérité, je n'ai jamais raconté toute l'histoire à Cass. Elle n'est pas au courant du traitement d'Ethan, ni des manœuvres de mon père. Elle ignore combien j'en ai souffert.

C'est ma meilleure amie, pourtant je ne lui ai jamais rien dit de tout ça. Et même si je sais que ces secrets n'ont pas été un obstacle à notre amitié, j'en ai marre de me cacher derrière des secrets et des ombres, de dissimuler des parties de moi aux gens que j'aime.

Alors, je lui raconte. Je lève le voile sur le passé, avant de lui expliquer la situation actuelle.

Après avoir écouté toute cette partie de l'histoire – après m'avoir tenu les mains, après m'avoir serrée contre elle, après avoir refoulé des larmes –, elle écoute le reste : les photos et la menace de Reed de les diffuser si Jackson continue de lui mettre des bâtons dans les roues.

Je lui raconte comment Jackson a explosé en lui apprenant le rôle de mon père dans toute cette histoire. Et enfin, je lui raconte que Jackson a montré les photos à mon père, me projetant dans un nouvel enfer.

– Je lui avais dit que je ne voulais pas faire ça. Je lui avais bien précisé que je n'en étais pas capable. Et il l'a fait quand même.

Mes larmes coulent, et je les essuie rageusement d'un revers de la main.

– Je me suis enfuie. Et je suis venue ici. Fin de l'histoire.

Cass me regarde, absolument silencieuse. Immobile et silencieuse.

Et comme elle est très rarement silencieuse ou immobile, je comprends que ma relation amoureuse n'a pas été simplement un peu secouée. Non, elle se retrouve dans l'impasse, face à un gigantesque mur. Et si nous voulons poursuivre notre route ensemble, Jackson et moi allons devoir trouver un moyen de passer par-dessus ou par-dessous, ou bien de démolir cette saloperie de mur.

– Qu'est-ce que je devrais faire, alors ? je demande quand le silence devient intolérable.

Elle prend mes mains.

– Je ne sais pas. Il a merdé avec ton père, je te l'accorde. Mais peut-être qu'il a merdé pour de bonnes raisons.

– Je lui avais confié mes secrets. Et d'agir comme ça...

– Je sais, ma grande. Et c'est vrai qu'il a trahi ta confiance. Mais il n'a pas révélé ton secret... Tu n'as peut-être jamais parlé de ça à ton père, mais il était au courant. Et ce n'est pas parce qu'il n'avait pas vu les photos qu'il n'était pas capable d'imaginer toutes les horreurs que ce pervers t'a fait subir.

Peut-être. Je ne sais pas. Je me lève, et en trois pas je suis à la fenêtre qui donne sur le jardinet à l'arrière, grand comme un timbre-poste.

– Je l'ai presque raconté moi-même à mon père. J'entendais la voix de Jackson dans ma tête, et j'ai failli le lui dire.

– Alors c'était peut-être ce qu'il fallait faire.

– C'est *moi* qui devais le faire. Pas Jackson. Il... il m'a volé cette décision.

Je comprends tout à coup. Il a pris le contrôle. Exactement comme Reed, Jackson s'est emparé du contrôle. Je ne le lui avais pas remis, non ; il m'en a dépouillée.

Il pensait agir au mieux pour moi, et je peux le concevoir. Je le peux sincèrement parce que, après tout, je n'étais pas loin de penser la même chose, n'est-ce pas ?

Mais trahir ma confiance — comment peut-on surmonter un truc pareil ?

– Syl ? Ça va ?

Je suis incapable de répondre à cette question. Je me sens trahie. Violée. Et profondément triste. Je lui demande tout bas :

– Tu vas travailler aujourd'hui ?

– Pourquoi ?

– Je ne sais pas. Je me disais qu'on pourrait peut-être faire l'école buissonnière, et aller se promener sur la plage.

– Menteuse.

Je fais un effort pour prendre l'air indigné.

Elle me lance un regard perçant.

– Ce n'est pas que je n'aime pas pratiquer mon art, mais tu n'as pas besoin d'un nouveau tatouage.

– Je te demande pardon ?

– Tu m'as entendue. Chaque tatouage que je t'ai fait, c'est parce que tu ne te sentais pas capable de surmonter une épreuve ; ou alors parce que tu t'étais battue et que tu avais gagné. Là, tu *peux* surmonter ce truc avec Jackson, donc tu n'as pas besoin de te faire tatouer pour ça. Et pour le moment tu ne t'es pas battue, donc tu as encore moins gagné. Tu ne sais même pas encore ce que tu vas faire.

– Merde, Cass !

Elle a raison, bien sûr, mais je refuse de l'admettre. Parce que cette fois je veux me faire tatouer pour me donner du courage. Et, en substance, ma meilleure amie m'envoie me faire foutre et me dit de trouver ce courage en moi. Pas de béquilles. Seulement moi, mes émotions, et Jackson.

Elle croise les bras et me toise.

– Cette bataille n'a même pas encore commencé. Viens me voir quand ce sera fini, et si tu as besoin d'un tatouage à ce moment-là je m'occuperai de toi. En attendant, je suis là pour toi. Mais pas mes aiguilles.

– Très bien, OK. Ça va, dis-je en faisant la grimace. Je suppose que je n'ai pas le choix, il faudra bien que tu fasses l'affaire.

– Faudra bien, oui, dit-elle en riant.

Mais son rire s'éteint rapidement, et elle pose sur moi un regard sérieux.

– Alors, qu'est-ce que tu décides ? Est-ce que tu vas lui parler aujourd'hui ?

– Je ne sais pas.

Cet aveu me rend malade. C'est Jackson, bon sang. L'homme que j'aime. L'homme en qui j'avais confiance.

La seule personne au monde avec laquelle je me sentais autant moi-même, plus encore même qu'avec Cass, qui m'est déjà si chère.

– Je ne sais pas.

L'évidence de ces mots me terrifie.

– Je comprends bien, dit Cass. (Tout en parlant, elle tourne la tête vers la porte par laquelle Siobhan est sortie il y a seulement quelques minutes.) Mais est-ce que tout le monde ne mérite pas une deuxième chance ?

Oui ou non ?

Je songe à l'étrange manière dont les paroles de Cass résonnent avec celles que Jackson a prononcées quelques jours plus tôt. Et puis me vient l'envie de me rouler en boule, car je n'ai pas la réponse.

Comment avons-nous pu en arriver là ? Et comment diable allons-nous pouvoir revenir en arrière ?

*

**

Il avait tout gâché.

Et il savait bougrement qu'il avait tout gâché, et il voulait le lui dire.

Ce n'est pas pour autant qu'elle lui en laissait l'occasion.

Elle ne répondait ni à ses appels, ni à ses textos, ni à ses mails.

Elle n'était pas venue travailler jeudi.

On était vendredi, et il savait qu'elle était dans le bâtiment, mais il ne la trouvait ni au vingt-sixième étage, ni au trente-cinquième, ni au penthouse de Damien, ni à aucun des endroits où elle travaillait habituellement.

– Elle n'est pas à son bureau aujourd'hui, avait récité Karen au vingt-sixième étage.

– Elle n'est pas dans le bâtiment, avait dit Rachel au trente-cinquième. Mais je me demande si elle n'est pas à la bibliothèque.

Elle n'y était pas, évidemment.

Damien, qui passait devant le bureau de Rachel pour se rendre à son déjeuner d'affaires, était intervenu :

– Je te conseille de ramper à ses pieds.

Jackson s'était raidi, se rappelant trop bien que c'était Damien qui avait mis Sylvia au courant pour Ronnie. Mais le document qu'avait vu Sylvia était public, et Damien avait seulement essayé d'aider.

Quant à ce que Jackson avait fait – s'immiscer entre Sylvia et son père… Bon, il avait essayé d'aider, lui aussi. Sa tentative avait simplement été la plus foireuse qui soit.

À présent, c'était Jackson le connard. Et Damien semblait sincèrement bienveillant.

– Tu n'aurais pas une piste ? avait demandé Jackson.

– Tu pourrais essayer la salle de sport, avait-il répondu en attrapant le dossier que Rachel lui tendait. Et si elle n'est nulle part, tu pourras toujours la retrouver chez Jamie, à la fête de ce soir.

La fête d'Halloween lui était complètement sortie de l'esprit.

– Tu crois qu'elle ira quand même ?

– Sylvia n'est pas du genre à décevoir ses amis, avait-il dit en pressant l'épaule de Jackson. Elle sera là. Quant à savoir si elle acceptera ou non de te parler… là, c'est une autre histoire.

Et cette histoire se passerait devant tout le monde. Si c'était là son dernier recours, très bien. Mais il allait d'abord fouiller tous les recoins de ce bureau. Et quand il l'aurait retrouvée, il lui ferait savoir que son entêtement à se planquer était vraiment contre-productif pour le Domaine. Parce qu'il était tout bonnement incapable de se concentrer sur son travail, même si sa vie en avait dépendu.

Il avait besoin de Sylvia.

Et il était déterminé.

Suivant le conseil de Damien, il se rendit donc à la salle de sport et, bien que la fille de l'accueil lui ait dit que Sylvia était aux tapis de course, le temps qu'il y arrive elle avait disparu.

Sans pouvoir le prouver, il eut le sentiment qu'elle l'avait vu venir.

Putain.

Il envisagea de continuer cette course-poursuite à travers le bâtiment mais décida finalement que ça n'en valait pas la peine.

Non, il était temps de trouver une nouvelle stratégie.

Il était temps de sortir l'artillerie lourde. Autrement dit, d'appeler Cass à la rescousse.

Il retourna au vingt-cinquième étage pour prévenir Lauren qu'il serait absent le reste de la journée puis partit en trombe en direction de Venice Beach.

Il n'était encore jamais allé à Totally Tattoo, mais il trouva le salon assez facilement. Il se gara le long du trottoir puis entra et fut accueilli par une femme avec une coiffure punk, une bonne douzaine de piercings et un large sourire.

– Salut, moi c'est Joy. C'est votre première fois ici ?

– Oui.

– Vous avez envie d'un tatouage ? D'un piercing ? Vous seriez canon avec un piercing à l'arcade, vous savez. Ça ferait un super effet avec cette cicatrice.

– En fait, je suis là pour voir Cass. Elle est dans le coin ?

– Oui, bien sûr. Cass ! Quelqu'un pour toi qui n'a pas rendez-vous !

Jackson garda les lèvres pincées en essayant de contenir son amusement. Dès que Cass apparut, toutefois, il lui devint impossible de garder son sérieux.

– J'aime bien la fille de l'accueil, dit-il en la suivant dans sa cabine. Je pense qu'elle est prête à me faire une ristourne sur les piercings.

– Tu essaies d'être drôle ?

– J'essaie, admit-il. Sans grand succès, apparemment.

– Mec, tu as tellement merdé qu'il va te falloir un peu plus qu'un tuto sur YouTube pour réparer ta connerie.

– Tu crois que je ne le sais pas ? Je m'en mords les doigts à un point, tu n'as pas idée.

– Honnêtement, Jackson, je ne comprends pas ce que tu as foutu.

Il prit une inspiration, et à cet instant il se sentit plus brisé qu'il ne l'avait jamais été.

– Je ne peux pas vivre sans elle, Cass.

– Alors il faut que tu te reprennes. Parce que tu vas la perdre si tu n'arrêtes pas les conneries.

– Est-ce que je l'ai perdue ? demanda-t-il, et le seul fait de poser cette question lui vrilla les tripes. Est-ce que je peux encore réparer ma connerie ?

– Je ne sais pas, soupira-t-elle. Écoute, elle t'aime, c'est certain. Mais tu sais, dans la chanson, quand ils disent *Love is all you need* ? Eh ben, c'est des conneries. L'amour ne peut pas marcher tout seul. On a besoin aussi de respect et de communication et…

Jackson ne put s'en empêcher. Il l'attira contre elle et l'embrassa sur la joue.

– Bon Dieu, Cassidy. Elle a tellement de chance de t'avoir.

– Je ne te le fais pas dire. (Elle se laissa tomber sur son tabouret et l'examina attentivement.) Alors, qu'est-ce que tu vas faire ?

– Tout ce qu'il est possible de faire pour la ramener. J'ai merdé, et je vais arranger ça. Je ne peux pas la perdre, Cass. Je l'aime.

Le sourire de Cass s'élargit.

– Bonne réponse. Mais ce n'est pas à moi qu'il faut le dire.

– Non, c'est vrai, reconnut-il en regardant sa montre. La soirée de Jamie commence dans quelques heures. Elle y va toujours, n'est-ce pas ?

– Ouaip. On passe la chercher à 20 heures, Siobhan et moi.

– Parfait. Ça nous laisse juste assez de temps.

– Pour ?

Il croisa son regard.

– J'ai besoin que tu fasses quelque chose pour moi.

26

Je ne porte pas la veste de motarde. J'ai pourtant essayé, mais ça n'a fait que me perturber davantage et attiser mon envie de voir Jackson. Parce que je voudrais qu'il soit là, je voudrais qu'il me touche. Lui parler me manque. Être avec lui me manque.

Et même s'il a clairement déconné, il me manque terriblement.

Mais en même temps, j'ai envie de le repousser. De hurler, de l'invectiver, de lui demander comment il a pu me faire une chose pareille, comment il a pu prendre tout ce qu'il y avait de bon entre nous pour le détraquer si abominablement, comment il a pu me ravager à ce point.

Lui. L'homme qui me connaît si bien. Du moins, c'est ce que je croyais.

– Tu es venue déguisée en toi-même ?

Je lève les yeux et je vois Nikki me sourire, magnifique dans son costume de princesse amérindienne. Nous sommes dans la cuisine de Jamie.

Je m'y suis réfugiée pour fuir la foule qui a empli le petit appartement au point de refluer vers la piscine, au rez-de-chaussée.

– Hein ? dis-je, ahurie.

– Ton costume. Ou ton absence de costume.

– Oh ! Non. Je suis une extraterrestre, dis-je en

souriant, avant de désigner mon tee-shirt rose et ma jupe plissée blanche. Je viens d'une lointaine planète et je me mêle aux autochtones, ni vu ni connu.

Après avoir abandonné l'idée de me déguiser en motarde, je n'ai pas eu le cœur de porter un autre costume. J'ai donc décidé de mettre mes vêtements habituels. Jusque-là, tout le monde a aimé ma réponse.

Toutefois, Nikki n'a pas l'air dupe.

– J'ai vu Cass. Je suis désolée.

– Qu'est-ce qu'elle t'a dit ?

– Sale dispute. Réconciliation possible en suspens, mais le jury n'a pas encore rendu son verdict.

Je grimace.

– Ouais, c'est assez bien résumé.

– C'est cool que tu sois venue. Jamie aurait compris, si tu avais préféré sécher.

– Je ne voulais pas la planter. Mais je ne me sens pas d'humeur très… je ne sais pas… festive.

– Crois-moi, tu as tout à fait le droit de partir. Mais si tu as seulement besoin d'un moment pour te ressaisir, tu peux aller t'isoler dans mon ancienne chambre. (Elle pointe l'index en direction des marches qui mènent aux deux chambres de l'appartement.) Jamie s'en sert de bureau maintenant. Il y a un canapé. Je suis presque sûre que c'est ouvert, mais si tu veux j'irai lui demander la clé.

– Merci, mais ça va aller.

– Les mecs font des conneries, tu sais. Sauf Damien, ajoute-t-elle d'un air pénétré.

Elle parvient à garder son sérieux une minute, puis nous éclatons de rire toutes les deux.

– Qu'est-ce que tu dis, là ? Je devrais lui pardonner ?

Elle a un geste d'ignorance.

– Je ne sais pas ce qu'il a fait, donc je ne peux pas vraiment me prononcer. Mais je sais combien vous tenez l'un à l'autre, et je déteste vous voir souffrir tous les deux. C'est tout.

Cass, Siobhan et Jamie entrent à leur tour dans la cuisine. C'est une petite pièce toute en longueur, et à cinq on commence à se sentir à l'étroit.

– Est-ce qu'on se raconte des potins, par ici ? demande Jamie.

– Toujours, répond Nikki.

– Cool. À quel sujet ?

– Des drames de petit copain, intervient Cass. Vous voyez, c'est pour ça que je suis lesbienne.

– Je croyais que tu étais lesbienne parce que je suis une déesse au pieu, réplique Siobhan, et nous éclatons de rire.

– On est sur le dossier Jackson, c'est ça ? demande Jamie. Tu vois, dit-elle en me pointant du doigt, ton problème, c'est que tous les deux vous n'aviez pas quitté votre petit nuage. Alors c'est déroutant.

– Euh, quoi exactement ?

Elle a raison. Je suis très déroutée.

– Cette dispute. Vous vous disputez, et bam, c'est la fin du monde.

– Ce n'était pas tout à fait une dispute, dis-je. Il a fait quelque chose de…

– De crétin, continue Cass.

– Tu parles d'un scoop, se moque Jamie. C'est un mec, non ? Il a une bite, avec tous les accessoires ?

– Aux dernières nouvelles, oui.

– Et c'est votre première grosse dispute ?

Je réfléchis. Et je m'aperçois que oui. On s'est déjà pris le bec plusieurs fois à cause de ses secrets – Damien, Ronnie –, mais là c'est différent. Là, c'est une énorme connerie. Et je ne gère pas très bien les énormes conneries.

– Ouais… Je crois bien que oui.

Je songe à ce qu'elles me disent. Sur le fait d'être habituée au bonheur, et de ne pas savoir comment réagir quand ça déraille.

Et à vrai dire, Jackson a eu beau me mettre hors de moi, au final je n'ai qu'une alternative. Je peux m'arrêter là. Ou bien avancer avec lui.

J'ai déjà mis fin à notre relation, et j'ai failli en crever. Je ne peux pas recommencer. Je dois parvenir à nous remettre en selle.

Il faut au moins que j'essaie.

Je fais un pas vers le salon.

– Où vas-tu ?

– À la marina. Je dois aller retrouver un mec, là-bas.

– Pas besoin, dit Jamie.

– Si. Il faut vraiment que j'y aille.

– Je veux dire, il vient d'arriver. Je l'ai croisé en montant, il allait vers la piscine.

– Oh…

Mon estomac se noue. Je veux le voir, certes. Mais je pensais avoir un long trajet devant moi pour m'y préparer.

– OK. C'est parti.

Mes amies me souhaitent bonne chance, et je sors de l'appartement puis traverse la foule qui stationne sur le palier. Je tourne à gauche avec l'intention de prendre l'escalier qui descend directement à la piscine… et tombe nez à nez avec lui.

– Jackson !

– Comment tu m'as reconnu ?

Il porte un jean et un tee-shirt avec un masque noir, qui ressemble beaucoup à celui de Zorro.

Je ne peux pas m'empêcher de sourire.

– Je te reconnaîtrais n'importe où.

Il tend la main comme pour me toucher, puis il retient son geste, et son hésitation me vrille le cœur. *Oui, il est temps de surmonter ça.*

– Tu ne portes pas la veste de motard, dis-je.

– Le cœur n'y était pas, sans ma gonzesse.

– Oui. Bon.

Il désigne son masque.

– Mais je me suis dit que si ce n'était pas vraiment moi, alors on pourrait peut-être parler. Il faut qu'on parle, Syl.

– Tu as merdé, Jackson.

Ce n'était pas du tout ce que j'avais prévu de dire. Mais c'est sorti tout seul, et derrière le masque noir je vois ses yeux s'élargir.

Quand le vin est tiré, comme on dit… J'enchaîne :

– Tu as merdé, et tu m'as blessée. Salement. Tu te souciais tellement de ma protection que tu m'as oubliée dans l'histoire.

– Tu as raison. Tu as entièrement raison.

Il prend mon bras pour me tirer à l'écart du flot de gens qui circulent. C'est un contact simple et dénué d'arrière-pensée, pourtant il est électrique. C'est plus qu'un contact, c'est une connexion. Et Dieu sait si elle m'a manqué.

– Je me suis tellement, tellement planté. Et je chie dans mon froc à l'idée d'avoir tout gâché. Je n'aurais jamais dû m'immiscer entre toi et ton père. Je n'aurais jamais dû prendre cette décision à ta place. J'étais tellement aveuglé par mes convictions à la con que j'ai perdu de vue le fait que la décision t'appartenait. Que c'était ton choix. Je t'ai dépossédée de ce choix, et j'en suis navré.

– Oh…

Je me sens étrangement dépitée. Il vient de dire tout ce que je voulais le forcer à admettre.

– Je t'aime, Syl. Je t'aime, et j'ai merdé, et je ferai tout ce qu'il faudra pour que tu me pardonnes.

Je prends une profonde inspiration, puis je recule d'un pas.

– Viens avec moi.

Je fais demi-tour pour remonter à l'appartement, sans regarder derrière moi pour m'assurer qu'il me suit. Je repasse au milieu de la foule massée devant la porte puis jette un œil vers la cuisine en me dirigeant vers les deux marches qui mènent aux chambres. Nikki, Cass et toute la bande ont disparu, et ce n'est pas grave. Je n'ai plus besoin de soutien moral maintenant.

Maintenant, je sais exactement ce qu'il me faut.

J'essaie la porte de droite et pousse un soupir de soulagement en constatant qu'elle n'est pas verrouillée. Je me glisse à l'intérieur.

Jackson entre à ma suite, et je ferme la porte à clé.

– Tu m'as fait du mal, dis-je.

– Je sais.

Je pince les lèvres pour refouler mes larmes.

Dos à la porte, il me dévisage prudemment.

– Est-ce qu'on va s'en sortir ? Syl, il faut que je sache si on va s'en sortir.

J'hésite. Et puis, très lentement, je hoche la tête.

– Oui.

Pendant un instant, il semble déconcerté. Puis je vois le soulagement se peindre sur son visage, si profond et si puissant qu'il semble le transporter. Alors, il vient à moi, ses bras m'enveloppent et sa bouche se colle sur la mienne.

Notre baiser est fougueux, violent. Nos langues et

nos dents s'entrechoquent, comme si nous essayions de nous entre-dévorer.

Je m'arrache à ce baiser, haletante, puis je soulève son tee-shirt pour accéder à sa braguette, que je commence à défaire.

– Ici ? Tu es sûre ?

– Oh oui ! S'il te plaît, Jackson. J'ai besoin de te sentir en moi.

J'ai besoin de sentir ses mains. Sa peau. J'ai besoin d'éprouver la puissance de ce lien charnel entre nous, si rare, si particulier.

J'ai besoin de sentir que je lui appartiens et qu'il m'appartient et que, malgré l'interruption momentanée de notre bonheur, tout est revenu à la normale.

– Maintenant, dis-je en lui ôtant son tee-shirt, arrachant le masque au passage.

Je m'interromps une seconde, le temps de regarder l'homme que j'ai découvert. L'homme que j'aime. Puis je reporte mon attention sur son jean, que je déboutonne avant de le descendre, et je pousse un cri de surprise en découvrant la marque sur son bassin, nichée dans le triangle formé par sa cuisse et ses poils pubiens.

SB – juste là, fraîchement tatouée.

Je lève les yeux, le souffle coupé.

– Cass me l'a fait tout à l'heure. J'avais besoin d'être proche de toi.

J'émets un petit bruit, qui n'exprime en rien combien cette initiative me touche. J'essaie encore.

– Jackson…

Et c'est tout ce que je parviens à dire avant que l'ardeur qui dilatait ses pupilles ne semble exploser.

– Bébé, je ne peux plus attendre.

Je m'apprête à lui dire de ne pas se retenir, mais

avant que j'aie pu dire un mot il m'a retournée et remonte ma jupe. Nous sommes contre une étagère, et je m'y accroche pour garder l'équilibre tandis qu'il écarte ma culotte et se débarrasse de son slip. Il me caresse puis fourre ses doigts en moi, me faisant gémir de plaisir.

– Maintenant. S'il te plaît, Jackson, tout de suite.

J'ai besoin de rudesse, d'emballement. J'ai besoin de le sentir.

Et, Dieu merci, il ne se le fait pas dire deux fois. Il me prend par-derrière, ses doigts sur mon clitoris tandis que son autre main empoigne mes seins. Il me pilonne sans relâche, comme s'il savait que pour nous deux cette baise était cathartique. Nécessaire pour nous défaire de notre passé. Pour avancer ensemble, et nous retrouver à nouveau.

Je ferme les yeux pour me laisser emporter par mes sensations. Je sens l'excitation monter, monter, tandis que le plaisir m'ouvre comme une fleur, tandis que son corps prend possession du mien. Je suis à lui. Je suis entière.

Et puis, à l'instant même où je vais succomber, sa voix s'abat sur moi, grave, dure, autoritaire.

– Jouis pour moi. Putain, Sylvia, jouis pour moi maintenant.

J'explose alors en un millier d'étincelles qui se dispersent en grésillant, avant de retourner à la terre et de me ramener à la vie.

– Oh là là, dis-je tandis qu'il nous essuie avec un mouchoir, avant de rajuster mes vêtements. Oh là là !

À en juger par son expression, il semble du même avis que moi, et je me pelotonne contre lui quand il me porte sur le canapé. Lovée au creux de ses bras, je me sens à la fois épuisée et requinquée.

– Je t'aime, dit-il, et je soupire d'aise.

– Ça tombe bien. Parce que moi aussi je t'aime.

Je m'abandonne contre lui, écoutant simplement nos respirations jusqu'à être pleinement revenue à moi. Je sais qu'il nous faudrait sortir d'ici, mais je n'ai vraiment aucune envie de bouger. Cette pièce, c'est la sécurité, le fantasme, la réconciliation.

Au-dehors, c'est le monde réel, où les malheurs peuvent survenir. Et bien que nous ayons surmonté un obstacle, le plus gros nuage menace toujours. Je l'interroge :

– Qu'est-ce qu'on va faire ? Les photos. Soit c'est moi qui vais en prendre plein la poire, soit c'est toi.

– Je vais les laisser faire le film.

Sa voix est neutre. Sa réponse, absolument inattendue.

– Quoi ? (Je me redresse sur le canapé, et me tourne pour lui faire face.) Tu ne peux pas faire ça. Ronnie est innocente, et quelle que soit la manière dont on regarde les faits j'ai une part de responsabilité vis-à-vis de ces affreuses photos. On peut se plaindre à la police. Pour extorsion.

– Tu seras traînée dans la boue.

– Je m'en fous.

– Pas moi.

– OK. Je ne m'en fous pas. Mais c'est la meilleure chose à faire. Cette petite fille… *Ta* petite fille.

Il ne réagit pas immédiatement. Puis il se frotte le visage et se lève.

– Je veux faire les choses bien pour elle. Je ne veux pas ressembler au père que j'ai eu, et je ne veux pas qu'elle se retrouve au beau milieu d'un scandale. Mais la vérité, c'est que je ne crois pas pouvoir empêcher ce film, quoi que je fasse. J'aimerais en être capable, et Dieu sait que j'ai essayé, mais je ne peux même pas leur faire un procès pour diffamation. Les choses qu'ils veulent raconter sont vraies.

– Ce sera horrible.

Il hoche la tête, l'air malheureux.

– Mais si on est entourés de gens qui nous aiment, c'est supportable.

– Tu crois ?

– Regarde Nikki et Damien.

Je dois admettre qu'il n'a pas tort sur ce point. Ils ont survécu à toutes sortes d'emmerdes. Je me lève à mon tour et vais à lui.

– Alors qu'est-ce que tu veux faire maintenant ?

Je me colle à lui, et mon corps semble palpiter au rythme de son cœur.

– Je vais aller voir Ronnie. Je veux que mon avocat obtienne une date d'audience. Je veux ma fille, Sylvia. Je veux la ramener à la maison. Je vais embaucher Evelyn, et autant de chargés de relations publiques qu'il lui semblera nécessaire. Si le film se tourne, on fera avec. Mais dès qu'il y aura le moindre indice signalant que la production a eu le feu vert, je veux prendre les devants. Faire en sorte qu'on se focalise le moins possible sur Ronnie. Et tout ce qui sera en notre pouvoir pour maintenir le sensationnalisme au plus bas. C'est sa vie, pas un cirque. Et je paierai ce qu'il faudra pour éviter que ça dégénère.

Je sais qu'il tient vraiment à tout cela, et je comprends à présent ce qu'il éprouve pour Ronnie, et j'admire combien il la fait passer avant tout le reste. La façon dont il se prépare au pire, et comment il construit cette petite citadelle de protection paternelle autour de sa fille.

– Quand est-ce que tu y vas ?

– Demain. J'ai parlé à Damien. Il me laisse utiliser l'un des jets de la boîte.

– Oh… (Je culpabilise de me sentir triste, mais nous venons tout juste de nous réconcilier, et il part déjà.) Je pense que c'est super, dis-je gaiement. Combien de temps tu pars ?

– Quelques jours, pas plus. Il faudra que j'y retourne quand l'audience sera fixée, mais en attendant Ronnie peut venir ici avec moi. Je devrais sans doute chercher une maison à louer. Je ne crois pas que le bateau soit particulièrement adapté pour les enfants.

– Je peux chercher pour toi. Ça ne me dérange pas.

Il fronce les sourcils, et mon estomac se noue. Je veux m'impliquer, et s'il est déjà mal à l'aise avec le fait que je l'aide pour trouver une location, qu'est-ce que ce sera quand je tâtonnerai pour trouver ma place dans la vie de Ronnie ?

– Ça ne va pas être compliqué ? demande-t-il.

– Ben, pourquoi ?

– À cause de la distance, je veux dire. Depuis Santa Fe… Tu viens avec moi, non ? Au moins le week-end. Et lundi, si tu peux travailler à distance.

Le soulagement m'envahit comme une vague de douce chaleur.

– Sylvia ? demande-t-il en m'essuyant la joue. Pourquoi tu pleures ?

– Désolée, dis-je en essuyant une autre larme. C'est juste… je n'avais pas pensé que tu voudrais de moi là-bas.

Il m'attire contre lui et m'enlace étroitement.

– Ma chérie, j'aurai toujours envie de t'avoir près de moi. Mais surtout j'aurai toujours besoin de toi.

27

Jackson resta un instant immobile devant la porte ouverte, à la sortie de l'avion. Au-dessus d'eux, le ciel bleu brûlait d'un éclat profond, comme un saphir, contrastant avec les bruns, les verts et les rouges des montagnes qui s'élevaient autour d'eux.

Au sol, le tarmac noir s'étalait comme une couverture lisse sur la vallée. Jackson regarda autour de lui mais ne vit pas de voiture, et un mélange de peur et de déception l'étreignit.

– Elles sont là ?

Derrière lui, Sylvia posa gentiment sa main sur son épaule.

– Non. Personne.

– Peut-être qu'elles n'ont pas pu arriver à temps. (Sylvia lui prit la main.) C'est parfois compliqué d'emmener un enfant quelque part, et Betty est plus âgée. Ça ne m'étonnerait pas qu'elle ait été retardée.

Avant de quitter Los Angeles, il avait appelé Betty, l'arrière-grand-mère de Ronnie, pour proposer de venir à leur rencontre à l'aéroport de Santa Fe. Jusqu'à présent, Jackson avait toujours pris des vols commerciaux pour venir ici, et il s'était dit que cela pourrait amuser Ronnie de visiter le jet privé, et peut-être même de s'asseoir à la place du copilote.

Il espérait que Sylvia avait raison, et qu'elles étaient

simplement en retard. Il pensait que Betty le soutenait dans ses efforts pour devenir un vrai père pour Ronnie. Et il souhaitait vraiment ne pas se tromper là-dessus.

C'était déjà assez difficile comme ça, avec Megan qui lui mettait des bâtons dans les roues. Il l'aimait comme une sœur et ça le rendait malade qu'elle soit opposée à sa décision, surtout à présent qu'elle n'était plus en état de s'occuper de Ronnie.

Il voulait sa fille, c'est tout. Et il espérait vraiment qu'obtenir sa garde n'allait pas les plonger tous les deux dans des querelles familiales à n'en plus finir.

Ils n'allaient tout de même pas en arriver là, n'est-ce pas ?

Il s'était tellement démené pour récupérer Ronnie. Il avait pris de tels risques personnels qu'il ferait tout son possible pour qu'elle vive avec lui.

Il espérait seulement que le prix à payer ne serait pas exorbitant.

– Tout va bien se passer, dit Sylvia comme si elle lisait dans ses pensées. Tu as fait le bon choix, et tout va s'arranger.

Il se tourna et la vit le regarder avec une telle sincérité, une telle détermination qu'il en fut tout retourné. Il l'attira contre lui, passa un bras autour de sa taille et l'autre derrière sa nuque. Elle poussa un cri de surprise, et il en profita pour l'embrasser.

Il la sentit fondre dans ses bras, comme si à cette seconde rien ni personne d'autre que lui n'existait dans le monde de Sylvia. Et dans cette seconde – dans cette réaction –, il puisa une force nouvelle.

Il ne desserrait pas son étreinte, ne voulant pas que ce baiser prenne fin, ne voulant pas éprouver ce sentiment de perte quand il se détacherait d'elle. Alors, il s'attarda encore un moment sur ses lèvres, jusqu'à trouver la force de reculer.

– Merci, dit-il.

Elle sourit jusqu'aux oreilles.

– De rien… mais pourquoi tu me remercies, exactement ?

– Parce que tu crois en moi. Parce que tu es venue avec moi. Parce que tu assures mes arrières. (Il marqua une pause, pas plus longue que l'intervalle entre deux battements de cœur.) Parce que tu m'aimes.

– Mmm… (Elle glissa de nouveau ses bras autour de lui.) Dans ce cas, vraiment, je t'en prie, ça me fait plaisir.

Ils demeurèrent blottis ainsi durant une minute encore, toujours à la porte du jet Stark International. Lorsqu'ils se décollèrent l'un de l'autre, elle avait les yeux brillants.

– L'équipage veut probablement débarquer. Il serait peut-être temps d'affronter cet escalier ?

– Sans doute.

Il descendit une marche, puis une autre, Sylvia juste derrière lui. À la troisième, deux voitures apparurent et s'arrêtèrent sur le tarmac, à quelques mètres de l'avion. Il reconnut la première, la Mercedes bleu foncé de Betty. Il ne se rappelait pas en revanche avoir jamais vu la seconde, une berline Oldsmobile à quatre portes.

– Ce sont elles ? demanda Sylvia.

Mais il n'eut pas besoin de répondre, car Sylvia avait à peine fini de poser la question que le conducteur de la Mercedes était sorti pour ouvrir la porte arrière. Il se pencha à l'intérieur, et un instant plus tard un petit rayon de soleil s'échappait de la voiture pour courir vers l'avion, braillant tout du long :

– Oncle Jackson ! Oncle Jackson !

Il dévala les dernières marches pour se précipiter à sa rencontre et la souleva dans les airs, l'étreignant de toutes ses forces avant de la renverser tête en bas, pour le plus grand plaisir de la petite.

– Sylvia ! glapit Ronnie quand Syl les eut rejoints sur le tarmac.

Syl se plia en deux et pencha la tête pour faire face à la petite fille, toujours retenue à l'envers dans les bras de Jackson.

– Salut, Ronnie. Qu'est-ce que tu fabriques la tête en bas ?

– Je me balance ! En l'air, oncle Jackson ! En l'air, en l'air !

Il s'exécuta, la lançant en l'air avant de la rattraper et de la caler sur sa hanche. Il lui planta un gros baiser sur la joue et reçut un bisou mouillé en retour. Et lorsqu'elle tendit les bras vers Sylvia pour lui réclamer aussi des baisers, Jackson se sentit submergé d'une émotion si pure et si vive que sa nature ne laissait aucun doute : c'était forcément de la joie.

Betty se tenait à côté de la Mercedes ; elle en était sortie pendant que Jackson faisait tournoyer sa petite fille dans les airs. Elle était grande, le cheveu argenté, et portait royalement ses soixante-dix et quelques années, façon reine mère.

Elle croisa le regard de Jackson et lui adressa un petit signe de tête. Tout juste perceptible, mais suffisant pour confirmer à Jackson ce qu'il voulait savoir. Betty était de son côté.

Avec une ultime et spectaculaire descente en piqué, Jackson fit atterrir Ronnie sur ses pieds.

– Allez, on va voir mamie, dit-il en prenant sa main.

De l'autre, il prit celle de Sylvia. Elle serra fort, souriant de toutes ses dents, les yeux brillants de larmes. Des larmes de joie.

Il aurait voulu la serrer dans ses bras et lui dire

tout ce qu'elle savait déjà. Qu'il l'aimait. Qu'elle était la seule, l'unique. Qu'elle le rendait follement, incroyablement heureux. Qu'il se serait senti incapable d'affronter tout ce qui l'attendait si elle n'avait pas été à ses côtés.

– Prête ? demanda-t-il seulement.

Et lorsqu'elle hocha la tête, ils firent leurs premiers pas en direction de l'avenir.

Ils avaient presque atteint la Mercedes, quand deux hommes en costume sortirent de la berline Oldsmobile. Ils se dirigèrent vers Jackson d'un pas assuré. Et lorsqu'ils furent à sa hauteur, l'un d'eux sortit son insigne de police de Santa Fe.

– Jackson Steele ?

La peur, comme une lame glacée, transperça Jackson. Il l'ignora. Garda un visage neutre.

– Puis-je vous aider, monsieur l'agent ?

– Inspecteur, corrigea le plus grand des deux hommes. Je suis l'inspecteur Parker. Voici mon équipier, l'inspecteur Jamison. Nous allons devoir vous demander de nous suivre.

La main de Sylvia se crispa.

– Pourquoi ? Que se passe-t-il ?

– Nous coopérons avec les services de police de Beverly Hills. Et nous avons des questions à vous poser au sujet du meurtre de Robert Cabot Reed.

*
**

Le meurtre de Robert Cabot Reed.

Les mots ont beau retentir dans ma tête, je dois faire un effort pour comprendre. Je suis trop stupéfaite.

Trop abasourdie.

Reed est mort.

L'homme qui a abusé de moi, qui m'a violée. L'homme qui avait la vedette dans tous mes cauchemars, qui m'a causé tant d'effroi.

L'homme qui allait faire ce film terrible, exposant la vie d'une petite fille aux pires scandales.

L'homme que je haïssais.

Il est mort. Il n'est plus là.

Et je voudrais bien danser de joie, mais c'est impossible.

Parce qu'on est sur le point de m'arracher Jackson, et que j'ignore comment survivre sans lui.

Cet homme qui, peut-être, et peut-être seulement, a tué l'homme qui me tourmentait. Qui nous tourmentait tous les deux.

Je songe à son tempérament d'écorché vif. À ce qu'il serait capable de faire pour me protéger. Pour protéger sa fille.

Je me dis que je connais ses angoisses, et que je sais ce dont il est capable.

Je me dis que je pourrais le perdre, lui, l'homme que j'aime.

Je n'ai plus que deux certitudes à présent...

Tout, absolument tout va changer.

Et j'ai très, très peur.

Mise en pages

PRESS·PROD

MARQUIS

Québec, Canada

Imprimé au Canada
Dépôt légal : mai 2016
ISBN : 978-2-7499-2657-5
LAF 2069B